GRANICA

Las mil y una noches peronistas: relatos sobre el peronismo del nuevo milenio / Rafael Bielsa...
[et al.]; compilado por Gustavo Eduardo Abrevaya;
Leonardo L. Killian.- 1a ed.- Ciudad Autónoma
de Buenos Aires : Granica, 2019.
296 p. ; 21 x 16 cm.

ISBN 978-950-641-995-0

1. Antología de Cuentos. I. Bielsa, Rafael. II. Abrevaya, Gustavo Eduardo, comp. III. Killian,
Leonardo L., comp.
CDD A863

Diseño: Christian Argiz

Ediciones Granica S.A.
Lavalle 1634, 3º
C1048AAN, Buenos Aires, Argentina
Tel.: +5411-4374-1456 / Fax: +5411-4373-0669

www.granicaeditor.com
www.facebook.com/ediciones.granica
@ediciones.granica
1158549690

ISBN 978-950-641-995-0
Impreso en Argentina en agosto de 2019.
1a. edición - Ciudad Autónoma de Buenos Aires.

© 2019 Granica
Hecho el depósito que marca la ley 11.723.

Las obras reproducidas de Daniel Santoro (1954) son:
Pág. 10: *Perón cumple, Evita dignifica.*
Pág. 22: *Niños peronistas combatiendo al capital.*
Pág. 106: *Invierno de 1955.*
Pág. 174: *Paseo por Ciudad Evita.*
Pág. 295: *Recuerdo de Plaza de Mayo 1955.*

RELATOS SOBRE EL PERONISMO DEL NUEVO MILENIO

SELECCIÓN DE GUSTAVO ABREVAYA Y LEONARDO KILLIAN

PRÓLOGO DE LUIS GUSMÁN

POSFACIO DE PEDRO SABORIDO

GRANICA

A la memoria de Eva Piwowarski.
A Sahia y Ulises, que son el mundo nuevo.
A Susy, siempre.

L. K.

A Alberto Szpunberg.

G. A.

Se diría que las aguas del Riachuelo nunca corren
pero hay botes semihundidos sin embargo en esas aguas;
esos botes semihundidos que en un tiempo navegaron
y esas lanchas que hoy navegan
no navegan —se diría— ni nunca navegaron.
Junto al Riachuelo hay cafés donde hay hombres que beben
y nada pasó —se diría— ni nunca pasa nada,
el olor es pesado como aguas que no corren
y viene de las fábricas
donde estos que beben trabajan,
cuando estos hombres que beben hacen huelga
los puentes sin embargo se levantan
y se diría que el Riachuelo apurara sus aguas;
con los puentes arriba
sería más lindo que por los puentes cruzar en lancha
y hay menos olor y menos humo
el día que estos hombres que beben no trabajan,
hubo un día —eso sí— en que estos hombres que beben
cantaron por las calles, qué muchachos,
y cruzaron con botes que hacían agua.

Alberto Szpunberg
17 de octubre

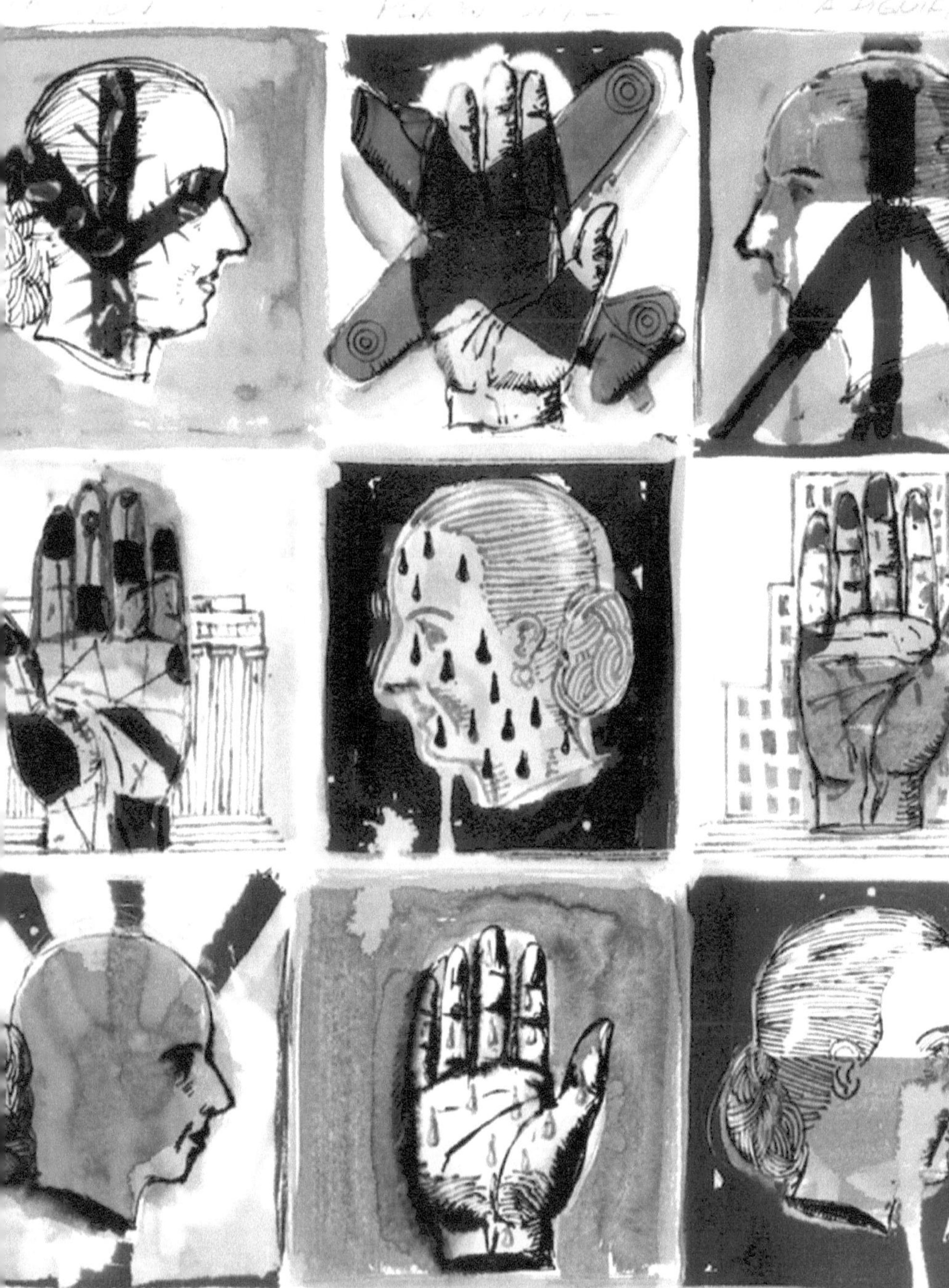

PALABRAS LIMINARES

por Gustavo Abrevaya y
Leonardo Killian

Una antología es una selección de autores. De sus relatos, de sus deseos y sus fantasías. Un autor escribe desde lo más hondo de sí; por eso, llevar adelante esta selección supuso un cuidado especial, una responsabilidad que debe verse reflejada en los hechos. Algunos autores ingresan, otros quedan afuera, y a veces hasta es posible dar explicaciones respecto de tal o cual elección. Ocurre también que, a veces, no hay nada que hablar. Calidad literaria, cumplimiento de la consigna, honestidad intelectual, disposición a aceptar la crítica y las eventuales modificaciones que el editor pudiera sugerir fueron condiciones durante la gestación de la colección que hoy presentamos. Sentimos un gran orgullo por la selección final, por los nombres que figuran en este índice. Autores muy conocidos conviven con autores noveles; eso es, de entrada, la puesta en práctica de un concepto presente desde el comienzo: esta antología debía ser democrática o no habría tenido sentido.

El concepto "peronistas" jamás supuso adhesión ideológica, pero sí respeto. "Todos somos peronistas", decía Perón. Una humorada, acaso, pero no era verdad y nadie lo sabía mejor que el viejo General. Ser peronista es una forma de ser argentino y ser antiperonista, qué duda cabe, también.

"Son incorregibles", decía Borges, y tal vez no estaba tan equivocado. No sabemos si lo son, pero, le gustara o no, la Argentina contemporánea no podría comprenderse sin el peronismo. El peronismo entra en la historia del país para modificarla definitivamente. Para desconcierto de propios y ajenos basta con ver piropos y ensañamientos como bonapartismo, populismo, fascismo y otros etcéteras con que se intenta vanamente cambiar el nombre de la criatura nacida en 1945.

Entre el mensaje jacobino y proletario, y la siniestra Triple A, hay un océano de grises y de desafinadas partituras que cantan la misma marcha. En esa sopa se cocinan las contradicciones argentinas más genuinas, y la Historia —esa vieja chismosa que espía tras las puertas— tiene una mirada piadosa y una sonrisa cruel. "En esta mesa comen todos", parece decir la vieja señora. Estas narraciones, esta muestra azarosa y variopinta que oscila entre el drama y el humor, este mosaico tan nuestro revela que el peronismo puede ser también un género literario. El cine, la literatura y el arte en general parecen comprender mejor que los rígidos tratados sociológicos y políticos, de qué estamos hablando.

Por eso nos propusimos juntar estas voces que nos cuentan viejas y nuevas historias, con gigantes y plebeyas convertidas en princesas, monstruos voladores y las hazañas cotidianas de la gente simple: los cuentos de las mil y una noches peronistas.

PRÓLOGO

por *Luis Gusmán*

Es posible que una antología temática sobre el peronismo sea irreductible. Uno de los nombres del peronismo es el de *movimiento peronista*. Quizás una antología debería responder a esa palabra. Una mitología que siempre se está haciendo. Los tópicos, los lugares y las fechas están, pero quedan trasvasados y atravesados por este movimiento. Ya sea que se cuente la gesta o que se narre la tragedia. Como ocurre con toda antología, esta también incurre en la arbitrariedad. En un juego de inclusiones y exclusiones.

Prefiero *mitología* porque se sustrae a lo partidario. Y *movimiento* lo vuelve un libro militante, no por responder a una consigna, sino porque cada cuento ha sido causado por una militancia.

El título está tomado de la clásica versión de Antoine Galland y del libro autóctono de Draghi Lucero: *Las mil y una noches argentinas*. Es posible que la extensión sea quizás excesiva (Mil y una noches peronistas), pero ¿quién podría negar que el peronismo también lo es? Si hubo gobiernos que repartieron la caja de pan, el peronismo repartía pan dulce, sidra y juguetes. Eso lo cuenta Diego Incardona en su relato "Los Reyes Magos peronistas", para referir a una epifanía barrial y devolver esa palabra a una ocasión festiva, a la noche en vela de niñas y niños esperando la llegada de los Reyes Magos y, a la vez, arrebatando la epifanía de una circulación poetizante.

Voy a contar la anécdota de un niño peronista. Como en muchos de estos cuentos, hijo de padres antiperonistas. Está con su madre en el velatorio de Evita, en el edificio de la CGT. Ella es profundamente radical como su marido, que ha estado preso por imprimir panfletos contra Perón.

Esa noche fría forman parte de una larga cola. El chico se descompone y lo llevan a una de las ambulancias que estaban estacionadas a lo largo de la calle. Le dan Licor de las Hermanas y el chico se repone. Los hacen sortear la cola y entran con su madre y un señor en una silla de ruedas llevado por su hija. La gente silba. Piensan que se han colado. Entran. En el recinto está el cajón donde yace el cuerpo de Evita. La madre levanta a su hijo para que la pueda ver y besar el vidrio que cubre el cajón. El vidrio está empañado de besos.

Con el tiempo, el niño contará la historia, solo que agregará que quien lo levantó fue el general Perón que estaba al lado del féretro, y no su madre. ¿Quién podría desmentir que fue así? Ni siquiera él mismo. Además, tenía ocho años. En sus sueños, Evita *levita*, flota. Ese niño era yo. Esos eran mis padres.

Este libro está atravesado por esa ruptura ideológica entre padres e hijos. Como lo cuenta a través de una película tras otra, con ese original recurso, Rafael Bielsa en "El mensaje secreto de los inválidos". Tal vez, por esas coincidencias, el mismo inválido que acompañó a ese chico de ocho años. Pero también están los hijos de militantes peronistas, o aquel chico con dotes de agente secreto, apuntado por Teodoro Boot, que se aposta en la terraza de su casa a la espera de que el avión negro del General surque el cielo de Buenos Aires.

En el peronismo hay un pasaje del avión a los aviones. Del Pulqui de industria nacional, tan bien mostrado en el documental del director Marcelo Céspedes –con la "mirada codirigida" de Daniel Santoro– al avión negro, a los Glosters que bombardearon la Plaza de Mayo.

Esta antología está atravesada por la infancia; no sé si por la inocencia. Miradas que no llegan a dilucidar una realidad que, por secreta, se puede encontrar en un juguete. Un chico no puede esperar un juguete. Lo quiere tener. Quizás sucede lo mismo que con esta antología: no hay tiempo para la promesa. Se hizo.

Las frases de Perón fueron quedando en la historia, no solo del peronismo. Incluso algunas plagiadas, pero que de todos modos eran de Perón. Quién podría dudarlo. Citarlas todas sería hacer un diccionario peronista. Vicente Battista titula su cuento con una de ellas "La única verdad es la realidad".

En cada velada una historia se va agregando a otra, las cuenta Scherezade para salvar su cabeza. Siguiendo la lógica de la obra de referencia, las historias se fueron agregando, en orden vagamente cronológico, como en un collar de perlas o como las cuentas de un rosario; sí, hay algo de joya y de reliquia en cada historia.

Es posible que este también sea un libro interminable. Solo bastará nombrar algunos tópicos que aparecen en estos cuentos. El 45, el 11 de noviembre de 1951, cuando se instala legalmente el voto femenino; el 55, el 17 de octubre, el 16 de junio, en ocasión del bombardeo de Plaza de Mayo, el regreso de Perón, el 73, Ezeiza.

Pero también, a la noche iluminada le sigue, como muchas veces sucede históricamente, una noche oscura; tales como podrían ser la historia del aprendiz de brujo y por si las tres moscas, como llamó Ramón Alcalde al grupo de tareas conocido como Triple A. Esa iconografía siniestra ha sido reflejada certeramente por Marcia Schvartz en su obra pictórica.

El cuento de Horacio González no es un relato festivo. No existe lo que se llamaba "un día peronista". No hay sol. Se trata de un sobreviviente que en Ezeiza recibió un balazo que lo dejó paralítico y que un año más tarde se suicidó al borde del Río de la Plata. Aquí la economía narrativa es como un percutor seco, ya que el mismo personaje apoya la pistola sobre su cabeza y gatilla.

Por supuesto, hay una topografía antiperonista que va desde la interpretación de "Casa tomada", de Cortázar, o de *Invasión,* con guión de Borges y Bioy, donde el peronismo es un plasma que avanza sobre nuestra ciudad, como esa mancha que se ve en la película de ciencia ficción *La mancha voraz.*

Hay una apuesta a escritores militantes, en el sentido de que posiblemente su escritura apueste a un corte que no puede ser reducido a su temática ni a su filiación. Corte que Beatriz Guido, en un artículo de los años setenta, llamó "Los negritos de la literatura", refiriéndose a Enrique Medina, a Jorge Asís y al que escribe este prólogo.

Hay escritores que han marcado lo que no alcanza a ser un período, pero sí un corte. *Megafón y la guerra*, de Leopoldo Marechal; los hermanos Lamborghini; Leónidas, con "Eva Perón en la hoguera", Osvaldo, con "El fiord"; "Esa mujer", de Rodolfo Walsh; "Evita vive", de Néstor Perlongher; *Fredi,* de Héctor Lastra; "Cabecita negra ", de Germán Rozenmacher; *El señor Galíndez,* de Tato Pavlovsky.

El interior peronista. Me refiero al hogar peronista: un corpiño y un retrato de Perón. Bastaría ver un solo cuadro de Daniel Santoro para entrar en una casa peronista. En el interior de esa casa, cuando la voz del locutor dice "Son las 20.25, hora en que Eva Perón entró en la inmortalidad". Abundan en estos relatos los pequeños ritos de interiores, la comida simple y honesta del hogar proletario, los juguetes anhelados, las veredas como extensiones del hogar, los olores, los sabores, para tratar de cercar con el recuerdo las imágenes de un tiempo ido, un tiempo de regalos peronistas, de lecturas peronistas, de pasiones en conflicto.

En su cuento "El ratón alemán", María Inés Krimer describe la escena de esta manera: "Además de los corpiños, las medias sobre las sillas y el retrato de Perón en la pared, ahora la menor había conseguido un novio que tocaba el clarinete en La Armonía".

Y es que desde el principio el peronismo fue una lucha. Una voz que se transformó en voces. "Perón, Perón", y en la voz de Hugo del Carril. Una voz que atravesó el Riachuelo, cuando cruzar el puente y el Riachuelo era una de las manifestaciones de un pueblo sublevado.

La *Marcha Peronista*, un cántico de barricada y de conquista y sublevación, y por otro lado un coro extraño que se puede convertir en amenaza, como en el cuento de Ana Arzoumanian. Esa marcha contada con una dureza crudamente bella, en una fábrica donde despiden a un obrero, y conviven un padre antiperonista y su hija.

La Marcha y la marcha en la cabeza del "cabecita negra", y el fragmento "descamisado", titulado "El cabecita negra", de Luis Tedesco, en que la expresión en diminutivo hace del color una forma de la segregación.

Los cuadros, las pintadas y los afiches se multiplican y es de rigor pasar a un plural. En el relato de Gustavo Abrevaya, "Nosotros Los monos", el hogar se extiende y el espacio peronista se transforma en club: "El club se llamaba 'Unidos o dominados' y tenía un cuadro de Evita Montonera, pero alguien había pintado encima de la puerta 'Nosotros Los monos'". El motivo se vuelve una zoología selvática de gorilas que combaten con monos. El cuento de Abrevaya habla de esas pintadas que poco a poco invadían la ciudad hasta transformarla en una pintada peronista. Algo parecido ocurre con el relato de Miguel Gaya, pero esta vez lo que invade la ciudad es el fantasma de un viejo camión que ha servido de altavoz del peronismo en todas sus etapas y que vuelve, siempre vuelve, porque jamás se fue. Fantasmas que replican en la narración de Dámaso Martínez. O en la búsqueda de Mario Goloboff entre escombros patrios manchados de lirismo. O en el contrapunto perfecto enhebrado por Marcelo Luján, donde después de la pelea del Mono Gatica con Ike Williams, y de su derrota en el primer round, una noche de Reyes –el 5 de enero de 1951– en el Madison Square Garden, se convertiría en una noche nefasta, ya que Perón, que estaba en la habitación contigua escuchando la pelea, debía comunicarle a su mujer el último parte médico que, evidentemente, no era bueno.

"El peronismo en la nuca" como bien lo dicen las postales de Miguel Rep, va y viene. El peronismo en la nuca y en grafitis es un peronismo en movimiento.

Todavía falta su frase final, como él mismo lo decía: "Estoy descarnado". Si tomamos una frase del cuento "Las manos", de Claudia K. Cornejo, "El cuerpo embalsamado de Perón no opuso resistencia", es posible que el General estuviera en lo cierto.

Pero no solo la muerte de Evita sino la del General, el viejo, el conductor, Perón a secas, el héroe de las mil caras, según el poema de Sasturain parodiando el poema de Borges *El general Quiroga va en coche al muere*.

El espiritismo es una voz. Es lo que capta el cuento de Alejandro Tarruella: "¡Compañeros! Llamó el General en persona, le escuché la voz y era él". El peronismo comienza siendo la voz del General.

El espiritismo –lo he visto de chico en alguna reunión espírita– es proclive a una cartografía entre celestial y megalómana. El relato de

Virginia Feinmann lo cuenta perfecto. En esa ocasión, bajaron los espíritus de San Martín y de Belgrano. "¡Queremos hablar con Perón!… La copa se movió". Sí, se trata del *Movimiento*.

También el peronismo puede ser un velo tenue, un telón de fondo, para relatar las desventuras del muerto que no quería morir, es lo que dice el cuento de Hugo Barcia.

A través de estos relatos pasan setenta y cinco años de historia. La fiesta, la caída, la resistencia, el regreso, el triunfo. Incluso la utopía territorial, cuando Perón recupera las islas Malvinas, como sucede en el fantástico relato de Carlos Piñeiro Iñiguez. El General se transforma en un héroe trágico y hasta se desliza al género de la parodia en el cuento "El robot argentino", de Leonardo Killian, que inventa el robot de fabricación nacional.

Como ante toda enumeración, el lector dispone de la licencia de leer tanto las presencias como las omisiones. Pero ¿qué escritor argentino de mi generación –e incluyo a los otros autores citados en este prólogo– no ha pasado por ahí?

LUCHA DE CLASES

NOCHES 1 A 334

EL ORO

LA RAZON DE MI VIDA
NOS PERONISTAS COMBATIENDO AL CAPI

por Rafael Bielsa

Siempre fuimos distantes, mi padre y yo. Me refiero al uno respecto del otro.

Hay una película norteamericana de los noventa, en la que Russell Crowe come tempura con Al Pacino, en un restaurante japonés.

–Mi padre fue ingeniero mecánico –dice Crowe–... el hombre más ingenioso que he conocido.

–Mi padre me dejó cuando tenía cinco años –le contesta con impaciencia Pacino tamborileando con los dedos sobre la mesa–... y no fue el hombre más ingenioso que he conocido. –De inmediato cambia de tema.

Bien: en ese diálogo, yo soy Pacino.

Estrictamente hablando, a mi padre le hubiese encantado ser ingeniero mecánico, pero no me abandonó. El peso de su propio padre lo llevó por otro camino, cuyo costado laboral desatendió durante toda su vida. Lo que hizo fue ir internándose en una fronda cada vez más intrincada, una red hermética de helechos, desde que tengo uso de razón, haya sucedido eso a mis cinco o a mis trece años.

Como casi todos, fui poniendo a punto mi "idea del padre" conforme el paso del tiempo. Podría decir que lo central consiste en que decidió asignar a su existencia un lugar adyacente en la vida de los otros, tan aledaño como imperturbable.

Cuando llegaba a un sitio, no parecía venir, sino ir a encontrarse consigo en otro lugar. La mayoría de los recuerdos que tengo de él lo ubican en los márgenes. Si ocupa el centro, se trata de algo provisorio o accidental. Y si no era así, de algo jocoso. Para él, lo furtivo no era ni ilegítimo ni redundante.

Si tuviera que exponer sobre el estado actual de mi propia conjetura diría que, entre aceptar ser lo que los otros querían que fuera, él resolvió no ser nadie. Viviría jornadas enteras, inclusive vertiginosas, pero sin tomar parte de sus propios gestos y decisiones.

En algún momento estableció que el sentido que el mundo le había asignado no le era accesible, por lo que se dedicaría a las orillas y a la farsa. Para lograrlo, hace falta un esfuerzo titánico.

Recuerdo sus ojos, uno turquesa y el otro zafiro, como de hielo, fijos en una tierra incógnita. Como no había encontrado ni la estabilidad ni la fiabilidad en la vida parroquial y sus aledaños, dejó de buscarla; por el contrario, erraba sin patria dentro de una constelación a la que se podía acceder, siempre y cuando no se tuvieran los pies en la tierra. Hacia allí se enfocaban sus ojos desiguales.

Un inválido, podría decir. U otra cosa, mucho más pétrea e indescifrable.

Ahora, que no es hora para nada, pienso que su genio era una especie de locura, aunque esa locura no tuviera nada de genial. Soñaba con el cerebro dormido y con el pensamiento despierto, y de ello resultaba una conducta oblicua, desolada, huidiza. Estrafalaria, al fin y al cabo. Las formas correctas embestían a su mundo real, como cuando se mezclan el agua dulce del Río de la Plata con la salada del Océano Atlántico en la Bahía de Samborombón, cielo y nubes flamencas, brisa de raso y rasgarse de lona. Y por todas partes los cangrejales, rojos y nerviosos.

Como vivió ensoñado, y los sueños son una manera de decir, su manera de ser y las decisiones que tomaba siempre fueron ininteligibles. Terminó por hacer de su sueño otra forma de pensamiento, que no tenía ningún respeto por la cronología y las unidades clásicas de tiempo y de lugar.

Verdaderas idioteces que expresaban o hacían los demás, a él les parecían excelentes e ingeniosas, y viceversa. Si los sueños son eso de lo que uno despierta, él resolvió no despertar nunca y, cuando murió, dejó a los demás perplejos y consternados a su respecto.

Era el mismo efecto que causó durante toda su vida, en particular respecto de aquellos que no tenían el sentido del humor necesario como para no tomárselo en serio. Que, precisamente, fue lo que siempre quiso y por lo que siempre luchó.

Trabajó muy duro, en particular durante la segunda mitad de su vida, para que a nadie se le ocurriese pensar que podía ser la persona indicada para cualquier cosa a la que no estuviera dispuesto. Y no estaba dispuesto a nada serio, según el concepto general que se tiene de ello.

Joven todavía, luego de intentar con un estudio jurídico de amigos, volvió al despacho de la casa familiar, donde lo compartió con su propio padre. Es difícil imaginar una pareja más despareja, el padre y el hijo. Enfrente de aquel caserón había una plaza, que daba comienzo al Parque Independencia de Rosario.

Al frente había una puerta doble de entrada, con un embasamiento apoyado sobre un zócalo de bronce –y un frontal defendido por una verja con barras terminadas en una lanza puntiaguda que cubría los vidrios–. Sobre la izquierda, a cincuenta pasos de distancia, construían el edificio destinado a los Tribunales Provinciales.

Tengo empapados aquellos años por la melodía de la película *El tercer hombre, Harry Lime Theme*, que mi tía, la hermana menor de mi padre, interpretaba tiesa frente a un piano vertical, con sus ojos desquiciados de color violeta, apagando una alegría que no sentía. También me anega el amarillo del sol derramándose dentro del salón comedor de los domingos, tanto en verano como en invierno, con las vidrieras que daban al este y siempre me hacía pensar en una estampa del transatlántico *Normandie*, cuyos interiores estaban decorados con muebles de Ruhlmann y paneles figurativos de Jean Dunard. Y me ensordece el rumor de las habitaciones interiores donde trajinaba el personal de servicio, en un movimiento continuo que me impulsaba a dejar mi sitio para sentarme junto a ellos y escucharlos narrar.

Mujeres que enarbolaban palmetas de mimbre para quitar el polvo de las alfombras. Muchachos con tijeras de cizalla para madera adulta y serruchos de corte transversal, con los que hacían la poda de limpieza y con la primavera la de acorte, en las estrellas federales de exuberantes brácteas rojas que goteaban su savia lechosa cuando eran intervenidas.

Hombres y mujeres que entraban y salían con provisiones, cordeles, sábanas de hilo de Holanda, sifones de soda, carnes rojas apoyadas en antebrazos sanguinolentos. Con mucho, ellos eran los habitantes más interesantes de aquella casa, en la que vivía el padre de mi padre cuando compartían el gabinete jurídico.

A veces, entre sombras prohibidas que yo oía entredecir y fulgurantes imágenes con las que trataba de representarme lo que ignoraba, como en una especie de misa bárbara, alguien hacía mención a los patrones y a lo distinto que era todo cuando estaban Evita y Perón. Los inocentes, como durante el reinado del Terror posterior a la Revolución Francesa, eran salvados a capa y espada invertidas por Merle Oberon y Leslie Howard. Yo ya era peronista, de plena contigüidad.

En los almuerzos dominicales, era litúrgico escuchar las largas parrafadas de mi abuelo contra el "régimen depuesto". Tenía un antiperonismo cuantioso, ornamental y conservador de burgués solícito, apoyado en el derecho, la democracia y la república, a los que el "tirano prófugo" había aparentemente mancillado con sus "charlatanerías".

Una vez mi padre, que pasaba socialmente por antiperonista y había participado de algunas refriegas durante la Revolución de septiembre del 55, le hizo notar a mi abuelo que en los albores de los años treinta, él mismo había sido funcionario político de Agustín Pedro Justo, elegido mediante fraude electoral y luego había suscrito el ruinoso pacto Roca-Runciman.

Mi abuelo le descerrajó una mirada insalubre, giró la cabeza hasta pasar revista a todos los comensales, y se rió sonoramente: "… pecados de juventud…" –dijo– "… era otro país…". Y la emprendió "… con esos años en los que por todo el país había gente que sacaba credenciales de los bolsillos y se las refregaba a otros para demostrarles que había estado en algún lado o hecho algo que probaba su incuestionable lealtad". Enseguida pasó a otro tema, escurriéndose como un cangrejo.

Recuerdo haber pensado que, al fin y al cabo, los peronistas que conocía también eran jóvenes en condición de pecar y que, si aquel había sido otro país, por fuerza lo mismo podría decirse del actual. Pero el tono categórico de mi abuelo me hizo callar la boca. Esas no eran las intervenciones que se esperaban de los niños en esa familia desapacible, sino que dejaran pasar los años hasta que les llegara el momento de mostrar de qué madera estaban hechos.

En una ocasión, mi madre fue a consultar a un relevante facultativo rosarino si la locura era hereditaria. "No es congénita"–recibió por respuesta– "pero sí muy contagiosa". No estoy seguro de lo primero, pero con lo segundo no se equivocó.

Esas irrupciones temerarias de mi padre me hacían mirarlo fugazmente de otro modo. Por lo general, prevalecía su inválido contorno, internándose solo en su propia espesura. Ahora pienso que habría debido darme cuenta de algo: el tullido de la claridad, adentro de las sombras elegidas por él mismo, forzosamente tenía que haber sido otro hombre. Y de ese, yo no podía decir ni una sola palabra.

Como señalé, a media cuadra se construyó el edificio de los Tribunales Provinciales, una mole *stile littorio* –una versión mediterránea y fascista de la arquitectura moderna– completamente revestida de mármol travertino, que se inauguró durante los años sesenta. A comienzos de la década, los albañiles se reunían en la plaza, luego del almuerzo o a la salida del trabajo, para jugar al fútbol.

Los pibes del barrio solíamos mirar esos lances, en pequeños grupos contiguos al improvisado campo de juego, o desde las ventanas de las casas en donde vivíamos o por las que transitábamos. Mi hermano se prendía en *matiné*, *vermut* y *noche*, porque la escolaseaba. Muy pocos se animaban a mezclarse tras la pelota (había que pedir permiso utilizando el "usted", pasar por alguna prueba y luego estar a la altura).

Yo solía asomarme por las ventanas del recibidor, donde unos años después fue velado el padre de mi padre, haciendo equilibrio sobre una robusta mesa ratona que conservo, en la que se apoyaba el cenicero.

Desde aquella atalaya miraba hacia el foro sulfuroso donde un puñado de muchachos corría, gesticulaba, derrapaba. A veces, la madre de mi padre asomaba su cabeza color añil, me veía encaramado y refunfuñaba: "Ahjjj, ¡*rafatalla!*", palabra que no he vuelto a ver ni a oír, y que al parecer para ella quería decir "pandilla" o "chusma", maldición que dirigía a los entusiastas.

Para mí, por ese entonces, comensal infantil sentado en almuerzos ferozmente gorilas, sonaba a tumulto, a descamisados, a batahola. Como "Perón", ése genitivo agudo como un talismán, magnético por estar prohibido e hipnótico, como lo es el silencio de los desamparados.

Era la única interrupción que podía temer; así pasaba largos lapsos, poniéndoles la camiseta de mis colores favoritos a los mejores exponentes, o transformando el desafío en un partido de primera división, en el que indefectiblemente triunfaba el equipo que me desvela, Ñúbel.

Eso fue así, hasta que apareció el amputado.

Tendría unos veinticinco años y una cresta de pelo negro y brillante que le daba el aire de un gallo pavoneándose ante la hembra. Estaba vestido con una camisa blanca con las mangas enrolladas hasta el codo, un pantalón oscuro de tela acanalada, y un pañuelo que se ceñía al cuello dejando dos puntas menudas, como los pétalos de una flor de boca de dragón.

La pierna derecha de la prenda estaba escrupulosamente doblada a la altura de la rodilla y sujeta por la parte externa del muslo con un gran alfiler de gancho, y calzaba unas zapatillas "Olímpico" de "Panam", azules con doble suela y capellada de lona.

Toda la indumentaria parpadeaba de limpieza, y así fue cada vez que lo vi. Al comienzo, sobre un costado de la vereda que enfrentaba la casa de mi abuelo; más adelante, entre los jugadores.

Porque, a poco de llegar, solicitó autorización para mezclarse en el duelo. Uno de los que oficiaba de interlocutor, morocho, alto y fornido, le miró el costado derecho del cuerpo y luego a los ojos.

El amputado encajó el muñón entre los parantes de la muleta, apoyado sobre la empuñadura –que estaba muy baja porque tenía los brazos largos–, se afirmó sobre la almohadilla axilar, con el peso del cuerpo clavó la contera en el pasto e hizo un gesto que luego le vería con frecuencia y que siempre me cegó: ladeó la cabeza, y con ella el penacho oscuro, como al compás de una tormentosa melodía interior, describió un breve semicírculo hacia atrás y terminó el ademán afirmando el cuello y mirando al inspector. El supervisor bajó sus ojos. Yo sentí en aquello un desdén por los almuerzos familiares de los domingos, como si él supiera lo que les hacen los saciados a los que tienen hambre. Así fue la primera manifestación; en adelante, bastaba con que llegara para que le hicieran sitio.

Corría como un hombre con una muleta, claro está, pero no eludía el roce físico y –más todavía– reaccionaba con brusquedad cuando creía que alguien le había tenido lástima. La mayoría de las veces golpeaba la pelota con el extremo de la muleta, pero en algunas ocasiones, mediante un acrobático espasmo, lo hacía con la pierna izquierda; la de apoyo.

Cuando el tiro salía bien, sacudía la cresta brillante contorsionando el cuello, como lo había hecho al llegar. Muchos años más tarde, el acordeonista ciego de *Amarcord* hizo un gesto semejante, que pensé que había olvidado y que identifiqué de inmediato.

No sé cuánto duró el espectáculo, durante cuánto tiempo el amputado fue a patear a la plaza, pero sí que en una ocasión mi padre abrió la puerta de esa habitación, yo escuché el sonido y me di vuelta.

Achicó los ojos, ofuscados por la claridad que lo golpeaba en la cara, y me preguntó qué hacía ahí, trepado. Le conté y se puso a mi lado para mirar él también; no necesitaba de ningún suplemento y rápidamente se involucró con lo que estaba viendo. ¡Un partidario de Aramburu! "*¡Rafatalla!*" Un doble agente, ahora lo sé.

Lo escuché respirar cada vez con mayor agitación, como si en el medio hubiese muchos hilos que se entrecruzaran: una especie de roce, de saludo, de sujeción. Mi padre miraba, tenaz, negativo, categórico.

Como yo no tenía el hábito de su contigüidad, me sentí incómodo y le hice un comentario acerca de una historia que había leído. Era de un brasileño, Monteiro Lobato, y tenía palabras que me regocijaban y me traían serenidad, como *jaboticaba* o *chirimoya*.

En uno de los volúmenes de la obra, aparecía el *Saci*, un negrito atropellador de una sola pierna, que usaba sobre la cabeza un capuchón rojo y que agriaba la leche en las jarras.

"¿Sabías que el *Saci* es tan artero, que cuando quiere, a pesar de tener una pierna, la cruza como si fueran dos?" Mi padre hizo el ademán de mirarme, pero continuó, agitado, con los ojos en la plaza por unos minutos más, estupefacto como si él mismo hubiera comprendido que era un mutilado.

Luego, se dio la vuelta y salió como había llegado. Nunca más volvió. Solo, alguna vez, mi abuela se asomaba, miraba, profería su: "Ahj, *¡rafatalla!*" y me dejaba en paz.

Pero ellos siguen allí, por lo que se puede ver, inmutables y, por tanto, de algún modo eternos.

El espíritu de Perón,

por Virginia Feinmann

Ese año en la escuela se cantaban más marchas. La directora ordenaba formar fila y después decía lo de la patria recuperada, y decía firmes, distancia, descanso, firmes. A la salida se arriaba la bandera con "Vamos, argentinos, vamos a vencer". Era una bandera nueva, con la franja del medio muy blanca, pero tenía un agujero pequeño en el costado. Cata podía verlo con toda claridad. Cada vez que después de firmes-distancia-descanso-firmes arriaban la bandera, lo único que ella miraba era ese agujero en la tela.

Su hermana Pepi iba a buscarla seguido durante el recreo. No le gustaba jugar con otros chicos. No sabían tocar la guitarra como ella ni conocían temas de Pedro y Pablo. Muchas veces terminaban las dos solas, caminando en círculos por el patio, cantando en voz baja.

Era un día de esos en que Pepi se acercaba. Había querido cantar la *La Luis Burela* y nadie más quiso. A ella le gustaba esa canción. "¿Con qué armas, señor, lucharemos? / Con las que les quitaremos, dicen que gritó." Siempre repetía el estribillo, mientras saltaba a la soga, mientras saltaba al elástico, si bien su papá, que era quien en principio se lo había enseñado, desde el comienzo del año venía diciéndole que no lo cantara más.

Así estaban cuando llegaron las inglesas. En realidad no eran inglesas. Florencia se llamaba Florencia pero le decían Florence, y a Carolina, Carol. Sus padres habían nacido en algún lado, con nombres de ese estilo. El nombre de la madre, por ejemplo, era Eudora, pero ellas habían explicado que se pronunciaba Iudora. También contaron que tenían un perro que se llamaba Maxwell y que era un *preston terrier*. Fue lo primero que les informaron a todos al empezar la escuela.

Ahora querían invitarlas a jugar. ¿A nosotras?, se sorprendió Pepi. Cata esperó callada. Bueno, sí, dijeron las inglesas. *Well, yes*, dijo Florence. *Why not?*

Jamás les hablaban en los recreos. Cata y Pepi no tenían idea de qué estaba balbuceando Florence mientras movía las manos y mostraba el cielo y Carol les miraba los zapatos con sus ojos finitos y celestes, así que volvieron a preguntar por qué.

—Es un juego que inventó nuestro primo de Adlington, les va a encantar.

—Pero a nosotras ¿por qué?

—Bueno porque… *well*… Porque nadie más se anima.

Caminaron. Florence tenía piernas largas e iba adelante sin esfuerzo. La punta del lazo de su delantal, siempre más blanco que los demás, subía y bajaba con sus movimientos, las iba guiando por calles en círculo, con árboles cada vez más grandes que empezaron a oscurecer el cielo. Las casas se hicieron anchas y bajas y las plantas trepaban por las paredes. El aire era frío, pesado.

—¿Cómo es el juego? –dijo Pepi.

—*Well*… –Carol miró a Florence–, se cortan unos papeles…

—Sí –dijo ella y se dio vuelta, las trenzas rubias también giraron y el lazo de su delantal la rodeó como la cola del corcel encantado–. Se cortan unos papeles, en cada uno escribís una letra del *eibicí*, los ponés en círculo, arriba de una mesa… Apoyamos una copa de cristal boca abajo. Cada una pone su dedo arriba de la copa.

Siguió caminando.

—¿Y entonces?

—Y entonces podés hablar con los muertos –completó Carol.

La casa tenía puertas verdes como pizarrones gigantes y dos leones de bronce con anillos en la boca. Pepi quiso tocar uno, pero Cata le detuvo la mano. Florence apretó un timbre que sonó como una campanita. Una señora parecida a la portera de la escuela les abrió la puerta. Las inglesas pasaron sin saludarla. Pepi quiso darle un beso pero por alguna razón no se animó. Entraron.

Iudora, la madre, leía un libro cerca del fuego. Era una chimenea como la de los cuentos, como la de Papá Noel en trineo, con fuego encendido de verdad. Ella estaba envuelta en una manta y la tapa del libro era de terciopelo rojo y letras doradas. Antes de que pudieran acercarse las miró, levantó una ceja y les sonrió con media boca. Volvió al libro.

—¿Le avisaste a tu mamá que veníamos? –preguntó Cata mientras seguían a las inglesas por una escalera de madera lustrada.

Cada paso hacía un ruido que nunca habían escuchado. Quizá solo el piano de la escuela cuando venían a afinarlo. Le abrían la panza de madera oscura, las cuerdas y los martillos y el pañolenci adentro. Así pisaban ahora.

—Sí, le avisamos.

—¿Y qué dijo?

—Que estaba bien –se rió un poco–. Que seguro iban a querer hablar con Perón.

—Queremos hablar con Perón –dijo Pepi–. Tenemos que hablar con Perón, Cata, papá se va a poner contento…

—*Very well then* –Florence dispuso las letras sobre una mesita de madera redonda–, ¿cuál es el nombre del señor Perón?

—Juan Domingo –dijo Cata y sintió que se paraba más derecha.

—Pongan los dedos –indicó Florence y una vez que lo hicieron cerró los ojos y recitó: si el espíritu del señor Juan Domingo Perón se encuentra presente en la sala, que se manifieste a través de la copa.

—Haced que compadezca... –agregó Carol.

—Sí, haced que compadezca delante de..., no, que comparezca...

—No, que compadezca…

—¡Queremos hablar con Perón! –dijo Pepi.

La copa se movió.

Pareció que flotaba sobre esa madera casi negra y suave. Sin que la forzaran de ningún modo fue de letra en letra. Primero a la L, después I, después B. Se miraron.

–Liberación –dijo Cata–. Liberación o dependencia. –Lo había escuchado varias veces.

—*No way!* –dijo Florence.

—¿Entonces qué?

La copa frenó un segundo y retomó hasta la R y después la O. ¿Libro? Y después M, A, D, R, E. Y después volvió al centro y se quedó totalmente quieta.

—Libro madre no es nada. Libro madre...

—Cuando entramos tu mamá estaba leyendo un libro –se acordó Cata.

Carol bajó las escaleras corriendo. Volvió y dijo que su madre estaba leyendo *The hound of the Baskervilles* y que lo había escrito sir Arthur Conan Doyle y que por lo tanto estaban hablando con él.

—No puede ser. ¡Llamamos a Perón!

—*Excuse me* pero me parece mucho más interesante –dijo Florence y empezó a hablar en inglés con la copa.

Cata y Pepi no volvieron a poner los dedos, agarraron sus portafolios y se fueron sin saludar. Cuando la señora igual a la portera de la escuela fue a abrirles Pepi la abrazó y lloró. Ella no dijo nada. Solo le acarició la cabeza con una mano callosa, despacio, hasta que se calmó, hasta que se le pasaron la rabia y el llanto, y pudieron irse y caminar las treinta cuadras que había entre su casa y ese lugar.

Tomaban una sopa de letras. Pepi juntó con la cuchara, la P, la E, la R. Nadie hablaba. Papá no tocaba la guitarra. Mamá lo miraba y cada tanto le daba la mano, le sacudía un poco el brazo.

—Hay que avisarle al Negro, Héctor.

Hay que avisarle al Negro era lo único que decía, en voz muy baja. Solo después, horas más tarde, cuando Cata se despertó en medio de la noche y cruzó el pasillo de baldosas frías para ir al baño, escuchó llorar a mamá.

La directora daba discursos cada vez más largos. Se había triunfado, decía, sobre los enemigos de la nación. Y llevaba los hombros hacia atrás, erguía más el pecho, levantaba más el mentón y taconeaba por los pasillos. Su rodete era cada vez más tirante.

—Nosotras tenemos que hacer algo –le dijo Pepi a Cata en el recreo, mientras caminaba alrededor de ella en círculos porque ninguno de sus compañeros, ni ella misma esta vez, habían querido cantar *La Luis Burela*.

—Tenemos que hacer algo.

Desde el otro lado del patio Florence las miraba, sentada con su pelo dorado en trenzas, con el lazo del delantal reposando a su lado. Subía y bajaba los ojos del libro de terciopelo rojo con letras doradas. No creían que lo estuviera leyendo. Más bien parecía que lo había llevado para molestarlas.

Esa noche sonó el teléfono y mamá escuchó un rato largo.

—Está bien, yo aviso –dijo–. Héctor no... no sé... no está bien... desde lo de Alicia y el Negro.

Cata miró a papá que a su vez miraba algo inexistente, como si esperara, como si vigilara, como si quisiera atrapar ruidos con los ojos.

—Vamos a jugar de nuevo –les dijeron entonces a las inglesas–. El juego del primo de ustedes.

Florence se hacía la distraída, aunque Carol ya estaba diciendo *yes, yes*.

—Y si quieren pueden tratar de hablar con Perón otra vez.

—Sí, con Perón queremos hablar. ¿Les parece esta tarde?

Volvieron a recorrer las calles en círculo, las casas con plantas en las paredes, el aire frío y pesado, los árboles que oscurecían el cielo, la punta brillante del lazo del delantal de Florence.

Esta vez no se veía a Iudora frente al fuego y nadie leía el libro del señor ese, así que pensaron que todo iba a ser más fácil.

Carol arrimó la mesita oscura de tres patas y Florence apoyó una por una las letras. De un armario lleno de cristales y adornos sacó la copa. Lo cerró con un clic suave y una vuelta de llave. Pasó una franela verde a la copa, la puso boca abajo en el centro de la mesa, posó el índice en la base y, *well*, pongan los dedos ustedes también.

—Perón, te pedimos por favor que vengas y ayudes a papá y a mamá –dijo Pepi.

Y las inglesas:

—*Dear God*, ¡así no es!

Pero ella lo repitió, lo repitió unas tres o cuatro veces, frunciendo los labios finitos, haciendo fuerza con los ojos sobre la copa, hasta que empezó a deslizarse y todas sintieron un golpe seco en la panza, como si hubiera arrancado un auto. Se miraron. Y después a las letras.

I - T - S –pausa– C - A - M - I - L - L - A.

—Camilla. Perón está enfermo. Está en una camilla, Cata, por eso estamos así.

—Así ¿cómo? –dijo Florence.

—No sé –dijo Pepi–, así.

—Tristes –dijo Cata–. Con miedo –y le sostuvo la mirada.

La copa volvió a moverse.

CAMILLA – FROM – BARLEY - FIELD.

—Camilla... ¡la nena del camión silo! –Florence y Carol se agarraron las manos–. Es una nena... –les dijeron–, era una nena... murió en el campo de su padre... era como nosotras...

—Como ustedes cómo.

—Como nosotras, así como somos nosotras, pero fue al campo y habló con los peones. No saben por qué fue y habló con los peones. Y a la noche la encontraron en un camión silo.

—¿Un camión qué?

—Un camión silo... –Carol pensó...

—...*Grain storage lorry* –dijo Florence, y Cata quiso preguntarle a esa nena si sabía algo, si los peones le habían hablado de Perón.

—¿Vos entendés lo que dice?

—Obvio que entiendo, entiendo todo, ella fue al campo y los peones la metieron en un camión silo y le tiraron los granos encima a propósito y la ahogaron.

—La mataron –completó Carol.

—¿Cómo sabés que fueron los peones? –Cata se levantó tan fuerte que golpeó la mesa con las rodillas. La copa se inclinó un segundo, después volvió a su lugar–. A lo mejor ni sabían que ella se había metido ahí. A lo mejor se metió sola, por ser una nena inglesa tonta que no entiende nada.

—¿Qué decís? Fueron los peones. La mataron, *right, Camilla?* –Florence siguió hablando en inglés.

Carol lloraba y decía *"poor Camilla"* y ellas agarraron los portafolios de nuevo y se fueron corriendo de ahí.

A la hora de la cena el teléfono sonó más que nunca. Mamá se apretaba el ceño con dos dedos y decía:

—Sí, sí, estoy avisando. Estoy avisando a los que puedo. A algunos ya no los encuentro.

Papá había dicho que no cenaba, que cenaran sin él. Le dolía mucho la cabeza y se había tirado en un sillón. Estaba acurrucado como un bebé con frío.

Pepi le dijo a su hermana que iba a pasar el recreo con amigas, que había encontrado una que se sabía, *Ay país*, que iban a cantarla juntas y que no se preocupara. Apenas Cata se dio vuelta para jugar al elástico, ella salió por la puerta de hierro negro sin mirar a nadie. Pensó que así nadie la miraría a ella, y así fue.

Corrió por la avenida hasta la calle en círculo, las casas anchas, el aire frío. Imaginaba el lazo blanco de Florence adelante, como las miguitas de Hansel y Gretel, como la cola del corcel encantado que le decía por dónde ir. Reconoció la casa de los pizarrones verdes. Tocó el timbre de campana. La señora igual a la portera de la escuela la abrazó, le secó las lágrimas, le apartó el pelo húmedo de la frente, escuchó todo lo que tenía para contarle. Cuando, llegado el momento, Pepi le pidió el favor de subir al cuarto de la copa, la dejó pasar. Y cuando le dijo que necesitaba ver las letras un segundo, la señora, tranquila, callada y armoniosamente, también dio vuelta a la llave del mueble y lo abrió con el suave clic.

Esa noche mamá tampoco cenó. Les dejó unas milanesas cortadas y un puré con grumos y se fue a seguir envolviendo. Cada tanto le llevaba un té a la cama a papá. Y después puso la máquina de escribir en una caja y la cerró con cinta. Recubrió los vasos con papel de diario. Bajó libros de la biblioteca y los apiló en el piso, cerca de las valijas.

Cuando todos se acostaron, Pepi la escuchó llorar otra vez, bajito. Golpeó la puerta del dormitorio. Entró. Mamá tenía el codo apoyado en la mesa de luz y la cara sobre ese codo. La levantó y la miró. Le sonrió. Pepi se acercó y le dio lo que guardaba para ella desde la tarde. Una por una le fue alcanzando, primero la P, después la E, la R, la O, la N. Mamá las acomodó sobre el vidrio de la mesa de luz. Le acarició la cabeza. Le dijo sí. Sí, mi amor, sí.

Escuditos,

por Jorge Alemán

a Gustavo Abrevaya

Siendo un niño encontré en casa una cajita llena de escuditos, escondida en un placard. Así fue que hallé una de esas insignias que los mayores llevaban en el ojal. Pero esas insignias, por razones extrañas a mi entendimiento, no eran inocentes. Estaban ocultas desde hacía tiempo, nunca las había visto antes.

Entonces pregunté a Madre por su significado y, antes de terminar la pregunta, me respondió:

—Están prohibidas.

Aquí mi asombro se demoró en el brillo huidizo que me observaba desde el escudito. Nunca había tenido en mis manos un objeto tan mínimo, casi insignificante, y que a la vez participara de lo prohibido. Madre había sido concluyente: prohibidos.

Y pude sentir su temor cuando pronunciaba esa palabra. ¿Qué representaban? ¿Qué bizarra pertenencia señalaban?

—No sé si Padre podrá explicarte esto a tu edad. Que lo haga él porque a mí siempre me gustó Evita –¿Había escuchado antes el nombre de Evita?–. Que él te diga algo porque eso va a volver…

Un pequeño objeto, con colores familiares en el caleidoscopio de una patria perdida en la infancia del hijo de un peronista, se presentaba por primera vez como el talismán de un mito siempre a descifrar.

Cora volvió a trabajar,

por Celeste Abrevaya

Francisca se miró la bombacha limpia y frunció el ceño.

—Mamá, mamá, vení, quiero agua, salí del baño. Mamá, dale.

Los hijos siempre golpeaban a la puerta, ese reclamo de cada día, lleno de amor, seguro, pero implacable.

Terminó lo suyo y salió.

La llamaban la puta. Seco, impiadoso. "Ahí viene la puta", decían cuando ella pasaba. Esos pantalones, el cigarrillo que fumaba hasta en la calle, hasta en la calle ¿te das cuenta?, es increíble, y la cascada de rulos negros que le llegaba a la cintura, para el barrio eran suficientes argumentos. Los muchachos del Atalaya en Isidro Casanova le comían el culo con los ojos cada vez que salía a hacer los mandados. Un culo redondo y parado que movía como Tita Merello. "Mirá ese pan dulce, por favor, querido", decían sin disimulo desde la mesa del bar, junto a la ventana. "Cuando viene es una gloria, pero cuando se va, mi Dios, me arruina el día". Y también: "A esta le gusta que la miren, lo único que quiere es tener un macho encima".

Algunas vecinas la despreciaban y tampoco ocultaban su opinión: "Ay señora, cuide a su marido, los hombres son cabeza fresca y a estas putitas se le van al humo".

Sin embargo, otras, las menos, la admiraban en secreto. Quizás porque entendían que Francisca era lo que ellas hubieran querido ser, pero no se habían animado. Mientras baldeaban la vereda cuchicheaban sobre el último novio de Francisca y comentaban ese andar soberbio que tenía, esa seducción desfachatada que ellas habían perdido por tener que lavar calzones. ¿Qué no hubieran dado por ser como ella, aunque más no hubiera sido por un momento? La admiración las desgarraba. Y tenían el coraje de admitirlo.

Elena y Nilda se la cruzaron en la verdulería y rompieron el hielo. Caminaron juntas. Entre risitas nerviosas, como una travesura, le pidieron un Derby. Ella les convidó. Tosieron la tos del primer cigarrillo.

—¿Qué me diste, Francisca? Me da todo vueltas.

Francisca se encogió de hombros.

—Es la costumbre, cuando se te pasa el mareo, empezás a disfrutar y entonces entendés para qué fumás.

— ¿Y para qué fumás?

—Mirá, después de dormir a los nenes, salgo al patio, prendo un cigarrillo y ya tenerlo entre mis dedos me cambia el día. No parece mucho, ¿no? Pero yo lo veo como los negros cuando abolieron la esclavitud. Una vez que probaste eso, es un camino de ida.

Entonces, con la premura de lo nunca dicho, hablaron de la vida doméstica, del ahogo que sentían. Se decía que del trabajo a casa y de casa al trabajo, pero para Elena y para Nilda el trabajo y la casa eran lo mismo.

Francisca había tenido que conseguirse una changa cuando su marido se fue, dos años atrás. Hacía la manicura en la peluquería de Teresa. Juntaba unos mangos, mantenía a los hijos, que eran tres, dos nenas y un varón.

—Se fue con otra, Elisa. Supe que armó una familia nueva. Yo ya hice eso del matrimonio y la verdad es que no me gustó. No me enganchan más. Ya sé que en el barrio me llaman puta, que digan lo que quieran. A Evita también le dicen puta.

— ¿No lo extrañas?

—Al principio, un poco. Pero un día me di cuenta de que hacía mucho que estaba harta de esa vida, y entonces me alivié, así que, en secreto, le agradecí al turro ese por su traición y decidí seguir sola. Mis hijos lo extrañan, y tienen razón, pobrecitos, el tipo no les da ni cinco de bola. Pero estamos inventando una familia sin un pelotudo en camiseta que se tira pedos y que en lo único que piensa es en Boca. Yo me divierto y no lo tengo ahí diciéndome "Francisca, ¿qué hiciste todo el día? ¡Esta casa es una pocilga!". Igual, les digo, alguna cosa linda tenía Antonio, en primavera mi casa siempre olía a jazmines que él me traía. Pero ahora huele a Derby, qué se le va a hacer. Y me encanta. José duerme conmigo dos veces por semana, el tipo me cumple, eso me gusta, arregla la cortina cada vez que se traba y encima cocina un pastel de papas para chuparse los dedos. No necesito que me dé un techo, ya tengo uno. Y si alguna vez se borra, entonces, chicas, al carajo con José. No necesitás ser un macho para cambiar una lamparita.

Hubo escandalizadas risas femeninas.

—¿Y cómo es estar con otros hombres? –preguntó Nilda, tenía la excitación a la vista–. Yo solo conocí a Juan. Me casé a los 19, y acá estoy. No me quejo, eh, nos llevamos bien, es bueno conmigo, me ayuda con la casa, los sábados hacemos las compras, es un padre amoroso –Nilda hizo un silencio–. Lo que pasa es que yo, cuando era chica, me imaginaba otra cosa de la vida.

Francisca hizo una mueca y las miró con el cigarrillo en la boca.

Las chicas tenían el corazón agitado, querían escucharla, saber más.

—Hay que probarlo. Un mismo hombre para siempre es aburrido, pero eso es para mí. Y que Dios me perdone.

Miró al cielo y dio otra pitada al cigarrillo.

Después charlaron como la mayoría de sus vecinas, dijeron que gracias a la Señora pronto iban a poder votar, algo muy importante.

—¿Se imaginan? Yo nunca estuve en un cuarto oscuro, no veo la hora de depositar mi voto en la urna, PERÓN PRESIDENTE - EVITA VICE, yo apoyo al General y a la Señora hasta la muerte –dijo Elena.

—Eso, hasta la muerte –dijeron las otras dos a coro, se sorprendieron, se miraron, y empezaron a reír a carcajadas.

Después cambiaron los temas, los bueyes perdidos aparecieron como siempre, dijeron que era un invierno frío, y también comentaron la última película de Carlos Schlieper, *Cosas de mujer*. Se despidieron con un beso, y Nilda propuso ir a la plaza con los chicos el domingo a la tarde.

Cuando Francisca entró a su casa, dejó el changuito con las compras en la cocina y se fue al baño.

La bombacha seguía limpia.

Preparó fideos, gritó "a comer", los chicos llegaron corriendo, parlotearon y comieron como potros felices. Después los acostó, salió al patio, suspiró, prendió un Derby. Contó las estrellas, canturreó *Cambalache*, terminó el cigarrillo, lo pisó, se fue a la cama.

Ya se dormía cuando pensó:

—No quiero ser madre otra vez.

El domingo, después de la siesta, se encontraron en la plaza. Llevaron bizcochitos de grasa, mate, una Crush. Mientras los chicos jugaban a la mancha, ellas charlaban, la conversación fluía, los temas se atropellaban, hablaban, se escuchaban, desmenuzaban cada palabra que salía de cada boca, no dejaban de contenerse y aconsejarse, de compartir lo silenciado por pudor o por la creencia de que hay cosas que no se ventilan. Dijeron groserías, hablaron de sexo, se retorcieron de la risa, fumaron, se abrazaron, las lágrimas vinieron solas.

Se hicieron las ocho.

—Chicos, a casa, vamos, a despedirse. Cinco minutos más y listo, es tarde —gritó Elena, que ya juntaba las cosas.

Francisca le agarró la mano a Nilda, la miró a los ojos, le dijo:

—Creo que estoy embarazada.

Elena escuchó y volvió la mirada para donde estaban las dos mujeres.

—Bueno, bueno, jueguen un rato más —dijo, y se metió en la conversación.

—¿Estás embarazada? ¡Qué alegría, Francisca! ¡Felicitaciones! —dijeron casi en automático y se le acercaron para abrazarla.

Francisca les mostró una palma, se fue para atrás, no quería abrazos.

—No entienden. No voy a tener otro hijo, necesito que me ayuden.

La miraban.

—No es momento, no tengo plata, pero tampoco es eso, yo, la verdad, no tengo ganas. A José no voy a contarle. Estamos tan bien así —las miró—. Yo creí que con todo lo que hablamos me iban a entender. Todo ese blablá de la libertad, el deseo, el fastidio con el encierro, ir y venir a mi antojo. Yo no conseguí nada por mí misma. Y estoy cansada para empezar de nuevo con los pañales. Che, no me miren así, por favor.

Elena agarró sus cosas, les pegó un grito a los hijos, miró a Francisca:

—Con esto no puedo, lo que tenés adentro tuyo es un tesoro, y que estés pensando en sacártelo, ay, Dios, no, no. Perdoname.

Se fue Elena.

Nilda la abrazó y le susurró al oído:

—Yo te voy a ayudar, hermana.

Le dio un beso como nunca antes le había dado a una mujer y buscó a sus hijos que seguían en las hamacas.

Francisca se quedó sola, se apretó el entrecejo con los dedos, hizo fuerza para no llorar. Prendió un cigarrillo, le dio una pitada larga. Miró al frente, un grupo de chicos jugaban a la pelota. Atrás, en un viejo paredón una pintada decía "Perón - Eva Perón. La fórmula de la Patria". Agarró a los nenes, se fueron a casa. Los mandó a bañarse y puso a Juanita Larrauri en el tocadiscos.

Bailó *Evita Capitana* en la cocina mientras hacía milanesas con puré.

Al día siguiente se despertó temprano, llevó a los hijos al colegio y se fue a lo de Teresa. A media mañana apareció Nilda, se paró frente al mostrador y le dijo a la empleada que quería hacerse las manos.

—Con Francisca, por favor.

Francisca sacó los elementos de manicura, empezó a limarle las uñas. Charlaron del rumor: parecía que el domingo siguiente, Día del niño, la Fundación Eva Perón iría al barrio a repartir regalos.

—Carlitos quiere una bicicleta. Ya le dijimos que ni lo sueñe, no nos alcanza, que le pida a Evita, a ver si tiene suerte. Así que, dicho y hecho, le escribió la carta y, dice que se la quiere dar a la Señora en persona –contó Nilda, y se miró las uñas–. ¡Quedaron preciosas!

Antes de irse, agarró la cartera, sacó la propina para la manicura, en la propina iba un papelito, en el papelito un número de teléfono.

—Llamá a Cora, es amiga de toda la vida –le dijo en un susurro.

—Gracias Nilda, gracias, de verdad.

En el descanso, se fue al teléfono público y marcó el número.

—Hola. ¿Hablo con Cora? Mi nombre es Francisca. Llamo de parte de Nilda Gómez. Ella me pasó su teléfono, quiero hacerme un… este… usted entiende.

—Sí, sí, qué tal. Fenómeno, el viernes de la semana que viene, a las cinco de la tarde, ¿le viene bien?

—Sí, está bien. ¿Cuánto me va a costar?

—Nada, princesa, lo que pueda.

— ¿Cómo?

—¿Nilda no le explicó? Somos la REP, Red de Enfermeras Peronistas. Donde existe una necesidad nace un derecho. Para eso estamos, ayudamos en lo que podemos a las mujeres que lo necesiten, y solo eso. La REP es una red clandestina, somos enfermeras, y peronistas hasta la muerte.

Hasta la muerte, escuchó Francisca, y dijo:

—Gracias, Cora. Estoy un poco nerviosa. ¿Usted está en Capital?

—No estés nerviosa, mami, te puedo tutear, ¿no? Te vamos a cuidar. Estoy en Boedo. Salcedo 3610, departamento 2. Te espero.

—Un beso, gracias en serio. Nos vemos.

***

La calle principal de Isidro Casanova era un hervidero. Los pibes estaban excitados, daban alaridos, corrían entre los adultos, se tropezaban, berreaban. Esperaban la llegada de los camiones con los regalos.

Las veredas estaban decoradas con banderines de colores con las figuras de Perón y Eva, y la leyenda "Los únicos privilegiados son los niños". Algunos llevaban carteles hechos a mano o con sábanas viejas. Le hablaban a Eva, le pedían que fuera candidata, le decían que la amaban.

Nilda y Elena vieron a Francisca de lejos, se saludaron con la mano. Elena la miró seria, pero fue la primera en acercarse. La agarró a Nilda de la mano y cruzó la calle esquivando gente. Se dieron un abrazo.

—¿Cómo estás, Francisca?

—Estoy tranquila, gracias.

—Disculpá que el otro día me fui así, me sentí mal después.

—No te preocupes, vení, dame un abrazo.

—Escuché que viene Evita, no sé si será cierto, ¿ustedes qué dicen?

—¿Evita? ¿En serio? Ay, que me va a dar algo, conozco una vueltita para quedar más cerca, vengan, llamemos a los nenes. Si la veo la voy a besar, le voy a tocar ese pelo brillante que tiene. ¡Ya sé! Le puedo regalar mi cadenita –dijo Elena casi en un grito.

Los camiones llegaron escoltados por un Cadillac negro. Se acercaban despacio. Estacionaron en medio de la calle, entre el tumulto. Elena, Nilda y Francisca habían podido dar la vuelta, pero no había manera de avanzar más.

—¡La veo! ¡La veo! ¡Ahí está, mirá como saluda! –gritó Francisca.

Los aros de perlas, el rodete, esa sonrisa que solo ella podía mostrar. La piel tersa y luminosa. Tan bella, la Señora. Saludaba con el brazo levantado, la palma de la mano abierta.

Norma, la más chica de las hijas de Francisca, se escabulló y corrió hasta ella. Le colgaban mocos verdes de la nariz. Cuando la vio, se le prendió a las piernas, Eva se agachó, la agarró de la cara y le dijo:

—¡Pero qué hermosa sos! ¿Cuántos años tenés?

Norma abrió grandes los ojos y le mostró cuatro dedos.

—Tomá, mi amor, un regalo para vos –Evita le entregó una muñeca de paño, una negrita llena de rulos, le revolvió el pelo, le dio un beso y siguió.

Un custodio se le acercó al oído y le dijo:

—Señora, la nena le ensució el tapado con moco.

Eva lo miró seca y contestó:

—Los niños no ensucian.

***

—Nilda, ¿me vas a acompañar? Tengo miedo.

—Sí, Francisca, yo te acompaño. Va a salir todo bien.

***

Entraron al consultorio. Cora abrió la puerta y saludó primero a Nilda. Era una gorda sonriente, el pelo corto y lacio, petisa, hablaba fuerte. Tenía la boca ancha, pintada de rojo y un delantal blanco.

—¡Negra querida! ¡Tanto tiempo! No esperaba verte, qué sorpresa.

Se abrazaron, Nilda le presentó a Francisca.

—Cuidámela, Corita, es mi amiga. Ponele unos tangos, que le gustan.

Caminaron por un pasillo largo y entraron al departamento. Había muchas plantas, y en un almanaque un dibujo de un obrero con un overol azul que alzaba un martillo. Dos gatos daban vueltas por ahí. Las paredes estaban pintadas de amarillo clarito, y la luz del hall de entrada titilaba.

—Vení Francisca, vamos a empezar. No va a ser largo.

Francisca besó a Nilda.

Entraron en una habitación, había una camilla negra.

—Acostate y sacate el pantalón, mami, ¿así que te gusta el tango? Vamos a poner la radio.

Francisca hizo caso, estaba nerviosa, pero el tango la calmaba.

Cora empezó a preparar el instrumental.

Nelly Omar cantaba *Desde el alma*.

—¡Esta Nelly tiene una voz! ¡Por favor! ¡Quién pudiera! Canta mejor que muchos que se hacen los machitos –dijo Cora.

—Sí, sí –contestó Francisca, con voz de persona ausente. Su cuerpo era lo único que tenía en la cabeza.

La transmisión se interrumpió de golpe. El locutor anunció una cadena nacional.

Compañeros, quiero comunicar al Pueblo Argentino mi decisión irrevocable y definitiva de renunciar al honor con que los trabajadores y el pueblo de mi patria quisieron honrarme en el histórico cabildo abierto del 22 de agosto…

Se produjo un silencio. Francisca, con las piernas abiertas y las manos atrás de la cabeza, masticaba un caramelo de menta.

No tengo en estos momentos, más que una sola ambición. Una sola y gran ambición personal: que de mí se diga cuando se escriba este capítulo maravilloso que la historia seguramente dedicará a Perón, que hubo al lado de Perón una mujer que se dedicó a llevarle al presidente las esperanzas del pueblo, que Perón convertía en hermosas realidades y que a esta mujer el pueblo la llamaba cariñosamente Evita. Nada más que eso.

Cora rompió en llanto. Francisca empezó a temblar. Se agarraron de las manos y se miraron.

Evita quería ser cuando me decidí a luchar codo a codo con los trabajadores y puse mi corazón al servicio de los pobres […]. Si con ese esfuerzo mío, conquisté el corazón de los obreros y de los humildes de mi patria, eso ya es una recompensa extraordinaria que me obliga a seguir con mis trabajos y con mis luchas. Yo no quiero otra cosa que este cariño.

—Es una reina –dijo Cora.

Estoy segura de que el Pueblo Argentino y el Movimiento Peronista que me lleva en su corazón, que me quiere y que me comprende, acepta mi decisión porque es irrevocable y nace de mi corazón. Por eso ella es inquebrantable, indeclinable y por eso me siento inmensamente feliz y a todos les dejo mi corazón.

El locutor anunció el fin de la cadena nacional.
Volvió el tango.
Las mujeres quedaron en silencio.
Y en silencio se miraron, sonrieron, lagrimearon.
Cora volvió a trabajar.

Relojito,

por Ezequiel Bajadish

> *Me moriré en París con aguacero,*
> *un día del cual tengo ya el recuerdo.*
> *Me moriré en París — y no me corro —*
> *tal vez un jueves, como es hoy de otoño.*
> CÉSAR VALLEJO

Ya deje de mirarme torcido hombre, que no estoy aquí para causarle molestias. Que este ojo ciego y estas pilchas no lo intimiden, que soy un buen cristiano. Simplemente no pude dejar de escuchar a usted y a sus amigos hablar hace unos momentos y se me ocurrió ¿por qué no? acercarme a charlar unos instantes. Los vi llegar hace una hora o quizás un poco más y los noté extraños. Somos pocos y aunque no nos hablemos, nos conocemos bien en este tugurio. Algunos parroquianos vienen solos y beben toda la noche sin mediar palabra con nadie, se desmayan sobre las mesas hasta la hora de cierre o agitan el vaso por los aires y, como si se tratara de un lenguaje cifrado que los mozos interpretan a la perfección, les llenan el vaso. Otros cuantos, en cambio, se la pasan deambulando de mesa en mesa en busca de alguien para conversar. No es mi caso particular, naturalmente ocupo el primero de los ejemplos que le mencioné.

¿Esta libreta? No se me apure que va a haber tiempo para eso. Le decía que hace un poco más de una hora lo vi llegar con sus colegas, sus amigos. ¡Salud por ellos! Que vinieron y se sentaron, todos menos usted. Lo vi caminar de una punta a la otra de la barra, estaba nervioso, y apuesto que todavía lo está. Miraba la puerta de calle, miraba la hora en el aparato aquel, volvía a mirar y se preocupaba.

Después de que se hubieran sentado a su mesa, los escuché hablar prestándoles una atención casi violadora. Me disculpo por eso, pero ya está hecho. "¿Y si no viene?", preguntó su amigo, mientras una duda le recorría la cara y usted le respondía, más que para él para usted mismo, que Relojito Torres iba a llegar. El muchacho grandulón de allá preguntó, como sacándose un abrigo al llegar, si no se habría enganchado con alguna mina en el camino o quizás se le complicó, pero usted lo cortó en seco aludiendo a la puntualidad de su amigo, y que jamás el tal Relojito llegaría tarde al truco de los jueves. Una bosta el truco gallo, ¿eh? Pero claro que no estoy acá para juzgar los métodos de juego que emplean, sino, por el contrario, para contarles una historia. Porque resulta, muy a pesar de todo, que el tal Relojito que ustedes esperan y nombran, me recuerda a un viejo amigo que, al igual que él, no llegaba tarde a ningún lado. Y era tal su puntualidad que se volvía absurda esa clase de comportamiento. Pongamos por caso que me tenía que encontrar con el aquí mismo a las diez en punto, y al llegar yo a las diez menos cuarto, él ya hubiera estado aquí desde antes de lo que, en un principio, yo podría adivinar.

Soy un hombre viejo y cansado. En cuanto a lo material se refiere, estoy quebrado. No tengo nada para ofrecer ni ganas de que me lo ofrezcan. Pero lo que sí tengo, y eso amigo mío vale más que cualquier oro del mundo, son historias. Historias que marcan el tiempo como un compás eterno, uno que dibuja un vaivén pendular e hilvana los momentos con los lapsos más increíbles que cualquiera de ustedes pueda imaginar.

Mi Relojito era un judío que se hacía llamar Taurelle. Lo conocí en la década del cuarenta, cuando trabajaba en la metalúrgica Tiberi de La Plata. Nos hicimos muy amigos por las cosas que teníamos en común: el peronismo y el fútbol. Era 1943 y se terminaba la década infame, pero las aguas estaban tibias. Eran tiempos difíciles y era complicado amoldarse para sobrevivir. Pero por suerte siempre había una buena razón para yirar un poco, para que la realidad no fuera tan áspera.

Al poco tiempo de conocernos ya éramos amigos. Él era un peronista que vino del anarquismo y yo un peronista de Perón. Sin embargo congeniamos. Era Taurelle quizás la persona con la que más relación tuve durante esa docena de años que duró nuestra amistad. Cada cierta cantidad de tiempo, nos encontrábamos fuera del trabajo en distintos lugares: Plaza de Mayo, Parque Rivadavia, o aún más allá de la General Paz. Cualquier excusa nos venía bien para olvidar la rutina y pasar un buen rato entre amigos.

La primera vez que nos vimos fuera de la fábrica me sembró una sensación extraña. No sé exactamente qué era, pero de sentido tan inexplicable como atractivo. Aquella tarde Taurelle y yo habíamos quedado en encontrarnos en el barrio de Boedo de donde él era oriundo, para ver salir campeón a Boca, en el café Margot. Yo llegué temprano pero cuando lo encontré, el hombre ya estaba ahí desde hacía más de una hora. Taurelle fumaba lento, como quien espera demasiado que las cosas sucedan. Y así nos pasábamos la vida. Él tomando cerveza negra y yo, vino con soda.

En un principio, esta historia no parecería tener nada fuera de lo corriente: dos amigos que solían visitarse para charlar sobre los pormenores de la vida, el trabajo, la familia, quizás un poco de fútbol y política de por medio, pero nada más.

Con el pasar del tiempo la idea de que Taurelle llegara temprano a todos lados me comenzaba a inquietar, y ya no estamos hablando de media hora o una hora de anticipación, dentro de los parámetros medianamente normales para las personas pragmáticas. Sospechaba que el tipo estaba esperándome mucho más tiempo del que yo podría calcular, así que una tarde lo aceché. Habíamos pactado en la planta encontrarnos más tarde en el Luna Park para ver la pelea de Kid Azteca y Sebastián Romanos. Tomé la iniciativa yo. La pelea comenzaría a las 20:00, por lo que lo cité a las 19:00. Tenía la idea de que Taurelle llegaría antes de la hora pactada, por lo que me anticipé en llegar no una, ni dos, sino cuatro horas antes, para ver el momento exacto en el que él llegase.

A las 15:00 horas del 2 de enero de 1943 llegué al Luna Park por la calle Madero frente al parque. Fue tal mi sorpresa que me quedé petrificado. Taurelle estaba sentado en un banco fumando un lento cigarro y dándome la espalda. En ese preciso instante traté de pensar en frío, no iba a lanzarme sobre él para interrogarlo porque habría sido muy obvio. Entonces me metí en un café, me aseguré de que no pudiera flanquearme y lo observé las siguientes horas por la ventana.

Encendí un cigarrillo y después de ese otro más. Taurelle seguía en la exacta misma posición, sentado frente al Luna Park esperándome. Pasaron las horas y no se le movió ni un solo músculo, petrificado con la vista puesta en un irreconocible punto fijo. Cuando faltaban exactamente cinco minutos para las 19:00, Taurelle se movió. Levantó un brazo para mirar su reloj y volvió a tomar su posición habitual. Me acerqué a él con total naturalidad, lo saludé como de costumbre, cruzamos algunas palabras y nos metimos a ver la pelea.

Pasaron extraños años. Pero los momentos de idas y vueltas frecuentando a Taurelle se habían terminado. Para 1954 la fábrica cerró dejándonos a todos en la calle. El mundo vivía alterado: aquí el peronismo ganaba las elecciones legislativas, en Rusia la URSS practicaba un ensayo nuclear que nos dejó perplejos, Alemania salía campeón del mundo, y yo trabajaba como peón en una estancia. Sin embargo, un día caminando por el centro, con un dolor físico que me atormentaba, en un instante que podría haber sido al menos eso, lo volví a ver después de por lo menos un año de no haberme telefoneado ni haberlo visto ni por casualidad. Apareció en mi vida para cambiarlo todo.

En Corrientes y Montevideo lo vi tomando una cerveza en el café La Paz. Estaba solo y fumaba, lento como siempre, estaba escribiendo en una libreta velozmente, como si el tiempo se le acabara. Crucé la calle sin mirar y por poco me atropellan. Al llegar a la vidriera le hice señas desde afuera y, apenas me vio, dejó lo que estaba haciendo, cerró rápidamente la libreta y me invitó a tomar un café.

Hablamos durante horas y nos pusimos al día. Me dijo que había conocido a una mujer hermosa y que había tenido un hijo precipitadamente, que era apenas un bebé de pecho, pero que un día sería un hombre libre. Me dijo que iba a irse de viaje durante un año, pero que a su regreso le gustaría que nos encontráramos para revivir esos momentos antiguos. Fumamos un cigarrillo en la vereda, él paró un taxi y se fue. Me volvió a dejar solo y con preguntas tan tempranas como filosas.

Durante un año me obsesioné con la idea de Taurelle y su regreso. No tanto por recobrar una vieja amistad, sino más bien por el misterio que se escondía en su puntualidad, en sus extrañas apariciones y desapariciones, y durante ese año todo me lo recordaba a él.

El año pasó velozmente a pesar de la ansiedad. A principios de junio recibí una carta de Taurelle diciendo que nos encontraríamos en las inmediaciones de la Plaza de Mayo cerca del mediodía de la semana entrante. Llegué temprano pero como de costumbre él ya estaba ahí hacía bastante tiempo. Nos dimos un abrazo y eso fue lo único que pudimos hacer. El 16 de junio de 1955 nos abrazó a nosotros.

Antes del estruendo nos invadió el silencio que antecede a la tempestad, las sombras aéreas pasaron velozmente sobre nuestras cabezas, levanté la vista un segundo y vi un avión, el primero de muchos. En una de sus alas una insignia rezaba: "Cristo Vence", lo demás es difuso. Una bomba cayó a metros de nosotros y voló en pedazos la fuente cerca de donde estábamos parados, caí al suelo con violencia, mientras oía desgarradores sonidos por todos lados. A mi izquierda una mujer se desangraba y un hombre pedía clemencia. Estaba aturdido, confundido, pero Taurelle no. Solo se quedó ahí parado viendo cómo sucedía todo. Me miró a los ojos fijamente y con un lento y certero movimiento se quitó el bolso y me lo arrojó. Luego un centenar de escombros cayeron sobre él.

Corrí cuanto pude. No sé exactamente hasta dónde llegué, pero me faltaba el aire, me sofocaba todo. El cielo se tornaba rojo, los sonidos, las explosiones, la gente que soltaba su último suspiro. Recuerdo que me metí en las entrañas del subte. A pesar del frío de la superficie de aquel junio, los antiguos túneles del subterráneo que desemboca en Plaza de Mayo eran un infierno conocido. El aire comenzaba a faltar y permanecer ahí era una sentencia constante. Si a esta situación le sumáramos explosiones en la superficie, incendios, gente aterrada corriendo por los rieles y los andenes, heridos por todas partes, humos que bajaban a grandes velocidades, el resultado inequívocamente desembocaría en asfixia.

Habían intentado matar a Perón, pero en ese momento lo único que me importaba era Taurelle. Lo primero que hice fue buscar el bolso que me había arrojado mi amigo para recordarlo de alguna manera.

Me senté en la camilla del hospital, aún con mucho dolor en el cuerpo, metí la mano en el bolso y lo único que había ahí era su libreta. La abrí con un nerviosismo nuevo que no experimentaba desde que espiaba a Taurelle. La primera página me dejó helado. Nada de lo que hubiera imaginado en el mundo habría sido lo que estaba viendo en ese instante.

Era una lista de incontables páginas con acciones que parecían indicar lo que debía hacer Taurelle en cada momento. Claramente no reconocí muchas de las cosas, pero sí encontré algunas que estaban relacionadas directamente conmigo.

En agosto de 1943 escribió que durante un tiempo iba a hablar todos los días con un compañero de la fábrica. A partir de esa fecha fui nombrado con regularidad en aquellas páginas. Sabía que el 2 de enero de ese año iba a encontrarse conmigo en las afueras del Luna Park, también sabía que yo estaría observándolo durante horas.

La libreta decía el momento exacto en el que se iba a enfermar, el punto cronológico correcto en el que la fábrica iba a cerrar, y el instante preciso en el que se iba a encontrar conmigo en el café La Paz después de un largo tiempo de ausencia.

Seguí leyendo y vi con claridad, con ese pulso abrumadoramente lento que tenía, cómo escribiría detalladamente cada suceso de su vida, cada acción, cada decisión que hubiera tomado, cómo sería la mujer con la que tendría su hijo, cómo y a dónde sería el viaje del que tardó un año en regresar y, lo más sorprendente y macabro de todo, sabía con exactitud la fecha, la hora y el lugar del bombardeo donde morirían más de trescientas personas. Y claro que en la libreta también estaba su propia muerte.

Creo que me dormí o me desmayé por las sensaciones que me atravesaban como un rayo. No lo sé. Al despertar traté de tomarme las cosas con calma, esperé que los médicos me dieran el alta, y una vez en mi casa, comprendí que ya nada tenía sentido.

Los años me sucedieron parcos e intolerables, me volví un ser solitario con la carga de esta libreta y un Taurelle que me persigue desde los más absolutos silencios para que haga su voluntad de una forma u otra.

Le pido que no gire la cabeza en busca de una mirada cómplice para certificar la locura que no tengo, que no me falte el respeto con su incrédula mirada. Vengo aquí por razones no del todo agradables y bajo cuestionables voluntades.

Los años no me permitían continuar con esta búsqueda, esta insoportable razón de seguir esta travesía, porque ya no puedo. Pero cuando los encontré, hace un tiempo en este lugar, todo se resolvió en un instante.

Debo confesarle, con miedo y con absoluta tristeza, que el Relojito que usted conoció ya no existe. Y que esta libreta que tengo en mi mano será, después de todo, la única responsable y la única guía que tendrá usted para continuar con lo que hace mucho tiempo comenzó Taurelle.

Le transmito estas palabras a usted porque sé que, después de tantos años de búsqueda, al fin lo encontré y sé que en este momento no me va tomar seriamente, pero cuando sepa que su Relojito ha desaparecido de la faz de la tierra y cuando las dudas le carcoman la mente, tomará esta libreta y entenderá que después de todo este montículo de hojas asediado de ilegibles manchones de tinta será lo único verdadero en el mundo, y solo así entenderá que todos los hechos de la historia se repiten una y otra vez hasta el hartazgo. Y entonces sabrá a ciencia cierta que lo que usted no buscó, es acaso la única razón que mantiene girando al mundo.

Gracias a Evita,

Gracias a Evita,

por Teodoro Boot

Fue poco tiempo después de la revolución que decidí hacerme agente secreto peronista. Cuando no hojeaba el último *Intervalo* sentado en la escalera fingiendo no escuchar lo que mi tía y mi vieja secreteaban en el patio, me pasaba las tardes en la terraza tratando de divisar el avión negro que –según mi abuelo– en cualquier momento traería a Perón de regreso a la patria, al poder, o a donde se le cantaran los cataplines, que para eso era Perón. Lo importante era que yo me encontrara con él antes que nadie: tenía un montón de novedades del barrio para contarle. No me pregunten por qué, pero creo que, sin darme cuenta, yo también había sido afectado por el virus infeccioso que transmitía el Tirano Prófugo.

Eso había ocurrido antes, en otro barrio, en Villa del Parque, donde vivíamos hasta que los nervios de mi vieja no dieron para más. Imagínense: nuestra casa estaba pegada a un largo y populoso conventillo lleno de peronistas.

Por algún motivo mi vieja estaba siempre pendiente de que no supieran qué era lo que pensábamos. Yo no sabía muy bien qué pensábamos, inquietante circunstancia que por primera vez debe de haberme hecho sospechar que a lo mejor yo también era un poquito peronista.

En las últimas dos piezas del conventillo, junto a una cocina y a uno de los baños, vivía un chico que iba conmigo a la escuela. No me acuerdo cómo se llamaba. Pongámosle Pocho.

Por entonces el mundo estaba lleno de Pochos, Juanes Domingos y Marías Evas. Después no.

Íbamos al mismo grado, aunque Pocho era más grande que yo, probablemente apenas unos meses, pero a esa edad las diferencias son muy evidentes. Pasaba que yo había entrado a la escuela "antes". Eso decía mi vieja, pues debería haber ingresado un año más tarde.

¿Cómo había hecho mi familia para conseguir semejante excepción?

Yo estaba secretamente convencido de que había sido por medio de Evita. Mi vieja debía de haberle escrito una cartita explicándole que yo era muy inteligente, que sabía leer y escribir y todo eso.

El que me enseñó a escribir fue mi abuelo, que según mi vieja era socialista de Palacios y hablaba al revés.

"Me se paró el reloj", decía mi abuelo.

"Me se perdió la bolita lechera", escribía yo.

Pero fíjense que ya en primero inferior yo sabía escribir con plumín, infernal artefacto que tiraba más tinta que un calamar y de cuya existencia mi hermana no tenía la más remota idea.

Que mi hermana mirara el plumín con respeto y de lejos, sin atreverse a tocarlo, me hacía sentir un privilegiado. Y ya lo decía el libro de lectura: "Los únicos privilegiados son los niños".

El libro de lectura en ningún momento decía nada de las niñas, así que mi hermana se tenía bien merecido tener que esperar todavía unos años para saber lo que era escribir con plumín, y ni qué hablar de la pluma cucharita.

Desde luego, ni aun de haberlo querido, Evita hubiera podido tener algo que ver con mi prematuro ingreso a primero inferior: para ese momento ya había muerto. Pero los niños no suelen tener una idea muy precisa del tiempo, de manera que yo estaba muy agradecido a Evita por haberme dado mi plumín de acero con portaplumas de madera y tintero involcable.

Por lo que recuerdo, tan solo una vez le pregunté a mi vieja qué le había escrito a Evita para convencerla de que me dejara entrar a la escuela "antes". Estuvo llorando toda la tarde y cuando mi viejo llegó del trabajo, armó un escándalo. Teníamos que mudarnos inmediatamente de ahí, de al lado de ese conventillo lleno de peronistas, y lejos de la mala influencia de mi abuelo.

No volví a mencionar el tema, pero cuando Pocho me preguntó cómo era que estaba en el mismo grado que él siendo más chiquito, ¿qué podía decirle, sino la verdad?

Que yo hubiera entrado a la escuela gracias a Evita me granjeó el respeto, la admiración y hasta la amistad de Pocho, que no se daba con nadie de la cuadra y era amigo solo de los chicos del conventillo.

Con Pocho una vez salimos caminando para el lado de la plaza, aunque no llegamos más allá de Joaquín V. González.

A la plaza iba con mi abuelo, pero no a los juegos sino a la feria. Mi abuelo hacía la cola para comprar papas. No había papas, ni había pan, ni había un montón de cosas, secreteaban mi vieja y mi tía en el patio, y poco después de la huida del Tirano Prófugo, dirían todos en la radio, porque Perón y Jorge Antonio se habían robado toda la plata con los permisos de importación.

Yo no podía imaginar qué podría ser un permiso de importación, pero lo sospechaba algo terrible, porque por su culpa no había pan y las papas estaban carísimas.

Pan, lo que se dice haber, había. Con manteca y azúcar para el mate o con dulce para el café con leche. Pero no había —eso decían mi vieja y mi tía, en voz baja, para que no se enteraran los peronistas.

No sé por qué no había nunca pan en el mundo, pero siempre había en mi casa. Tal vez porque yo era un niño peronista y a los niños peronistas nunca les faltaba el pan con manteca, o porque el resto en mi casa eran contreras —menos mi abuelo, que según mi vieja era socialista de Palacios—, y a los que no les faltaba el pan con manteca era a los contreras, o porque mi abuelo iba temprano a hacer la cola a la panadería. El caso era que mientras mi vieja protestaba porque no había pan, mi viejo iba hundiendo pancitos en la olla para probar el gusto del tuco.

Pero lo que más loca volvía a mi vieja era el asunto de las papas.

—¡Aumentaron de precio y Perón dice que están más baratas! –chillaba mi vieja, ante la distraída indiferencia de mi viejo, concentrado en la lectura de un artículo de *La Nación* o escribiendo facturas con copias al carbónico en la Lettera 22 que tenía en casa para adelantar trabajo los fines de semana.

—¿De qué trabaja tu papá? –me preguntó un día la señorita Laura, mi maestra de primero superior.

Quedé mirándola, sin responder. ¿Cómo podía saber yo de qué trabajaba mi viejo?

—¿Qué hace? –creyó precisar la señorita Laura.

Ahí me di cuenta.

—¡Facturas! –respondí exultante.

—¡Qué rico! –exclamó la señorita Laura–. A ver cuándo traes algunas para convidar.

Era decepcionante. Si mi viejo hubiera sido un padre peronista como el General mandaba, yo habría podido llevarle a la señorita Laura una docena de medialunas. Pero ¿qué podía llevarle el hijo de un padre contrera que hacía facturas en una Lettera 22? ¿Unas hojas con copia al carbónico para comer con el mate? La señorita Laura iba a pensar que la estaba cargando y capaz me mandaba castigado a la dirección.

Por entonces, todavía no sabía que también el director, la señorita Laura y hasta la portera de la escuela leían *Clarín* y *La Nación* y murmuraban que Perón era un totalitario que había expropiado *La Prensa*, cerrado *La Vanguardia* y metido preso a Balbín para poder decir que el kilo de papas había bajado de precio. Y todos los de la cuadra, menos los del conventillo y mi abuelo, pronto hablarían de las joyas, los vestidos y las bombachas de Evita, y dirían que Perón tenía diez autos, sesenta motonetas y cien pares de zapatos.

Estaban en exhibición en la residencia presidencial.

Era impresionante. ¿Qué podía hacer Perón con tantos zapatos? ¿Cuántos pies tenía?

Perón debía ser como uno de esos dioses raros que me la pasaba mirando en la *Mitología Clásica Ilustrada*. Con un tipo capaz de usar cien pares de zapatos, ¿cómo no iba a hacerse peronista uno, que encima había usado plumín a los cinco años gracias a Evita?

Una tarde, según se entienda, aciaga, salimos con Pocho hacia la derecha, como yendo hacia la plaza. Nos dirigíamos en realidad hacia una casa de la vereda de enfrente, la única de la cuadra que tenía televisor. Si había suerte y las celosías y los postigos estaban abiertos, podíamos ver un rato el *Cisco Kid*. Pero esa tarde hacía frío y los vecinos habían cerrado las ventanas, de manera que seguimos caminando. Fue al llegar a la esquina de Joaquín V. González que miré hacia la derecha y lo vi.

Les juro que lo vi. Estoy seguro: enfrente del club. Porque a media cuadra había un club, pequeño, de barrio, con una pista de básquet, que servía a la vez para papi fútbol y patinaje artístico, un bufé, una cancha de bochas y gracias.

Es raro, porque lo vi en ese momento, pero lo que veía, si acaso alguna vez ocurrió, tenía que haber sucedido unos meses antes. Estoy seguro. Y estuve tan seguro entonces...

A mitad de cuadra, en la vereda del club, desde la caja de madera de un Rastrojero, inclinado hacia un grupo de niños que alzaban los brazos en su dirección, el general Perón regalaba juguetes.

—Perón es un hombre muy bueno –dije.

Pocho me miró raro. Su familia debía sospechar que nosotros pensábamos lo que pensábamos, fuera eso lo que fuese. Pero ¿cómo? Si cuando criticaba a Perón o a "la Eva", mi vieja siempre hablaba en susurros. ¿Cómo alguien habría podido escucharla, saber que pensaba lo que pensaba? ¿Leían el pensamiento los peronistas?

—¿En tu familia no son contreras? –preguntó Pocho.

Dije que no, ¿qué otra cosa? ¿O se piensan que me iba a quedar sin amigos?

Además, a cada momento estaba más y más seguro de haber visto a Perón repartiendo juguetes a los niños peronistas del barrio desde la caja de un Rastrojero. Curiosamente, por más esfuerzos que hiciera, la escena se desarrollaba en absoluto silencio y yo seguía sin poder identificar a nadie en el grupo de niños peronistas, ni siquiera a Pocho.

—Mi mamá es amiga de Evita –expliqué–. Ella en persona me dio el plumín y el tintero involcable. Y un beso acá.

Pocho permaneció unos segundos mirando mi mejilla con admiración.

Fue el principio del fin. Como lo oyen. Un par de días después, de la Unidad básica del barrio fueron a ver a mi vieja para designarla jefa de manzana.

Mi vieja estuvo llorando hasta que mi viejo llegó del trabajo. A la mañana siguiente mi vieja, mi hermana y yo nos mudábamos a la casa de mi tía.

Mi viejo se quedó en casa. Haciendo facturas, leyendo la *Mitología Clásica Ilustrada*, el diario *La Razón* y despotricando contra Perón y la Constitución del 49, mientras desde el gallinero del fondo mi abuelo no dejaba de mirar al cielo ni un segundo, seguro de que, en cualquier momento, Perón estaría de vuelta manejando el avión negro.

Tita votó,

por Beatriz Pustilnik

I

Tironea de la sisa del guardapolvo pero la manga no cede, queda atrapada en el intento y pega unos grititos desde el cuarto.

—¿Qué pasa, mamá?

—No me entra, no sé si engordé o se achicó. Le dije que no lo ponga en remojo. Debe ser el almidón.

Eva se seca las manos en el delantal, sale de la cocina, va hacia la pieza, la mira desde el marco de la puerta.

—Mamá, ¿qué hacés? –ve la cama cubierta de trapos y objetos viejos–. Hace calor, te vas a descomponer. A ver, sacate esto –Eva tironea de la manga pero la madre se ofusca.

—No, no, tengo que ir a la escuela, a las ocho suena la campana y yo todavía en veremos.

Eva, resignada, la ayuda a calzarse el guardapolvo. La madre queda atrapada en su estrechez. Trata de treparse a un estante para agarrar el puntero. Las cosas se le caen encima. Eva resopla, cansada. Se oye el ruido de la puerta. Un intenso olor a jazmín del país se cuela hacia la casa. La hija suspira aliviada.

—María, ¿sos vos? Ayudame, estamos en el dormitorio.

María se saca los zapatos, va hacia la cocina y se refresca. Toma tres vasos de agua seguidos, se moja la cara, el cuello. La hermana se le acerca.

—Está de nuevo con toda la loca. Quería ir a dar clases.

María se ríe, Eva refunfuña.

—Vos porque no estás todo el día con ella.

Desde la habitación se oye la voz de la madre.

—Tita. votó.

—¿Ves, María? Está de nuevo con eso. Desde que se levantó.

—¿Qué te molesta?

—¿Quién será esa Tita?

Eva sigue preparando la cena. Le saca la piel al pollo, lo deshuesa, empieza a desmenuzarlo.

—No va a rendir así, se achica con la cocción –dice la hermana.

—Le pongo muchas papas y arvejas. Alcanzame dos o tres hojitas de laurel. Además, lo hago al *wok*.

—Wok, wok, wok… –la madre aparece en la cocina y juega a que es un pato. Las hijas se ríen. María trata de sacarle el guardapolvo, la madre se resiste. Mientras forcejean, la madre recita: "Hombre rubio que has llegado de lejanos países: cultiva en paz el campo. Ganarás el pan sin inquietud. Tu esfuerzo será bien recompensado. No tendrás que vender tus cosechas a vil precio. Estás en la Nueva Argentina, la patria es Justa, Libre y Soberana".

Eva resopla. María sonríe, indulgente. Le promete a la madre que va a arreglar el guardapolvo para que no le apriete, que lo va a lavar para sacarle el olor a naftalina. La madre la mira sin comprender. Pregunta por qué cocinan tanto pollo si ella solo come las alitas.

—Juan y Silvina vienen a cenar.

—Ah, la cheta –sonríe la madre con picardía.

Eva piensa en los olvidos de la madre, en los exabruptos, en esas frases inconexas que vocifera de golpe y sin razón. Piensa en el cheque que les pasa el hermano a fin de mes, que no alcanza para consultar con un buen médico, con alguno que les aclare cómo tratarla, qué hacer cuando pierde el hilo de los tiempos.

Eva va inundando la casa con olor a comida, impregna el comedor con aroma a cebolla y a morrón. La madre quiere hundir el pan en la salsa pero Eva la reta como si fuese una nena. La madre hace pucheros y María le guiña un ojo. Cuando la hermana no la ve levanta la tapa del wok y deja que la madre se dé el gusto. Abre una botella de vino y sirve un poco para cada una.

—Brindemos –dice–, porque estamos juntas y conservamos esta casa con perfume a laurel y a jazmín.

María va a preparar la ensalada de frutas, le pide a la madre que haga jugo de naranjas. Ella se lleva unos gajos a la boca, se chorrea el brazo, se chupa los dedos. Parte del jugo mancha el delantal. Frota la tela amarilla con un repasador, María limpia el enchastre y la besa con ternura. Eva resopla.

—No la soporto más.

—Tita votó –grita la madre–. Tita votó y yo no.

Y por enésima vez repite que Eva le rompió la libreta cívica, que primero se la mamarrachó con las pinturitas y ella no pudo votar.

—Tita votó y yo no –repite indignada.

Las hermanas ruegan que venga Juan, el mayor, que las ayude. Temen que las deje otra vez plantadas.

—Si no viene, decidimos nosotras –dice Eva.

—¿Viene Juancito? –se ilusiona la madre.

—Juancito tiene cincuenta años, mamá –le dice, brutal, Eva.

—Y sí, esperemos que esta vez nos haga el honor, y también Silvina.

La madre ríe cuando oye el nombre de Silvina.

—¡Silvina! Entonces guardemos el mate, preparemos té de Ceilán –se burla.

II

La mesa está puesta con el mantel blanco bordado en punto cruz, las copas del juego, los platos de loza con florcitas rococó y el hilo dorado en los bordes. La comida empieza a enfriarse. Eva y María están sentadas con las piernas estiradas, la madre va y viene por el comedor con el guardapolvo colgando de una manga.

—Su padre fue un cobarde. Fue un traidor.

Eva y María la miran, incrédulas.

—No hables así de papá –se enoja Eva.

—Vos callate, que me rompiste la libreta cívica. Tita votó y yo no.

—Basta con eso, mamá –Eva pierde la paciencia.

María le acaricia el brazo. La hermana sonríe con amargura. La madre agarra un cuchillo de la mesa, quiere cortar el pan. Eva se lo saca de la mano.

—Dejala, tiene hambre –dice María.

—Si se corta, la llevás vos a la guardia. El año pasado pasamos la Nochebuena en el hospital. Dale que dale con el abrelatas.

—Era de platino –dice la madre–. ¿Dónde quedó?

—Sí, el abrelatas era de platino, ahora el abrelatas era de platino –refunfuña Eva.

María se ríe, abraza a la madre y le pega una suave patadita a la hermana por debajo de la mesa. Eva trae de la cocina un sifón. Levanta la tapa del wok, huele con placer.

Lo bueno de esto es que metés todo adentro y se cocina solo.

La madre juega a que es un pato:

–Wok, wok, wok –grazna divertida–. Ahora todo es wok, no hay ollas. Tu padre trabajaba en La Bernalesa argentina, menaje de aluminio, baterías de cocina, ollas con tapas de colores. Gracias a La Bernalesa compramos esta casa, con el crédito del Banco Hipotecario. Veinticinco años nos dieron para pagarlo.

—¿Te das cuenta, Eva? Está más conectada que vos y yo juntas. No hay de qué preocuparse. A comer.

—Hay que guardarle pollo a Juancito –dice la madre.

—A Juancito le vamos a hacer un enema de pollo con las sobras –dice María. Eva se ríe.

La madre va a la cocina y empieza a revolver las alacenas.

—¿Tiraron las ollas de aluminio? Su padre se va a enojar cuando vuelva de la fábrica.

Eva mira a María con aprensión. María le pide con un gesto que se calle.

—Manijas de baquelita, tapas rojas, verdes y amarillas, bien torneadas, perfectas. Claro que conservar ese trabajo no fue moco de pavo –dice la madre.

—Ya empieza –dice Eva.

—¿Dónde están? –grita la madre.

—No desordenes, mamá. Después tengo que juntar yo.

—Las tiraron, son capaces –las mira amenazante–. Todo plástico, no respetan nada, wok, wok, wok.

María la sienta suavemente a la mesa. Empieza a servir la comida con amargura. La madre recita:

—"Siempre sonríe en sus retratos porque su sueño se cumplió, miles de escuelas para niños y el pueblo fiel, trabajador" –toma un sorbo de vino, se lleva un trozo de pollo a la boca–. "Siempre sonríe en los retratos…" –se adormece con la comida en la boca.

Eva se levanta y enciende la radio, sintoniza un tango y sacude el brazo de la madre para que se despierte. La madre se sobresalta. Al cabo de unos instantes empieza a cantar sobre la voz de Julio Sosa. Se levanta, da unos pasos. Se vuelve a sentar.

—¿Qué estaba haciendo yo? –pregunta.

—Saboreando el pollito que preparó Eva.

—¿No esperamos a papá?

—Mamá, papá falleció hace muchos años, lo sabés, no te hagas la loca.

—Renunció al partido, cobarde.

—Mamá, comé por favor, se enfría.

—No pusieron el nailon, se va a ensuciar el mantel –grita la madre–. Los chicos manchan todo. Lo bordó la abuela de ustedes. Ni luz había y ella bordaba junto a la lámpara de querosén. Y ahora los chicos lo van a estropear todo.

—¿Qué chicos?

—Juancito, Eva, María.

—Juancito ya es un hombre, mamá.

—Un turro. Eva está acá. ¿La ves? Y yo soy María –la toma de los brazos y le acerca la cara, las narices casi se tocan–. María, tu hija menor.

—Ya sé –la empuja–. ¿Qué soy, boluda yo?

La madre se mira el guardapolvo como si en ese momento se diera cuenta de que lo tiene puesto; trata de sacárselo, María la ayuda.

—A mí me gustaba enseñar a leer y a escribir a los niños –dice suavemente.

—Era hermoso ser maestra, ¿no?

—Oír sus vocecitas, verlos juntar las palabras, descubrir las frases –recuerda la madre.

—Mi libro de lectura tenía un conejo en la tapa –dice María.

—El conejo Pon pon –se alegra la madre.

—Mi ma-má me mi-ma –dice Eva como si estuviera leyendo.

—To-ma la ta-za del a-sa –sigue María.

Eva agarra el sifón y le tira un chorro a la hermana.

—To-má la so-pa, ne-na –ríe.

María se seca entre carcajadas y va hacia la heladera, vuelve con una sidra, la destapa. El estampido sobresalta a la madre, que empieza a cerrar puertas y ventanas.

—Escondan todo, escondan todo.

María la tranquiliza.

—Es el tapón de la sidra, mamá, no pasa nada. Dame tu copa.

Le sirve primero a la madre, después a la hermana. Eva le echa media copa de sidra en la cabeza a María. María la baña con un chorro de soda.

—To-da pa-ra ti, Mo-no-na –se burla María, muerta de risa.

—¡El agua no es para jugar! –se enoja la madre. Eva y María dejan el sifón sobre la mesa–. No derrochemos el agua que Dios nos dio –dice la madre–. "Dio trabajo y bienestar al pueblo trabajador. El trabajo dignifica. La sonrisa en sus retratos es como un rayo de sol" –la madre se chupa la sidra que le cayó en la blusa. Las hijas beben–. "Alma de la piedad y la ternura. En vos confiamos" –recita la madre. Se queda mirando la nada–. Les voy a mostrar algo.

Va al dormitorio, se oyen ruidos de objetos que caen. Vuelve al comedor con varios libros de lectura. Las tres se sientan muy apretaditas una al lado de la otra en el sofá. Apoya los libros sobre la mesita. La madre abre un libro, en la primera página se ve el retrato de Eva Perón. La madre lee:

—"En vos confiamos, alma de la piedad y la ternura". –Abre otro libro–: "Tú, hombre rubio que has llegado de lejanos países, cultiva en paz el campo" –la madre las mira, satisfecha.

–Es lo que recita siempre –dice María.

La madre da vuelta la hoja y lee:

—"Dio trabajo y bienestar al pueblo trabajador, su sonrisa en los retratos es como un rayo de sol. ¿Quién es, quién es?" –sonríe cada vez más contenta.

—Eva Perón –dice Eva.

Suena el timbre, la madre toma los libros y quiere correr hacia el dormitorio.

—No abras, no abras –grita.

—Mamá, tranquila… María pidió helado de crema que tanto te gusta ponerle a la ensalada de frutas.

—Mi mamá me compraba helado de crema para mi cumpleaños.

—Seguí mostrándonos los libros, son preciosos.

Saborean el postre en silencio. La luz de la lámpara enfoca la inclinación de las tres mujeres sobre las páginas amarillentas, se oye el tintinear de las cucharitas en las compoteras. La madre está calma. Da vuelta las hojas, acerca su nariz y las huele. Susurra:

—"Así como mi madre es el ángel tutelar de la casa, Eva es el alma tutelar de los niños" –mira a sus hijas, les acaricia el pelo, las mejillas.

—¿Y Juancito?

—No pudo venir, mamá. Habrá tenido un inconveniente.

—Pero es de noche. Está oscuro. Hay que ir a buscarlo.

María toma uno de los libros entre las manos, mira la tapa. *Nivel inicial, año 1953. Primer grado inferior.* Eva lo abre, se sorprende.

—Mirá, ahí la tenés.

—¿A quién?

—A Tita. Esta es la famosa Tita.

Ven el dibujo de una mujer de trajecito sastre, casquete y guantes, la cintura diminuta, una gran sonrisa; está poniendo el voto en la urna.

—Tita votó –lee Eva.

—Y yo no –dice la madre–. Porque vos me mamarrachaste la libreta cívica y me la rompiste. Tita votó y yo no.

—Yo no te mamarracheé nada –protesta Eva–. No empieces.

La discusión se diluye bajo el sonido de la radio, mientras el helado se derrite en las compoteras. Por la ventana entra un olor intenso a jazmín del país; desde el interior se puede ver la luna.

—Tita votó y yo no –repite la madre.

Aquella visita,

por *Carlos Dámaso Martínez*

*Vivo la muerte. A los cinco años
me acechaba; por la noche andaba
por el balcón, pegaba el hocico a
los vidrios, yo la veía, pero no me
atrevía a decir nada.*
JEAN PAUL SARTRE

Desde muy temprano, como un fantasma, como una sombra ha caminado por la pieza. Se ha visto en el espejo del baño reventándose un granito, o lavándose los dientes para sacarse el gusto desagradable de la boca. Y su cara cada vez más ajena, más mortecina que iluminada por algún gesto elocuente.

Después del último comprimido se ha puesto resignado y se ha metido en la cama. En la mesita de luz, en el cajón, ahí, tan al alcance de la mano, lo que guarda desde hace algunos días envuelto en un pañuelo sucio, gris.

"Debo aprender a vivir así", se repite y no puede, no puede dormirse, entonces hurga en el cajón de la mesita y lo toca, lo acaricia suavemente y lo saca. Palmo a palmo va sintiendo esas líneas inconfundibles, va penetrando en los pliegues de una ceremonia inevitable.

El juego de levantar las manos aferradas al envoltorio gris es ya un juego sin emoción, y eso lo hace sentirse peor, porque es consciente de que no va a animarse a desenvolverlo y hacer de una vez por todas lo que tiene pensado, lo que quisiera hacer. Es más fuerte el deseo de postergarlo, de dejarse estar un rato más.

Después, nuevamente ese bulto humedecido por el sudor de sus manos dentro del cajón de la mesita, y sus ojos clavados en la foto de Dardo, de Dardo con el traje de la primera comunión.

*Te habían comprado una torta inmensa con un rancho encima todo de chocolate.
Me acuerdo que comimos durante tres días, hasta que quedó solo una porción para el*

*tío, que estaba trabajando en el Observatorio Astronómico, a unas pocas cuadras de
casa, y no podía venir porque afuera retumbaban las balas. Al principio tan lejos y
después cada vez más cerca. Era la guerra. Una guerra que empezamos a mirar desde
la puerta del pasillo y que recién comenzaba. Habíamos visto asombrados esos camiones
con la cruz roja pasando a todo lo que da, uno detrás del otro, como una caravana enloquecida. El solo hecho de saber que iban soldados heridos o muertos nos ponía la piel
de gallina; y pensar que algunos vecinos miraban como si estuvieran contentos, como si
la guerra fuese una cosa divertida. Para colmo todo empezó justo el día de tu cumpleaños, ese dieciséis de septiembre nublado y tormentoso, y lo tuvimos que festejar solos, metidos adentro todo el día, corriendo a escondernos bajo las camas cada vez que pasaban
los aviones y sentíamos ese bramido que parecía que se nos caía el techo; y nosotros que
nos tapábamos los oídos para vencerlo. Después, la noche y todos a la pieza de mamá; la
oscuridad y papá siempre despierto, sobresaltado, con la radio sobre la mesita de luz.*

***

Alguien sube ahora por la escalera o es solo una impresión, un ruido confuso que hay que esperar nuevamente para ver si alguien sube
de verdad. De ser así, muy pronto abrirá la puerta y después, desde su
cama, esperará ver la figura que avanza, los pasos resonando sobre el
parqué. Ahora es una mano la que aprieta el picaporte, la que empuja
y entra. Quizás una mano blanca y muy larga. Esteban intuye que
esta vez no se equivoca, y sus párpados cerrados contra la almohada
no pueden ser ningún obstáculo.

Una mano... por culpa del silencio esas pisadas se escuchan más
nítidas, tan cerca. Entran y atraviesan el living, se detienen en la cocina y encienden y apagan luces. Luego alguien avanza, se para en el
primer dormitorio: viene un ruido contenido de cajones que se abren
y se cierran. Pero los pasos salen nuevamente al pasillo y finalmente
están cerca, muy cerca. Entonces Esteban piensa que no tiene ninguna posibilidad de escapar, que es mejor esperar con los ojos cerrados,
metido adentro de la cama cubierto hasta la cabeza con las mantas.
Mejor así, se dice, algo agitado, como si su voz le viniera desde una
zona muy profunda.

***

Y todo había empezado de repente, un comunicado en la radio, un primer bando, y otro y otro. El toque de queda. El to-que-de-que-da, palabras nuevas, cosas nuevas que veíamos con asombro, con temor. La oscuridad. Todos en casa. Papá contando que se había salvado por milagro. Salvado de qué. Papá estaba con los leales porque se había salvado de que lo balearan los rebeldes. "Cargué nafta y a las dos cuadras escuché las ametralladoras: para colmo yo andaba todavía en el Chevrolet del Ministerio...". Papá estaba a medias con los leales, era más del otro bando. Eso lo entendimos mucho después. Y vos, Dardo, cumplías años. Estabas tan muerto de miedo como yo y no comprendíamos qué estaba pasando: le-a-les y re-bel-des. Aunque a mí me parecía que tenían que ganar los leales. Sonaba lindo: le-a-les.

***

Y alguien ha entrado. Esteban cree verlo sentado en una silla, de espaldas a la cómoda, reflejando su reverso en el espejo. Está ahí y siente que puede estar también en muchos cuartos a la vez. Sin embargo, le cuesta vencer esa oscuridad que se abre detrás de sus párpados: es tan difícil romper esa quietud. Y la duda lo gana prontamente: ¿De qué manera hacer algo? Se da vuelta, se acurruca como si pudiera protegerse a sí mismo. Mamá entonces está por ahí, anda limpiando los muebles en el living; y en la cocina, en la radio: Tarzán. El rey-de-la-sel-va. Tarzán.

***

Había que tomar Toddy para ser fuertes como él... Y yo que creía en esas cosas y tal vez por eso le gané una vez boxeando al pelirrojo grandote de la mercería de la vuelta, aunque nunca fui bueno para pelear; tenía miedo, mucho miedo, ¿sabés? Y después siempre tuve miedo; no sé por qué me acuerdo de que al fin el tío pudo venir del Observatorio y estuvimos todos juntos en el comedor mientras él comía lentamente su pedazo de rancho, esa torta maravillosa, y afuera comenzaba el toque de queda. Qué ocurrencia, la de la panadería de barrio, haber hecho una torta con un rancho criollo todo de chocolate arriba, qué adorno. Le faltaba el gaucho y un caballo, llegó a decir mi tío cuando la vio.

Al otro día la guerra continuaba, pero allá donde estaba ese general Lucero que tanto nombraban por la radio. Era una mañana tranquila, el cielo estaba limpio y el sol empezaba a calentar. Después vino todo eso. No recuerdo bien para qué mi madre me había mandado a la calle; creo que fue porque en esos días se había juntado mucha ropa sucia y como la lavandera no había aparecido, yo debía ir a buscarla. Y en la calle, arriba, bien en el cielo, surgió de pronto el Gloster, un avión chiquito, brincador; y después, por el otro costado, lento, pesado, un Avro Lincoln, hasta que en el medio de ese cielo claro y profundo se rozaron en un tronar de motores y metrallas. Y yo ahí, parado, duro, muerto de miedo por un instante, hasta que empecé a correr por el medio de la vereda y me metí en un almacén que no había alcanzado a cerrar la puerta. Y luego, Dardo, esa penumbra donde nadie hablaba, donde solo se sentía un lloriqueo y alguien rezaba un padrenuestro. Poco a poco me fui dando cuenta de que la cosa no era con nosotros; era entre ellos, allá arriba; y no nos tirarían bombas, como había gritado una mujer en la calle. Entonces me sentí seguro, y envalentonado salí, justo para ver cómo el Gloster disparaba y en el cielo se dibujaba como líneas de puntos su metralla. No sé cuál de los dos venció, pero sé que mucho después todos decían que había sido una batalla inolvidable. Y yo que había ido a buscar a la lavandera. Te das cuenta.

Recuerdo que otra mañana llena de sol comenzaron los festejos. La guerra concluía. Casi todos estaban en las puertas de sus casas y cuchicheaban. Las estudiantes de la pensión de al lado iban y venían con ametralladoras y máuseres. Linda palabra máuser. Al frente unas vecinas se besaban con dos militares que repartían chocolates, largos paquetes de chocolates. Alguien decía que los soldados comen chocolate durante la guerra porque les da fuerza. Y nosotros que tomábamos Toddy para ser fuertes como Tarzán.

✳✳✳

Y el intruso ahora ahí. Por qué de una vez por todas no levanta las colchas y lo enfrenta. Intenta hacerlo, pero se queda mirando a través de las sábanas. Apenas si alcanza a vislumbrar la luz del velador. Hay un sopor que lo detiene. Sin embargo, hace un esfuerzo y se destapa y se queda sentado sobre la cama. Mira hacia la cómoda, pero no ve, no puede ver más allá de su imagen en el espejo. Es consciente de que solo está fingiendo no ver: deliberadamente ha esquivado detenerse sobre la silla que está entre la cama y el espejo: se refugia entonces en las paredes de la pieza, en los objetos que lo rodean. Dardo con el traje de primera comunión. La fiesta en la casa nueva. Dardo elegante. Dardo de pantalón largo. La manta de vicuña. La manta de papá. Papá diciendo que al Pocho le llegó la hora y que si no fuera porque tiene dos hijos ya estaría en la calle con un máuser en la mano. Y la radio en su sitio nuevamente, en el comedor; cada uno en su pieza; y la radio con marchas triunfantes. Y lejos, muy lejos, en una cañonera un General entumecido, derrotado. Y la noche, la noche y sus constelaciones entrando por la ventana.

Vuelve al espejo sin aliento y esta vez le sale al cruce una sombra. No hay miedo, todo se disipa. Hay un rostro blanco, una mirada escrutándolo. Esteban comprende que es el momento de llevar a cabo una decisión tantas veces postergada. Es el momento, se repite y estira la mano hacia la mesita de luz; saca el pañuelo y lo abre sobre sus piernas. Permanece sentado mirando fijamente hacia la silla y descubre, en el espejo, al costado de aquella visita, su propia cara con una mueca tal vez burlona, tal vez de rabia; y más abajo, todo lo que se ve de su cuerpo sobre la cama; y también, su mano derecha que se eleva despaciosamente empuñando un revólver que apunta y dispara. Las balas de las armas de los otros que han entrado resuenan macabramente y una humareda hiriente le cierra los ojos.

Cuestión de tiempo,

por Miguel Gaya

Dicen que vivimos en un pueblo atrasado, y parece que los hechos le dan la razón a quien lo afirma. Algunas cosas del progreso se toman su tiempo para llegar, como la luz eléctrica, o la televisión, y hasta la revolución industrial, que hay quien dice que por acá no pasó. Y dicen que no se trata de distancias, sino más bien de extravíos. Hay cosas que tardan en llegar, porque vaya a saberse a dónde van primero.

Así pasó con la llegada del hombre a la Luna, que en mi pueblo cayó como en el 69; y el Cordobazo, del que se empezó a hablar en el 72. Tanto es así que el destacamento de milicos, que nadie recordaba por qué había quedado ahí, durante la época de los alzamientos militares tuvo muchos inconvenientes con las lealtades. El oficial a cargo se desayunaba con una proclama, y para cuando ensillaban para plegarse, los golpistas se habían rendido, o llamaban a elecciones. Así que un día se hartó, mandó dejar los caballos a la sombra y se puso a leer *El desierto de los tártaros.* Dicen que en el último capítulo para y vuelve a empezar.

Los que no hicieron eso de ponerse aparte fue un grupo de municipales que decidió apoyar al coronel Perón en el 45, cuando lo pusieron preso en Martín García. Apenas el diario local publicó la noticia, se incautaron de un camión de la Municipalidad y partieron a defender al líder. Al llegar a Chascomús les preguntaron que dónde estaban las compañeras que tenían que votar por vez primera, así que de allá se volvieron, confundidos pero contentos. Unos pocos años después, cuando volvieron a incautarse del camión para defender otra vez al General, esta vez de las bombas, ya les costó un poco más volver, y volvieron taciturnos y más graves.

La última vez que se llevaron el mismo camión fue en el 74, para festejar un triunfo. Vaya a saberse para qué fecha llegaron a la Capital, si es que pudieron. Nunca más nadie los vio. Se perdieron en algún lugar del conurbano, haciendo sonar los bombos y agitando las banderas.

Nosotros, cuando vamos a la Capital, vamos derecho al centro. Si la ciudad nos pone recelosos, el conurbano nos asusta, así que tratamos de evitarlo lo más posible. Demasiado inconmensurable, dicho esto por hombres acostumbrados a la llanura. Así que de las versiones nos enteramos mucho más tarde, y después de todos estos años las seguimos escuchando, y relatando cuando volvemos al pueblo.

Dicen que justamente allí, en el conurbano, a veces se puede ver el camión, el Mercedes Benz gris de la Municipalidad, pasar a lo lejos. Y a veces también, o las más de las veces, no se lo ve, pero se escuchan los bombos, las consignas. Que los obreros que esperan los colectivos en la oscuridad, o que pedalean en la bicicleta que los acerca a la estación de tren, lo han visto, o intuido, en las madrugadas de junio, o en las lloviznas de agosto. Lo oyen pasar, como a varias cuadras de distancia, tal vez por una avenida vacía, o incluso por alguna diagonal llena de pozos y niebla.

También hablan de que la policía ha salido a buscarlo, al camión, y que no han podido hallarlo. Y que alguna vez lo han cruzado, pero que se han vuelto sin hacer nada, demudados, sin decir lo que vieron o sintieron.

Y también dicen que a veces, a la noche, se oye la tos agónica del motor, y el eco de las consignas, y el golpetear del bombo. Que a veces se escucha apagado, lejos, y otras, dicen los que lo cuentan golpeándose el pecho, se escucha acá.

Sopa de generales,

por Osvaldo Contreras Iriarte

El general que fue presidente en el extremo sur del continente americano deambulaba con su capote marrón y peinado tirante a la gomina. Lo hacía por la dimensión de la fantasía, la eternidad o la simple locura de un teclado. Siempre acompañado del mate que le regaló su esposa en épocas de juventud, el general con su tibieza se calentaba las manos. Buscaba con quién conversar. Apareció en escena su acostumbrado contertulio. Hacía tiempo que mantenía largas charlas con el gran zorro de la política. Ambos quedaban con el garguero seco de tanta cháchara. Este último, presidente centroamericano, había cambiado los destinos económicos y políticos de su país. El hombre era de palabra clara y frontal; encontraba en cada expresión la medida justa para acompañar sus disertaciones. Pronunciaba cada sílaba con ahínco. Vestía siempre camisa roja y hablaba con voz potente realizando voluptuosos ademanes. Se sentó y dijo al general engominado:

—¡Hola general! ¿Cómo anda usted?… Parece que tiene frío…

—Como siempre, estoy un poco aburrido… No estar en actividad a veces me pone triste. ¿A usted no le pasa lo mismo?

El de camisa roja se tomó un tiempo para responder:

—Lo hecho, hecho está. Ahora nos toca descansar, observar, sacar conclusiones. Usted, amigo, ¿no trabaja sobre el recuerdo?

—¿Sobre el recuerdo? Quizás debería. ¿Sabe? Nunca me he sentido muerto.

—Lo sé, lo sé… Como fuese, nuestros pueblos jamás nos dejarán morir del todo…

A lo lejos, el general de capote marrón se asomó por un ventanuco: otro general se acercaba. Miró al de rojo y con sonrisa gardeliana le comentó:

—Este sí que la pasó jodido, batallas y batallas y al enemigo lo tenía adentro y afuera.

—Bah, a nosotros nos pasaba lo mismo… –agregó el general centroamericano.

—Usted lo ha dicho, siempre peleamos contra la condición humana, los hombres somos así. Luego del acuerdo viene la cuchillada artera bajo el poncho de sangre.

Cuando el general que llevaba capote azul estuvo a distancia prudente, el de marrón extendió el mate.

—¿Un amargo, general?

El general de capote azul al que llamaron padre de la patria chupó de la bombilla y luego se dirigió a sus anfitriones.

—Acabo de estar con el sargento que me salvó la vida, el "Negro". La verdad es me enerva que no se diga toda la verdad sobre su identidad. Digo… ¿Por qué nadie dice que era un esclavo y que fue enviado con otros negros por su patrón, y que no fue el único moreno que murió defendiendo a su patria? En mi ejército jamás hubo negros ni blancos: todos eran iguales. Esa es la verdad.

El general de capote marrón oteó el piso, buscando una respuesta a lo expresado por el general de mayor antigüedad.

—Vaya, vaya, general, déjese de embromar. Siempre que nos vemos hablamos de lo mismo… ¿O no? –hizo una pausa–. Tilingos habrá siempre.

—El problema es que hablan y escriben. Y se inventan la historia.

El general de rojo apuró sus palabras para preguntarle al padre de la patria:

—¿Y si mejor hablamos de sus amores? ¿O me va a mandar "alca, alca, al carajo"?

El general de cabellos blancos balbuceó y se le cayó el mate al piso.

—Si quieren saber les contaré no lo que hice sino lo que dicen que hice de mi vida entre las sábanas…

El de rojo sonrió.

—¡Vamos, carajo! Algo es algo…

El hombre de las batallas libertadoras arrancó impetuoso como casi no lo conocían sus camaradas.

—Cébeme un mate, por favor, así tomo coraje… No soy yo mismo el que va a contar, pero cuando uno está muerto todo vale. La leña alimenta cualquier fuego. Les contaré de los amores que marcaron mi vida. En la península fueron Lola y Pepa, una de ellas me acompañó en mi trayectoria militar en Cádiz. La otra, cuando estuve en Badajoz. Siguió mi esposa Remedios, con quien estuvimos poco tiempo… Dios se la llevó muy joven, como ustedes saben. En el Ejército del Norte conocí a Juana Rosa Gramajo Molina, esposa del dueño de la estancia en la que me hospedé. Linda hembra, atrevida y la mejor amiga de la amante de Belgrano. En Mendoza, Jesusa, la mulata de la casa, que cuidaba a Remedios… Dicen que Jesusa tuvo un hijo. Ah, y Josefa Morales de Los Ríos… viví en su casa antes de salir para el Perú. Ahí conocí a Fermina González Lobatón, dueña de una estancia azucarera. También tuvo un hijo. Y por entonces conocí a Rosa Campusano. Creo que estuvimos juntos un año y medio, hasta que me fui del Perú. Luego cayó Carmen Mirón y Alayón. Otro hijo…

Se hizo un silencio. El general de camisa roja y acento caribeño fue el primero en romperlo. El mate ya estaba lavado.

—Mierda… Veo que usted no perdía tiempo, general…

—Bueno… Dicen que en sus cuarenta y siete años de vida el general Bolívar tuvo treinta y cinco amores –añadió el otro general acomodando su capote marrón y chupando la bombilla del mate que había vuelto a ensillar–. Tendríamos que hacer estas tertulias más seguido, ¿no?

—E invitar al general Bolívar para que nos ilustre… –añadió el de capote rojo.

El general de capote marrón se puso de pie y preguntó, dirigiéndose al más anciano:

—General, cuando usted comenta como al pasar que sus amores tuvieron "un hijo", ¿eran suyos?

—Amigo, lo que acabo de contarle es lo que se dice. La verdad ni yo la sé. Todo está teñido por lo que dice la chusma, la historia... No podemos cuidarnos de eso. ¿Vamos con otra ronda de mate?

Uno a uno abandonaron sus asientos y se despidieron hasta la próxima. El de marrón, solidario como de costumbre, levantó sus brazos para saludar al resto. Sabía que los próximos amores que se iban a lanzar al ruedo serían los suyos. Incluido el amor por su pueblo. Por algo seguía llamándose Juan Domingo Perón.

La pasión según San Martín,

por Mario Goloboff

A Oscar Terán

Hijitos, guardaos de los ídolos.
Primera Epístola de San Juan, 5-21.

Los cuadernos llevaban su nombre, y las cajas de lápices, las plumas de tinta, las gomas de borrar, los guardapolvos. Y además estaba toda la mañana frente a nosotros, arriba, ocupando el centro de la pared principal de un aula enorme con tres ventanas altas a la calle desde donde se alzaban los rumores del día, las voces de los vendedores de fruta, las de los paseantes.

Mis hojas eran desprolijas, llenas de ilevantables manchones en cada deber. Al comienzo, me proponía conservarlas casi intactas, pero a medida que avanzaba la semana veía cómo se malgastaban en borrones, en tachaduras, en correcciones ruinosas, dañándose arriba y abajo con esas orejas que torcían los ángulos y entristecían la página. También yo era un chico triste, y quizá fuera por eso que no podía evitar la lenta corrupción de mis prometedoras hojas blancas.

De todos modos, la figura del Gran Capitán adornaba la primera. En aquel sexto grado, el ritual disponía comenzar (y seguir y poblar y cubrir) todo con él: justamente cien años atrás había muerto en un lugar de Francia cuyo nombre, de pronunciación extraña, parecía hablar del mar y del destierro. Yo me apropiaba de mi primera amada hoja, de mi lápiz de punta casi siempre egoísta, de mis mejores deseos, y comenzaba el desmesurado intento de reproducir en líneas y en contornos lo que indudablemente estaba más allá de mis patrióticos esfuerzos.

Sus virtudes eran tan grandiosas que escapaban a la improvisación de un niño; no obstante, una y otra vez yo insistía. Comenzaba por la erecta nariz, bajaba hacia la boca fina y a pesar de ello decidida y tenaz, tomaba el señero mentón donde el trazo no podía disimularse, recaía en el cuello, regresaba todavía indeciso sobre la sombra de la cara pugnando con las orejas torvas y las inacabables patillas, me entretenía con los arabescos de la mitad de uniforme visible, y dejaba los ojos, la frente, todo lo de arriba, para un postergadísimo aunque ineluctable final. Esos ojos constituían para mí la peor de las pruebas. No acertaba a ubicarlos en algún lugar preciso y tampoco daba con la medida exacta, con la forma adecuada, con el color, ni, muchísimo menos, con la tan elocuente y nítida expresión: un inalterable espíritu de independencia que lo llevaba a vencer.

Me sentía solo en ese combate desigual. No había nadie alrededor de mí. Los otros chicos se alejaban como en un sueño de fiebre. Los ojos del Cóndor de los Andes me escrutaban desde lo alto. Yo los penetraba hasta tragarlos, pero cuando el lápiz arriesgaba el trazo, las líneas verdaderas se desvanecían.

Al fin, como fuera, terminaba. Me libraría la campana del recreo, la salida, o la mueca de la maestra que, al acercarse a mi banco, iba a gritar "acabe de una vez, no se va a pasar la santa mañana haciendo ese desastre". Y en realidad, cuando en casa abría de nuevo el cuaderno, contemplaba con pena mi obra, porque la estampa era una caricatura, tan distante del cuadro que teníamos en el frente del aula como de cualquier figura humana.

¿No era yo suficientemente patriota? ¿No sentía lo mismo que todos, y por eso fracasaba? "¿O hace esas basuras porque es un judío y no quiere a la Argentina?" Esta última pregunta la espetó la señora de Bileto a una clase enmudecida por lo estrambótico de la cuestión. Ana María (lo supe después, cuando repuesto de una corta enfermedad volví a la escuela) fue la única que respondió no, o la única que al menos contestó algo, argumentando vehementemente que yo dibujaba mal y eso era todo: ella sabía que amaba a mi patria más que a ninguna, y que nunca había hablado mal del Santo de la Espada ni de ningún otro prócer.

En aquellos años que nos tocó vivir, todas las cosas fueron haciéndose particularmente difíciles. Acaso cualquier generación de nuestro inhabitable mundo pueda decir lo mismo. Y muy probablemente tenga razón. Pero cada uno debe dar testimonio del conflicto que lo desgarró, y a lo mejor por la suma de esos desgarramientos pueda conocerse alguna verdad, y por la de esas esforzadas verdades (en un incierto futuro) la historia. La nuestra comenzó frente a las titánicas cejas de un Libertador, en una escuela de pueblo, cuando teníamos once o doce años, y terminó mucho después o quizás termine recién ahora en que a mis cuarenta y tantos trato de dibujar, sin otros artificios que los de la palabra, un rostro que ya escapó de mí, aquel de Ana María.

Ella estaba entre los mejores del grado, única hija adoptiva (era un secreto a voces) de la portera de la escuela, guardaba con decoro su humilde condición, y prefería hacerse querer por su comportamiento y su compañerismo. "Conducta" contaba tanto o más que cualquier otra aptitud escolar, y si bien estas no le faltaban, su poder en la clase venía de las pocas y oportunas ocasiones en que hablaba. Lo hacía suavemente, para hacerse oír; creaba un oasis en medio de nuestro bullicio interminable y nuestro interminable desorden. Naturalmente parca, naturalmente justa, naturalmente católica en un pueblo donde las excepciones eran pocas, la sobria defensa que ese día hizo de mí cerró para siempre el insidioso interrogante lanzado por la señora de Bileto. Y abrió a la vez entre nosotros un camino que jamás habíamos explorado: el de mi gratitud, el de una mutua solidaridad que no quebrantarían ni la edad ni el tiempo ni las tan duras marcas que en el tiempo suceden.

He escrito que aquella época fue difícil; sus avatares no alcanzaron a mellar empero nuestra creciente fraternidad. Debo calificarla así ya que no puedo sostener que hayamos sido amigos: las diferencias entre uno y otro sexo contaban mucho más que ahora por aquel entonces, y nuestra frecuentación era impensable. Tampoco conocíamos aún las posibilidades del amor: acaso nuestros sueños se hayan rozado alguna vez, pero temo que fueran solo los míos los que la buscaban, y en ese caso me parece faltar a su recuerdo el dar cuenta de ellos. No estoy escribiendo para hablar de mí o de mis noches; lo hago para dibujar un sueño que no me pertenece, un inatrapable aliento, esa cara de niña contra la tempestad.

No, no nos amamos, ni nos tuvimos, ni nos perdimos: los ídolos se encargaron de todo ello por nosotros. Los ídolos y mi dificultad para adorarlos.

Terminado el sexto grado, comencé el Nacional y ella el Comercial; fui prefiriendo cada vez más la compañía de amigos callejeros y haraganes; creo haber deseado y obtenido algún éxito entre las muchachas. Afortunadamente, Ana María permaneció siempre apartada de mis relaciones y de esos farragosos contactos. Nos cruzábamos a veces en alguna de las limitadas esquinas, manteníamos un diálogo inocente sobre nuestros respectivos compañeros y estudios, nos separábamos sabiendo que allí vivíamos, cotidianos, presentes, en un universo todavía visible.

En el año 52 la vi desfilar por las desnudas calles de nuestro pueblo con inmensas coronas; atrás y adelante de Ana María iban hombres y mujeres tristes. Peones del campo, obreros de la construcción y de la única refinería de aceite que había en las afueras, modestos empleados, sirvientas. Velaban la imagen de Eva (para ellos "Evita"), una reciente muerta a la que ya calificaban de eterna. Cuerpos anulados dentro de la multitud, volvían a cada paso a quebrarse bajo el silencio de los árboles sin hojas. Pensé que esa noche me perdería irremisiblemente la proyección del cine Rex: Sterling Hayden y Jean Hagen quedarían para siempre detrás de la pantalla sin mostrarme qué pasa *Cuando la ciudad duerme*, porque esta, la mía, no dormiría jamás: vivía una pesadilla que recién empezaba, y lo hacía con todo el boato alcanzable. El espectáculo me pareció grotesco: amparado tras la ventana del living, sonreí. Al ver nuevamente a Ana María, esta vez junto a su madre, me dolió su dolor y quizás el haber sonreído. Desconocía la ilimitada maldad de que son capaces los seres humanos, y jugaba con el duelo de otros como un dios perverso.

En junio de 1955 se desató la esperada tormenta. Para ese entonces nos asfixiábamos hasta en nuestra propia casa, y ya ni delante de Francisca (que desde antes de mi nacimiento trabajaba para nosotros) podíamos alzar la voz. El levantamiento fracasó, pero aun durante esas cortas horas de esperanza papá hizo señas para que no discutiera con ella. La buena mujer, con lenguaje elemental, se explayó sobre las desgracias del país y contra los "vendepatria", los mismos que, en su desordenado libreto, "habían matado a Moreno y a Belgrano, a San Martín y a Evita". La dejamos decir, por compasión, por afecto.

También por prudencia: las radios oficiales no tardaron en atronar venganza, y en casa se apagaron las luces del comedor y del salón.

Solo septiembre trajo la tan ansiada libertad. Cayó lo que acusábamos de tiranía, y con ella sus nombres y sus estatuas. La más grande y ridícula, la que afeaba el paseo de la plaza del prócer, la derrumbamos nosotros, los de 5.º Nacional. Por aquel tiempo, yo ya había empezado a escribir y descubría (u otros me hacían descubrir) una innata facilidad oratoria. A impulsos de esos desatinos adolescentes, dije encendidos discursos de victoria, y también abrí la fiesta de clausura de nuestro bachillerato con dos o tres frases que la tentadora difusión de mi propia palabra me había concedido. Ana María estaba allí, representando a su Colegio Comercial, y oyó, naturalmente, todos mis desvaríos. En ese instante me tuvo sin cuidado, y ni siquiera me acerqué; acaso hasta haya subido mi indignación patriótica y mi acaloramiento para señalarle tácitamente ciertas distancias.

Comenzó después un baile con dos orquestas. Yo, que nunca había superado los tímidos valses, salté desaforadamente desde la ranchera hasta el rock suelto. En un momento dado, fuera de mi procaz tembladeral (al que habían ayudado no pocas gotas de alcohol), reparé en ella. Creí que me observaba, junto a otras dos amigas, sin bailar. Desafiante, atravesé la pista, pero cuando me vi tan cerca de su mano, ostentoso, infiel, sin poder retroceder, sentí miedo al rechazo. Me saludó tibiamente, me presentó a sus compañeras, me invitó a compartir su mesa. Le dije que prefería bailar, y asintió. Entendí que no necesitaba testimonios del hombre porque ella sabía qué guardaban los hombres.

Bailamos. Una, dos, muchas piezas. El cantor equivocaba la letra de *Garúa* y se lo comenté. "No se ve a nadie cruzar por la esquina. Sobre la calle, la hilera de focos lustra el asfalto con luz mortecina. Y yo voy como un descarte, siempre solo, siempre aparte, recordándote." Festejó mi memoria y mis ocurrencias; me dio una serenidad que no sé si ella misma tenía. Avergonzado, la miré a los ojos para oír: "No temas, algún día toda esta tristeza se convertirá en gozo". Olvidé que bailábamos, olvidé el lugar, olvidé mis fervores de hacía un rato: no olvidé en cambio que era la primera vez que la abrazaba.

Hablamos de cosas intrascendentes, y también de sus horas y de las mías. Pero no aludimos, cumpliendo un ya tácito pacto, a nada de lo que podía separarnos. Nuestro entendimiento estaba ahí, fresco, todavía intocado, jugando una apuesta contra la corrosión.

Los recuerdos que vienen después son los del despertar a una improbable madurez. Dejé el pueblo natal, y descendí en una ciudad fría donde las diagonales profundizaban el desconcierto: simulaban sueños de un déspota extraño y hermético que hubiera querido provocar continuos y falsos desciframientos. Caminé ansiosamente por esas diagonales buscando el contacto de antiguas paredes en mi mano niña, pero ni las casas ni mis manos eran ya las mismas y aprendí a reconocerme cambiante en un cambiante mundo.

Volvía de vez en cuando al pueblo para ver a mis padres; los encuentros eran duros y hasta agresivos. Yo estaba haciendo el examen de conciencia que toda nuestra generación inició entonces, y revisando el abismo que nos separaba de lo que por aquellos días, aún algo pomposamente, llamábamos "las masas". Intelectuales a la deriva, procurábamos reencarnarnos históricamente, y para hacerlo había que ver el pasado con los ojos y el corazón de ellas. Papá concluía nuestras discusiones atribuyendo a la Universidad mis veleidades, "y vaya a saberse a qué otras compañías".

En esos viajes la busqué íntimamente. Perseguía algo más que un reencuentro y una reanudación de nuestro perdido diálogo; algo más que la recuperación de su mirada y de su rostro que nunca lograba recordar; algo más también que la concreción de una fantasía amorosa imposible. Frente a mis cambios, a mis nuevas maneras de ver la patria y sus inquietos destinos, necesitaba su acuerdo, ahora factible, y su inconmensurable perdón.

No pude ya verla. También ella y su madre se habían marchado del pueblo, y nadie supo (o quiso) darme datos claros sobre el lugar donde habitaban ahora. Alguien me dijo que la madre había muerto en Buenos Aires; alguien deslizó insinuaciones sobre "peligrosas" actividades de Ana María en provincias del norte. Pero nada más. Los años han seguido pasando y corriendo sobre nuestras cabezas y nuestras sangres de manera salvaje. La patria es hoy, toda ella, un montón de cenizas, y los pocos leños que quedan no alimentan más que un fuego tiránico. Ana María seguramente ha caído; tenía solo un cuerpo para difundir su mensaje, y así debe haberlo entregado: mezclándose con el polen que vuela de las flores, al agua que nutre las plantas. Nunca lo he sabido con certeza y tal vez ni quiera saberlo. Busco su nombre aquí y allá, pero jamás lo he visto y eso alumbra una estúpida esperanza. Sé, en el fondo, que ella ya no está. Que ha pasado como una sombra o como un viento que agita los árboles. Que otros la han amado y la han seguido. En nuestro aterido sur, en nuestra pampa desierta, en nuestros salitrales inmensos, en los subterráneos de las villas o en el altiplano hambriento, ellos habrán recogido su comunión silenciosa, su sacrificio, su buena nueva. Yo, pequeño en mi interminable diáspora, la dibujo, extranjero. No acierto en los trazos, en el color ni en los hechos; presiento que sí en sus contornos. Ella cubre mi mano con dulzura de niña, y canta, para que no llore, sobre los movimientos del mar.

Lunel, Languedoc, 1978-1979.

por *Marta San Martín*

—Hace mucho que no visitamos a tía Águeda –dijo mi hermana. Estábamos en el patio, viendo pasar las nubes.

Nunca sabré qué hizo que Isabel se acordara de la hermana de mamá, pero me dejé arrastrar por la nostalgia.

En vida de nuestra madre íbamos a ver a Aguedita cuatro veces al año, no solo porque las costumbres dictaban que la familia era sagrada, sino porque mi madre disfrutaba de esas visitas y de la loca cháchara de su extraña hermana. También a nosotros nos encantaba ir a esa casa. En ningún otro lugar habíamos visto, juntas, tantas cosas curiosas. Para empezar, nuestra tía Águeda era un personaje fascinante, incluso a la distancia. Jamás he vuelto a encontrarme con un trasero de esas dimensiones ni un contrapeso como sus enormes tetas. Mirada de perfil, no se entendía cómo podía mantener el equilibrio. Parecía que en cualquier momento una de las potencias iba a ganarle a la otra, y nuestra tía caería sin remedio, o bien de pecho o sentada sobre su enorme culo, solo por la superioridad de una de sus cordilleras sobre la otra.

La casa era otro juego de contrastes. Mientras tía y su marido, el increíble Antonio, vivían en un desparramo absurdo de cuartos de paredes descascaradas y pisos de tierra, conectados por una maraña de pasillos. En el fondo, más allá del patio de los naranjos, había otra casa, prolija, moderna, muy bien construida, a la que ellos llamaban "el depósito".

Ya hombre, comprendí. Antonio era camionero. Su trabajo consistía en transportar y distribuir la ayuda social –lo que Evita prefería llamar "justicia"– de la Fundación. Todo lo que pudiera caber debajo de las lonas que llevaba tiradas, como al descuido, sobre el piso del camión, iba a parar al *depósito*. Nuestra tía anotaba en un cuaderno, meticulosamente, cada elemento ¿robado?, digamos *incautado*, como si pensara devolverlo alguna vez:

Mil ladrillos.

Trescientas tejas.

Siete puertas placa.

Diez puertas para frente, con vidrio y reja.

Sesenta pelotas de fútbol.

Treinta y cuatro muñecas, estilo bebé malcriado, con chupete; dieciocho sin chupete.

Tres docenas de bombachitas de nena, talles del dos al doce, color rosa.

Dos máquinas de coser.

Una cocina de gas.

Y así seguía con el detalle de la enormidad de objetos que atiborraban el lugar. Nunca nos regaló nada, y me cuesta creer que no supiera cuánto lo necesitábamos. Sin duda, tía Águeda no creía que repartir lo que había sido pensado para otros fuese su deber. Ella no era Evita y, aunque la idolatraba, no se sentía obligada a imitarla. Jamás mi madre dijo una palabra de censura ante la actitud de su hermana, lo que con el tiempo nos llevó a suponer que conocía el destino de tanta abundancia y que no lo veía mal. Una especie de resignada aceptación. Era parte de la cosa. Del paquete completo.

En nuestra siguiente visita de domingo, el contenido del depósito, lejos de disminuir, había crecido. Lo atestiguaba el cuaderno, esas listas kilométricas: mil cien ladrillos; quinientas doce tejas; quince puertas placa; dieciocho puertas para frente, con vidrio y reja; ochenta y una pelotas...

—¿Cuántos...?

—¿... años tendrá ahora tía Águeda? –preguntamos Isabel y yo, nuestros pensamientos corriendo por la misma ruta.

—Andará por los cien –aseguró Isabel, exagerada como siempre.

—No creo que tantos, pero... noventa... puede ser.

Saqué cuentas mentalmente: Eva murió en el... ¿cincuenta y dos?, nuestra tía tendría por entonces ¿treinta y tantos? Isabel tenía razón. ¡Cerca de cien! Y de pronto me atacó una urgencia irrefrenable de ver a la hermana de mamá antes de que fuese demasiado tarde. Creo que sentí que, de alguna manera, volveríamos a encontrarnos con mamita.

Isabel desapareció en la pieza. La seguí. El olor a encierro, que se hacía más desagradable los domingos, me tomó por sorpresa. Tuve ganas de vomitar. Una bruma pesada, irrespirable, enlutaba el cuarto.

Rodeaba a mi hermana un soplo de irrealidad. Ella parecía no darse cuenta, entretenida en probarse el sombrerito lila de mamá. Supe que, como yo, deseaba recuperarla, aunque más no fuese por unas horas.

—¿Te acordás cómo viajábamos a casa de tía? –preguntó mirándome desde el espejo.

Mi corazón se estremeció de ansiedad, igual que cincuenta, ¿sesenta?, años atrás cuando mamá anunciaba: "Hoy viajaremos en tren, hijitos", y desde la cocina llegaba el suculento olor de los sándwiches de mortadela.

Tomamos el tren en Retiro. Tía vivía en Sáenz Peña o en Santos Lugares, no estábamos seguros. Mi hermana se sentó en un asiento del lado derecho y yo en otro del lado izquierdo, porque ninguno quiso ceder la ventanilla. Con el viento, en el sombrero de mamá se hamacaba como una niña su única pluma azul.

Bajamos en Santos Lugares, por intuición.

—¿Encontraremos la casa? –dudé.

Mi hermana no contestó. Caminaba adelante, muy derechita. Cualquiera habría pensado, al verla avanzar tan tiesa, con los ojos entrecerrados, el ceño fruncido y el sombrero encasquetado hasta las cejas, que estaba en trance o que era ciega.

Dimos muchas vueltas hasta llegar a una calle que Isabel pareció reconocer, porque levantó la nariz al aire como un perro de caza. Por fin se detuvo ante una verja de caño y alambre de gallinero. Un escalofrío de evocación me hizo temblar de pies a cabeza. La casa estaba tal como la recordaba, igual a la que visitábamos con mamá.

Isabel fue la primera en reaccionar y llamó, golpeando las manos. Aplaudió tímidamente primero y a lo loco después. El portón cedió, fue y vino sobre sus goznes con ese ruidito a pueblo a la hora de la siesta, y se abrió despacio. Estuve tentado de retroceder, pero la determinación de Isabel era implacable: iba a ver a nuestra tía, aunque se hubiera convertido en un esqueleto colgado de una percha.

—¿Qué esperás, Tino? No te quedés ahí parado. ¡Entrá, hombre, por Dios!

La seguí de mala gana.

Por el pasillo que llevaba al patio de los naranjos venía Águeda.

Miré a Isabel, me miré, y sentí de golpe que éramos inconcebiblemente viejos. Tía estaba igual. El peso de sus enormes tetas la inclinaba para adelante y, con los vaivenes del caminar, las redondeces de su trasero asomaban a un lado y otro, marcando el compás de una música muerta. En la penumbra del patio del fondo entreví a Antonio. El avaro, el codicioso, el ladrón, sonreía de manera sombría, agitando el cuadernito de tapas negras.

El sombrero lila avanzó por el pasillo con paso digno y sin dejar caer la pluma.

Mi hermana abrazó a tía sin emoción, levantó la mano y saludó a Antonio de manera casual, como si se hubiesen visto la semana anterior; después, tomó a tía del brazo y la llevó hasta el patio cubierto por la parra de uvas chinche que tanto le gustaban a mamá. Se sentaron a la mesa. El mismo mantel de hule con flores gastadas y la misma pava para el mate. Todo igual, excepto nosotros dos. El sombrero lila quedó sobre una de las sillas. Sentí que mamá estaba allí, indicándonos con la cabeza el momento oportuno para hablar, como antes. Como antes.

—Sí, tía, a cuarto grado.

—No, tía, no faltamos nunca.

—Sí, tía, nos encanta.

—La mía se llama señorita Lucrecia y la de mi hermana, señorita Paula.

—No, no se moleste.

—Bueno, ya que insiste. Jugo está bien.

—Mil gracias. Es usted muy amable.

Y después, silencio total hasta que el sombrero lila lo dispusiera.

En un momento de la conversación, mi hermana hizo con la cabeza un gesto que en un principio no entendí. Apuntaba a Antonio primero y al depósito después. Como vio que yo ni me mosqueaba, me dijo en voz alta:

—Tino, andá a charlar un rato con Antonio, ¿no entendés que nosotras tenemos que tratar asuntos de mujeres?

La miré desconcertado, pero me levanté porque no me gustaba contradecirla. Nunca. Nunca.

Recorrer el pasillo hasta el depósito me llevó más de media hora. Un tiempo detenido, o estirado, ¿qué sé yo?

Antonio me esperaba sentado en un tronco. Se levantó sin ganas y me estrechó la mano con la suya helada. Pensé que estaba viejo. Pensé que estaba muerto. Me estremecí. Saqué la mano de un tirón por miedo al contagio.

—¿Ves? –dijo Antonio con una sonrisa ladeada cuando entramos en el depósito–. Cada vez más llenito. Esto es de Cáritas, aquello de cuando repartían las cajas PAN, ¿te acordás?, y esto otro, de uno de los comedores de la Red Solidaria. ¿Qué te parece, cholito? Soy un genio ¿no?

El cuadernito bailaba frente a mis ojos. Las hojas, amarillas y grasientas, asomaban como gusanos, retorciéndose entre las tapas negras. Pasó otra hora y oí pasos en el corredor. Pasos ligeros. Los pasos de Isabel.

—Tía le hizo un mate cocido. Me dijo que vaya rápido. Que se le va a enfriar.

Miré a Isabel y noté que no llevaba el sombrero. Levanté las cejas para preguntar qué diablos se le había ocurrido. Me fulminó con la mirada.

En cuanto Antonio se fue, me empujó adentro del depósito.

—Toda mi vida quise hacer esto –dijo, y los ojos le brillaron, afiebrados.

Se acercó al estante de esas muñecas a las que llamaban bebés malcriados con chupete. Tomó algunas y las acunó como si fueran de verdad, como si se tratara de los hijos que no tuvo. Que no tuvimos. Se decidió por una. Yo hubiese preferido otra, una rubita hermosa, pero ella se quedó con una muñeca negra, de ojos tristes. La envolvió en una camiseta con el sello de la Fundación, y le dijo al oído algo que sonó como "No tengas miedo que mamá te cuida". Enfiló para el pasillo que anaranjeaba el último sol. Antes de salir, se dio vuelta y me dijo:

—Agarrá una pelota, Tinito. ¿Acaso no es lo que siempre quisiste?

Llegamos a la puerta de calle corriendo. Águeda y Antonio ni cuenta se dieron de que escapábamos, inmóviles como estatuas frente al mate y la pavita negra de carbón.

Una vez en la vereda, más tranquilos, comprendí que mi hermana había dejado el sombrero lila de mamá sobre la silla.

—Fue a propósito, che, para disimular –dijo.

—Pero no importa, Tino. Ya no lo necesitamos.

Volvimos a la bruma del hogar. Al frío de una casa sin plantas, sin perro, sin niños.

—La ilusión –fue lo primero que dijo Isabel.

No entendí.

—Vivimos así.

—¿Así cómo?

—Ilusionados.

La ayudé a guardar la muñeca negra en la caja donde antes poníamos el sombrero de mamá, y salimos al patio.

por Vicente Battista

Perón y Evita lo obligaron a llevar una doble vida. Cuando el General asumió la primera presidencia, Tomás cursaba el primer grado inferior, turno mañana, en una escuela municipal de Barracas a la que llamaban "la pisahuevos", jamás pudo descubrir la razón de ese apodo. Su madre, de lunes a viernes, lo llevaba de la mano hasta la puerta del colegio, le daba un beso en la frente y una vez más le recordaba que debía portarse bien y hacerle caso a la maestra. Tomás asentía en silencio y en silencio caminaba hasta el patio de la escuela, ahí se unía al coro que, entusiasta aunque desafinado, cantaba *Aurora* mientras izaban la bandera. Por entonces, su madre había vuelto a casa, en la cocina le esperaban los platos y las tazas sucias del desayuno, y la carne y las verduras con las que prepararía el almuerzo. Ella y Tomás comían un poco antes de la una, su padre pasadas las tres; a esa hora llegaba del Ministerio de Obras Públicas, trabajaba en los astilleros, como carpintero naval. Se proclamaba socialista y admiraba a Alfredo Palacios con el mismo ardor con que despreciaba a Juan Perón. Tomás era testigo de ese desprecio: cada vez que el presidente pronunciaba un discurso, escuchaba cómo su padre, de pie frente al aparato de radio, puteaba sin descanso. Tomás, que tenía prohibido decir malas palabras, quiso saber las razones de esos insultos. "Es un fascista", dijo entonces su padre y fue todo lo que dijo.

Privilegiados se llamó el libro con el que Tomás aprendió a leer. Ahí se encontró por primera vez con Eva Perón. Lo esperaba en la página 3, en un retrato de marco barroco que la mostraba de medio cuerpo, con una camelia amarilla prendida a la altura del corazón y una sonrisa bondadosa en los labios. La imagen se iba a repetir, de distintas formas, en las páginas siguientes: en la 7, vestía un simple traje de calle, en la 11, un suntuoso traje de fiesta, en la 15, estaba frente a un escritorio, rodeada de niños y niñas, en la 21, se la veía en el interior de un corazón que parecía flotar, la sonrisa bondadosa se reiteraba, invariablemente, en todos los casos. En algunas ocasiones se la presentaba como Eva Perón, en otras, como Eva y en otras como Evita. Más allá del nombre elegido, siempre era la abandera de los humildes y la jefa espiritual de la nación. Tomás guardaba *Privilegiados* en su cartera, aunque más que guardado parecía escondido entre el cuaderno Gloria, la cajita con los lápices, las pinturitas, el sacapuntas y la goma de borrar. Todas las tardes, sobre la mesa del comedor, acomodaba el cuaderno, la cajita con el sacapuntas, los lápices, las pinturitas y la goma de borrar; *Privilegiados* quedaba encerrado en la cartera. En su casa, Eva Perón, Eva o Evita estaba tan prohibida como el propio Perón. Tomás no comprendía la causa de tanta saña: Evita le había caído bien desde la primera foto en que la vio, decían que era la madre de todos los argentinos. Aunque no sabía cómo explicarlo, el cariño que sentía por ella era diferente del que sentía por su madre. Alguna vez pensó en escribir una carta a la Fundación para pedir una bicicleta o, al menos, una pelota de fútbol. Nunca la escribió porque por esos días apenas borroneaba unas pocas palabras y porque su padre no podría soportar que tocaran el timbre de la casa y un hombre, de parte de la Fundación Eva Perón, le dejara una bicicleta o una pelota para su hijo, un niño feliz de la Nueva Argentina.

Era un viernes de primavera, Tomás ya tenía el permiso de sus padres. Para conseguirlo se había portado como un chico bueno, fue una semana de sacrificio, pero valió la pena: podría ir a la primera función del Güemes para ver *Cohete a Marte*, la película que pocos días antes habían estrenado en los principales cines del centro. Rubén y Tito serían de la partida. Ambos eran sus amigos íntimos, vivían en la misma cuadra y habían ido al mismo colegio, desde primero inferior hasta sexto grado. Ese viernes llegó tarde y le llamó la atención que Rubén y Tito aún estuvieran en la puerta. Fue Rubén el que explicó por qué no habían entrado. "No hay clase", dijo. Ronconi había dado el aviso, por lo que no había nada que discutir, Ronconi era el portero. "Dijo que nos esperaba el lunes, pero no dijo por qué no había clases." Rubén supuso que se trataría de una fumigación. Tito y Tomás aprobaron en silencio y los tres decidieron que se encontrarían a las dos y media: *Cohete a Marte* era lo único que de verdad les interesaba.

Entró en su casa pensando en cómo se sorprendería su madre al verlo volver tan temprano, pero fue él quien se sorprendió: su padre, que debería haber estado en el trabajo, estaba en la cocina tomando mate.

—Los milicos se levantaron contra Perón –dijo, y con la bombilla arregló la yerba.

—¿No habrá función en el Güemes? –preguntó Tomás.

—Casi seguro que no –dijo su padre, y levantó el volumen de la radio.

Las emisoras transmitían en cadena, un locutor con voz grave repetía que "efectivos del Ejército, la Marina y la Aeronáutica, al mando del general retirado Benjamín Menéndez intentan derrocar al gobierno del presidente Juan Domingo Perón. Se ha declarado el estado de guerra interna en el país". Tomás dedujo que esos efectivos del Ejército, de la Marina y de la Aeronáutica estaban a punto de dejarlo sin *Cohete a Marte*.

—Milicos de mierda –dijo en voz muy baja, pero su padre lo escuchó y se rió.

—No es para reírse, viejo –protestó Tomás.

Su padre, sin dejar de reír, le preguntó si se había hecho peronista. ¿Cómo explicar que le habían jodido *Cohete a Marte*? No sabía qué hacer ni qué decir. Recordó que sobre la cama había quedado el último número de *Misterix* y corrió a su pieza. Buscó la revista, pero fue imposible: las hazañas del hombre del traje de acero no lo impresionaron, esa tarde su destino era Marte. El reloj de pared marcó las dos, en media hora tenía que encontrarse con Rubén y con Tito. Tal vez para entonces el levantamiento contra Perón se hubiera acabado y el Güemes nuevamente abriría sus puertas.

Tito dijo que no, que habían bajado las cortinas metálicas.

—Lo vi yo mismo, vengo de ahí.

Tomás preguntó "¿ahora qué hacemos?" y entonces fue cuando Tito contó lo del transporte gratis.

—Tranvías, colectivos, ómnibus, podés viajar sin boleto.

Rubén le dijo que estaba loco, que de dónde había sacado ese cuento. Tito aseguró que no era cuento, así la gente podía llegar a Plaza de Mayo para defender a Perón.

—¿Seguro que viajás gratis? –preguntó Tomás.

—Seguro –dijo Tito.

—No te creo –dijo Tomás, y corrió hacia la avenida Montes de Oca, por ahí pasaban los tranvías, los ómnibus y los colectivos. Era cierto, porque subió al 17 y el guarda no le cortó el boleto. El tranvía iba repleto y tanto los que estaban sentados como los que iban de pie cantaban sin cesar. "La vida por Perón", repetían una y otra vez. Tomás se ubicó en un costado, no se atrevió a gritar, pero levantó los brazos para llevar el ritmo. Bajó tres cuadras después, en Martín García, y de inmediato subió a un colectivo 12 que venía en sentido contrario, nadie le cobró el boleto, pero el colectivo estaba casi vacío y no había quien gritara, por lo que bajó en Suárez y subió a un tranvía 10, que seguro iba a Plaza de Mayo. El 10 llevaba más gente que el 17 y los gritos eran más fuertes. Agitó los brazos para dar aliento, pero decidió bajar en Aristóbulo del Valle, habían sido diez cuadras heroicas, era tiempo de volver a casa. Saltó del tranvía y ahí mismo lo atropelló un Leyland, un ómnibus que hacía poco habían traído de Inglaterra y al que, por su aspecto y tamaño, llamaban "La Chancha". En la ambulancia, camino al hospital Argerich, se imaginó como un soldado de Perón caído en combate. Cuando despertó de la anestesia encontró a su padre y a su madre, ambos de pie, al costado de la cama.

—Tomás. Tomás –decía su madre, como quien repite una plegaria.

—¿Qué te pasó? –preguntó su padre. No podía decirle que a lo largo de diez cuadras se había unido a quienes daban la vida por Perón, solo dijo: "Perdoname, viejo, hice una cagada".

Fue un largo mes de convalecencia; cuando volvió a la escuela, sus compañeros lo rodearon, uno de ellos quiso saber si la Chancha lo había atropellado cuando él iba a Plaza de Mayo. Como única respuesta, Tomás construyó un silencio enigmático.

El 26 de julio amaneció nublado. Tito propuso ir a la plaza Colombia. Dieron varias vueltas en la calesita, Rubén sacó dos veces la sortija, ni Tito ni Tomás tuvieron la misma suerte. Cuando cayeron las primeras gotas volvieron a sus casas. Todo indicaba que era un domingo más, pero las caras de papá y de mamá revelaron que ese domingo sería diferente.

—Murió –dijo su padre.

—Era tan joven –lamentó su madre–. Tomás de inmediato supo de quién hablaban, aunque decidió ignorarlo con la esperanza de que se refirieran a un pariente lejano que él ni siquiera conocía. Desde la radio terminaron con su esperanza: "A las 20.25 horas ha fallecido la Señora Eva Perón, Jefa Espiritual de la Nación", repitió el locutor. Tomás tuvo ganas de llorar, pero se contuvo; si bien sus padres parecían apenados, no soportarían esas lágrimas, en definitiva, había sido la esposa de Perón. Fue hasta su pieza, se tiró en la cama, pero tampoco ahí pudo llorar.

La bandera ya estaba en el tope del mástil y cuando los alumnos, después de repetir "del sol nacida que me ha dado Dios", se disponían a ir a sus aulas, las maestras ordenaron que se detuvieran, que la directora tenía algo para decirles. Hubo murmullos y risitas, la directora se mantuvo imperturbable y una vez que logró el silencio, comenzó a leer con voz grave: "Eva Perón ha muerto, la República está de duelo". El discurso, que duró cerca de diez minutos, evocó cada una de las virtudes de la Abanderada de los Humildes. Los alumnos aún ignoraban que ese rito se repetiría de lunes a viernes, aunque no siempre la lectura quedaba en manos de la directora, algunas veces lo leía la maestra de cuarto, otras, la de quinto. A Tomás no le disgustaba escuchar todos los días las mismas palabras, en definitiva, con Evita había aprendido a leer.

Decían que la habían embalsamado y que se veía más bella que nunca. La capilla ardiente estaba en el Ministerio de Trabajo y Previsión. A pesar de que llovía a cántaros, las colas de cuadras y cuadras crecían sin descanso. Eran hombres y mujeres de todas las edades que en silencio esperaban verla por última vez, aunque solo fuese por un instante. En primer grado inferior, Tomás pensó escribirle una carta, pero no se atrevió. Ahora tuvo ganas de estar en esa cola, con esa gente, pero tampoco se atrevió.

Pidió que lo anotaran en el Comercial 1, dijo que quería ser Perito Mercantil, y sus padres estuvieron de acuerdo. Ingresar por la puerta grande, la de la esquina de Australia y Montes de Oca, hizo que de pronto todo fuera diferente: había reemplazado el guardapolvo blanco por el saco, la camisa y la corbata, se sentía mayor. Su división era primero tercera, le había tocado turno tarde, por lo que no participaría en la ceremonia de izar la bandera, la maestra iba a ser reemplazada por un número incierto de profesoras y profesores. El escritorio del profesor o de la profesora estaba sobre una tarima y los pupitres de los alumnos en nada se parecían a los de la escuela primaria. Los retratos de Perón y de Evita, colgados de la pared, eran lo único idéntico en una y otra escuela. El control del alumnado corría por cuenta de los celadores. Humberto Paz era el jefe, había que llamarlo Señor Paz, y obedecer sin discusión todo lo que él dispusiera. Siempre usaba la misma ropa: un traje gris cruzado, zapatos negros, camisa blanca y corbata azul. Sobre la solapa izquierda del saco destacaba un reluciente escudo del Partido Justicialista.

Un miércoles, antes de que llegara el profesor de historia, apareció el Señor Paz, esperó el silencio total y anunció: "Hoy no habrá tarea, iremos a la UES". Tomás creyó que se trataba de una broma, pero el Señor Paz lejos estaba de ser bromista. "Dejen los útiles aquí" –dijo y ordenó que fueran saliendo en fila, en la calle los esperaba el ómnibus que los llevaría hasta la UES.

Tomás pensó en simular un desmayo, de pronto caía desvanecido, lo atendían en la enfermería y desde ahí derecho a su casa.

—Hice como que me desmayé –les contaría a sus padres–. Mamá construiría un gesto entre la sorpresa y la desaprobación. Su padre, por el contrario, aplaudiría esa actitud heroica. Días antes había criticado a la Unión de Estudiantes Secundarios, otra estafa política de este gobierno. Tomás estaba a punto de desmayarse, cuando sintió que una mano lo empujaba y escuchó la voz del Señor Paz:

—Vamos, caminá, no te quedés papando moscas –ordenó.

Fueron casi cuarenta minutos de viaje, había un buen trecho entre Barracas y Núñez. "El deporte dignifica" –anunciaba el enorme cartel de la entrada, a la izquierda del cartel estaba la foto de Perón, a la derecha, la de Evita–. Un hombre con ropa deportiva llegó para recibirlos. El Señor Paz lo conocía porque se abrazaron como viejos amigos, luego el hombre con ropa deportiva dijo que los llevaría a recorrer las instalaciones. Anduvieron por las canchas de tenis, por la pista de patinaje y por el miniestadio. Era una tarde fría, pero con buen sol. "Un día peronista" –dijo el Señor Paz y casi todos los alumnos asintieron–. Había clima de fiesta, aunque no para Tomás; desde que entraron a la UES, una sensación extraña le recorría el cuerpo, sentía que alguien lo estaba mirando, giraba la cabeza de izquierda a derecha para sorprender al mirón, pero solo veía el mismo paisaje que veían sus compañeros: las canchas de tenis, el miniestadio, y la pista de patinaje, aunque había un elemento que sus compañeros parecían ignorar: los árboles. Ahí fue cuando sintió miedo: detrás de uno de esos árboles se ocultaba su padre, lo había seguido en silencio y en el momento menos pensado dejaría su escondite, se pondría a su lado y sin alzar la voz, pero con mucho dolor, le iba a preguntar "¿Por qué estás aquí?". Tomás se imaginó diciendo que no era culpa de él, que había sido una orden del Señor Paz, justo en el momento en que el Señor Paz anunciaba:

—Prepárense, ahora visitaremos la piscina cubierta.

Un rato más tarde andaban por el interior de un enorme recinto donde, en medio de una humedad cálida, se percibía un fuerte perfume a cloro y se oían voces y gritos. Tomás decidió que su padre estaba en los astilleros del Ministerio de Obras Públicas, arreglando la quilla de algún barco, y de golpe se le fue esa sensación extraña, difícil de explicar. El Señor Paz dijo que subieran al pasillo del primer piso, desde ahí verían cómo los participantes de los Juegos Olímpicos practicaban saltos ornamentales. Tomás observaba maravillado esas proezas, cuando un griterío que venía del costado derecho del pasillo le hizo cambiar la dirección de la vista. El general Perón, acompañado por un pequeño séquito, caminaba hacia donde estaba Tomás. Esto parecía tan irreal como su padre apareciendo detrás de un árbol; sin embargo, era real: Perón estaba a su lado, le escuchó decir "juventud maravillosa" y elogiar al joven que saltaba una y otra vez sobre el trampolín. Tomás levantó la cabeza y miró a Perón, era bastante más alto que su padre, usaba una campera brillante, la llevaba abierta, por lo que se distinguía una camisa a tono con la campera, sus pantalones eran de gabardina y sus zapatos de cuero de cocodrilo, y el cinturón con el que sujetaba los pantalones también era de cuero de cocodrilo. Notó que tenía la cara picada de viruela. No vio que Perón lo mirara, pero sí sintió su mano acariciándole la cabeza; cerró los ojos, no podía creerlo y, sobre todo, no podría contárselo a nadie. Abrió los ojos:

Perón se marchaba, acompañado por su séquito. Un rato más tarde, Tomás estaba otra vez en el ómnibus que lo llevaría hasta el colegio. Durante el viaje sus compañeros comentaron lo que habían visto y vivido. Tomás no abrió la boca, ni siquiera cuando el Señor Paz dijo:

——Vieron qué sorpresa, estaba el General.

Llegó a su casa y, como era habitual, la madre lo esperaba con un vaso de Vascolet y algunas vainillas. También, como era habitual, le preguntó cómo le había ido en el colegio.

—Como siempre –dijo Tomás, mientras mojaba una vainilla–, nada para contar, vieja.

El jueves 16 de junio el Señor Paz interrumpió la clase de Historia, se acercó al profesor y le dijo algo en voz baja. El profesor asintió en silencio, con un gesto de sorpresa o tal vez de preocupación. En cuanto el Señor Paz se marchó, el profesor continuó con los etruscos, como si el Señor Paz nunca hubiera estado ahí. Durante el recreo Tomás se enteró de que una cuadrilla de aviones Gloster había bombardeado Plaza de Mayo. "Van atacar de nuevo" –dijo Tito, recién llegado con las últimas noticias–. En el patio había alboroto y el timbre para volver a clase seguía mudo. Los profesores, en su sala, escuchaban las noticias de Radio Colonia, el locutor repetía hasta el cansancio: "El tirano ha muerto. Dios sea loado". Aunque bastaba con mover el dial para enterarse de que las fuerzas rebeldes habían sido dominadas, gracias a los miles de trabajadores que habían luchado por Perón. Tomás supo que, tal como sucediera cuatro años antes, se podía viajar gratis, pero esta vez decidió quedarse en el Comercial 1. Poco después, el Señor Paz, que no parecía preocupado, anunció que se suspendían las clases.

Tomás y Beto regresaron caminando, se detuvieron un instante frente al Güemes, el cine seguía abierto, con gente haciendo cola frente a la boletería. Tomás pensó que la cosa no era tan grave, pero al entrar en su casa encontró a su padre pegado a la radio, mientras su madre, desde la cocina, insistía con que había que comprar arroz y fideos, vaya a saberse cuánto dura esto. Duró ese único día. Radio del Estado anunció que la sedición había sido sofocada, muchos militares habían huido a Montevideo, otros fueron apresados. Se supo que los Gloster que habían bombardeado la Plaza de Mayo llevaban pintado el signo de "Cristo Vence" y que desde tierra grupos de comandos civiles dispararon a mansalva contra los trabajadores. Había más de un centenar de muertos.

—Hijos de puta –dijo su padre y se apartó de la radio.

Tomás pensó que se refería a Perón y a sus seguidores, pero su padre agregó:

—Matan a los laburantes –y entonces comprendió que la puteada era para los aviadores y los comandos civiles.

—Pero querían voltear a Perón –dijo Tomás–. El padre le acarició la cabeza.

—Ya lo vas a entender –dijo sonriendo–, cuando los curas y los milicos se juntan, se jode el país.

Tomás aceptó las palabras de su padre, pero ahora entendía menos que antes. Tres meses más tarde, precisamente el 16 de septiembre, por fin entendería todo. Era viernes y llovía a cántaros. En el Comercial 1 alguien anunció que en Córdoba la Marina se había rebelado. Sin embargo, no parecía ser grave, porque las clases continuaron como todos los días. Tomás llegó empapado a su casa. Su madre le pidió que se sacara la ropa: "estás hecho sopa", su padre no dijo nada, tenía un mate frío en la mano, atento al informativo de Radio Colonia.

El sábado y el domingo siguió lloviendo, tampoco paró el enfrentamiento entre las fuerzas armadas rebeldes y las leales al gobierno. La insurrección creció en las bases militares de todo el país, el crucero *9 de Julio* bombardeó la destilería de petróleo de Mar del Plata y el crucero *17 de Octubre* se dirigía hacia La Plata dispuesto a hacer lo mismo con las destilerías de Ensenada y Berisso. Grupos civiles fuertemente armados iban hacia Plaza de Mayo, repitiendo la consigna: "Dios es Justo". Desde la CGT llamaron a concentrarse en Plaza de Mayo y le pidieron armas a Perón para enfrentar a los grupos rebeldes. Tomás pensó que otra vez habría transportes gratis, pero no fue así: Perón prohibió la entrega de armamentos, dijo que "era la única forma de evitar un derramamiento de sangre". "Se fue a baraja", escuchó Tomás que decía su padre.

El lunes continuó nublado, pero había dejado de llover. A Tomás le sorprendió que su padre estuviera en casa. "Hoy no se trabaja", le dijo su madre. Tampoco habría escuela, según informó la radio: "se han suspendido las clases en todos los establecimientos educativos del país". Dos horas después Radio del Estado anunció que el general Perón había renunciado. A Tomás le sorprendió que a su padre no le alegrara la noticia. ¡Tantos años despotricando y ahora ni siquiera se ponía contento!

—¡Ganamos, viejo! –dijo–. Pero su padre negó moviendo la cabeza.

—Ganaron ellos –dijo–: los milicos, los curas y los patrones. Nosotros perdimos, otra vez perdimos.

El jueves fue un día primaveral: buen sol y poco viento, un auténtico Día Peronista, con la diferencia de que Perón estaba a bordo de la cañonera Paraguay que lo llevaba a Asunción, camino al destierro. En tanto, en Plaza de Mayo una multitud victoriosa celebraba la caída del tirano. Tomás decidió participar de esos festejos, mintió que se encontraría con Rubén y un rato después estaba en el tranvía. Tuvo que pagar el boleto, consiguió un asiento, casi adelante, y unas cuadras después se unió a los cantos de victoria que coreaban los pasajeros. Bajó entusiasmado y así caminó hacia Plaza de Mayo. Se multiplicaban las banderas de la Acción Católica y los gritos de apoyo a las fuerzas armadas. Vanamente comenzó a buscar alguna cara conocida, de pronto sintió que le clavaban algo en la solapa del saco: era un distintivo de metal brillante con una ve corta; sobre la "V" una cruz. "¡Cristo Vence!" –gritó y de un solo manotón se lo quitó de la solapa, lo tuvo un instante en la mano, luego lo tiró al piso y lo pisó, con la esperanza de que muchos más continuaran pisándolo–. Los gritos sonaban con mayor fuerza, pero Tomás había dejado de oírlos, se alejó lentamente de esa multitud enardecida y subió al tranvía para regresar a su casa. Viajó en silencio, decidido a contar la verdad: diría dónde había estado y qué había hecho. Acarició la muda solapa del saco y sonrió: su padre y él por fin se iban a entender.

Reyes del cincuenta y uno,

por Marcelo Luján

Observa y escucha.

De pie junto al ventanal, tiradores oscuros que le bajan desde los hombros, repeinado y en mangas de camisa, el hombre observa el último tramo de calle que se mezcla ligeramente con la noche. Y escucha, sin dejar de observar, la radio: la voz entusiasta del locutor.

Escucha:

[...] amigos de LR1 Radio El Mundo, y la gran cadena de emisoras de todo el territorio nacional que se entrelazan en esta velada plena de emoción de la Cabalgata deportiva Gillette [...]

Había sido un día raro, lleno de sensaciones contradictorias, con un informe clínico en el centro de todas esas contradicciones. Había sido un día caluroso, con un calor de esos que se te pegan a la piel, que se te pegan desde que te levantás y que no te abandonan nunca, ni siquiera cuando cerrás los ojos y después de mil vueltas te terminás quedando dormido.

Escucha:

[…]nieva copiosamente en esta grandísima metrópolis, un manto blanco cubre avenidas y calles [...]

Un día contradictorio.

Si llegara a ser verdad, cómo mierda se lo digo, pensará el hombre.

Pero lo pensará mañana. O dentro de un rato, cuando termine la pelea y camine hacia el dormitorio donde su esposa, agotada por tanto trabajo y cierta responsabilidad añadida, ya descansa boca arriba, medio desnuda y con el pelo suelto.

Escucha:

[…]un cordial saludo desde el centro mundial del pugilismo: el Madison Square Garden de Nueva York [...]

Cómo mierda se lo digo, pensará el hombre.

Mañana.

O dentro de un rato.

Si no fuera por la voz entusiasta del locutor, por el anuncio del inminente comienzo del combate, el hombre estaría menos tenso pero bastante más afligido. Si no fuera por la voz que sale como un látigo desde el parlantito de la radio, el hombre estaría pensando en la conversación con el médico, una conversación llena de malos presagios, escueta y demoledora.

No estaría ahí, junto al ventanal, algo errante y todavía vestido.

Tal vez ni siquiera estaría despierto.

Pero quiere escuchar la pelea. Claro que sí. Le gusta el boxeo. Le gusta desde siempre y esta noche más que nunca porque confía en el triunfo. Porque hace quince días, diríase que murmura el hombre, el otro negro duró cuatro rounds. Confía en el triunfo, sí. Lo necesita, además. Necesita que el campeón del mundo quede seco contra la lona, que los gringos se vuelvan locos de envidia, que sufran en sus propias narices la fuerza de un pueblo justo, libre y soberano.

Observa y escucha y piensa.

Observa la calle, la ciudad medio desierta, y escucha. Y piensa en todos los otros barrios, no en este barrio de copetudos sino en los otros, donde la gente estará metida en sus casas, cerca de alguna radio, cagándose de calor pero acompañando a su ídolo, pendientes de la narración entusiasta y seguros, como él, del triunfo.

Escucha:

[...]a pocos minutos del combate que sostendrán el Tigre puntano, el argentino José María Gatica, y el legendario monarca de la categoría, Ike Williams [...]

De pie junto al ventanal, la calle Austria medio desierta, el hombre se desabrocha lentamente un botón alto de la camisa. Y se detiene. Acaricia el botón, lo estruja. Y se detiene.

Escucha:

...cuando en este instante, amigos de LR1 Radio El Mundo, hace su aparición el presentador de la velada...

Después, con la vista en el último tramo de la calle, siempre de espaldas a la radio, se desengancha los tiradores; los deja caer a un acostado: los tiradores cuelgan de su cintura. Ahora se siente un poco menos tenso. Pero está el calor, que no cesa ni siquiera con la noche.

Escucha:

…ladies and gentlemen…

Ya no le importan los rumores de que Gatica no se estaba entrenando como debería. O de que ni siquiera se estaba entrenando, que se la pasaba de joda, chupando y sin dormir, que por la habitación del hotel entraban y salían, a cualquier hora, mujeres de todos los colores, aunque el Mono lo niegue, y se enoje mucho y grite y diga, enojado y a los gritos, que son todas mentiras.

Ya no le importa eso.

Y prefiere no pensar en la conversación de esta mañana con Cárdenas, eminencia de la medicina argentina, amigo personal desde los tiempos del Liceo. Prefiere no pensar en eso.

Escucha al locutor diciendo que Gatica sube al ring ante un silencio inimaginable en Buenos Aires. Después, de fondo, palabras en inglés que anuncian a Williams. Después, de fondo, todo el Madison Square Garden aclamando a su campeón.

Y después, un silencio mínimo. Un fantasma. Como si el locutor no hubiera podido reprimir la angustia. Como si el locutor, siempre entusiasta, de pronto hubiera tragado saliva. Gatica estaba solo. Solo como nunca lo había estado. Solo en medio de ningún cantito. Solo sin el oh oh oh del Luna Park.

El hombre sabía que el Tigre puntano estaría solo. Y que la gente de los barrios bajos esperaba todo de él.

De él. Y de Gatica.

Y prefiere no pensar en lo que le dijo Cárdenas a media mañana. Pero cómo evadirse de semejante desgracia, porque Cárdenas es su amigo y por nada del mundo le diría algo así de no estar completamente seguro.

Si Cárdenas tiene razón, cómo mierda se lo voy a decir, pensará el hombre mañana o dentro de un rato. De dónde voy a sacar las fuerzas, pensará. Con lo jovencita que es y con todo lo que sufrió desde que Dios la trajo al mundo, pensará.

Y pensará en aquel primer desmayo. El de hace casi un año. Y pensará que si volviera a pasarle, otro desmayo o cualquier indisposición, le pedirá y hasta exigirá que traslade su oficina acá, a la casa. Eso pensará el hombre.

Mañana.

O dentro de un rato.

Y pensará que Gatica es un chiquilín. Y pensará que es arrogante y desfachatado y peronista.

Entonces suena la campana: un estruendo fervoroso cubre la voz del locutor. Dura poco.

Ese estallido de fervor.

Cómo ruge la leonera, dice el hombre sin mover los labios, sin siquiera mover el cuerpo, con la ciudad y la noche de Reyes recortada tras el ventanal que da a la calle Austria.

Escucha:

…primeros avances del Tigre puntano decidido a tomar la iniciativa. El árbitro observa las acciones detenidamente. Williams retrocede. Gatica arremete con un gancho de izquierda a la cabeza del campeón, que parece no acusar el impacto. Retrocede Gatica. Vuelve a la carga. Izquierda, derecha, izquierda…

Le gustaría decir dale dale monito, pero no lo hace.

Escucha:

…terrible gancho a la mandíbula y Gatica se va al suelo…

Entonces el hombre, por primera vez, se gira y sus ojos negros apuntan a la radio. Los tiradores colgando desde la cintura, el pelo brillante y repeinado hacia atrás.

—Esperá, esperá que cuente hasta nueve –dice.

Y lo dice como si se lo dijera al oído. Como si lo tuviera a Gatica ahí mismo y quisiera confesarle un secreto. Se lo dice como se lo diría al hijo que nunca tuvo.

El relator cuenta. El árbitro cuenta. El relator dice uno, después dice dos, y después tres. Y después dice que Gatica se levanta valiéndose de las cuerdas. Pero que está apabullado, dice.

Escucha:

…el árbitro examina los guantes del Tigre puntano. Le hace un gesto con las manos. Se aparta. Gatica no termina de armarse y el campeón arremete sin piedad. ¡Devastador uppercut *de izquierda al mentón de Gatica! ¡Y otra derecha a la nariz del argentino…!*

El hombre, ahora junto a la radio, de frente a ella, imagina los golpes de Williams mejor que si los estuviera viendo. Ya hay sangre saliendo de la nariz golpeada, escucha. El relato se torna desquiciado:

una multitud aclama la segunda caída de José María Gatica cuando apenas si ha transcurrido un minuto de pelea.

Ruge la leonera.

Escucha:

…tres, cuatro, cinco, seis…

El hombre, la camisa desabotonada hasta la mitad, las manos encima del mármol donde está apoyada la radio, los brazos tensos, los ojos negros hipnotizando el parlante que ruge y ruge.

Le gustaría decir "parate mono parate" pero si lo hace no se le oye.

Lo que sí se oye es el relator diciendo que el Tigre puntano consigue pararse pero que está totalmente grogui. Y que Williams no perdona porque le suelta una serie de volados de izquierda y duros rectos de derecha que impactan en la cabeza del argentino.

El hombre, de cara a la radio, cierra los ojos. Los aprieta, más bien.

Entonces escucha:

…¡Cayó Gaticaaaa…!

Y escucha, también, a la multitud enloquecida.

La voz. Los rugidos. Y cada uno de los números que aproximan el nocaut.

Diez.

Nueve, en realidad. Porque después de ese número ya no se oyó más que el griterío pisando la voz del relator.

–La puta que te parió –dice.

Y apaga la radio. Y al apagarla deja, un instante, sus dedos sobre la perilla redonda del aparato. De pronto el silencio lo aturde. Y no consigue calcular cuánto tiempo duró la esperada pelea en el Madison Square Garden de Nueva York. Mira el reloj. Todavía no es consciente de que todo ocurrió en el primer asalto.

Caerá en la cuenta mañana.

O dentro de un rato. Después de acostarse, cuando le será imposible conciliar el sueño en la calurosa noche de enero.

Con los tiradores colgándole de la cintura, lentos los pasos y una horrible sensación de haberles fallado, él y no Gatica, a todos y cada uno de los argentinos, el hombre llega al dormitorio donde su esposa duerme boca arriba, el pelo suelto y medio desnuda.

La observa desde el quicio de la puerta. Reconoce su figura en la penumbra. No quiere despertarla.

Se queda inmóvil.

Y piensa, inmóvil, que esa mujer es demasiado joven como para que Cárdenas tenga razón. Y que sufrió tanto de chica. Y que luchó tanto para llegar a donde llegó. Y sin dejar de observarla, boca arriba, el pelo desparramado sobre la almohada, no sabría decir quién la quiere más, quién la necesita más: si él, Juan, su marido, o el resto de la gente. De toda esa gente. Del pueblo entero que esta noche de Reyes sufrió la peor derrota de su ídolo, la más humillante y verdadera.

—Negrita, ¿estás dormida?

Toda esa gente. Sus descamisados.

NOCHES 335 A 668

EL HIERRO

por Ana Arzoumanian

—Te vamos a quemar la fábrica, armenio.

—No soy armenio. Soy argentino.

No supe de esa frase. Ni de la anterior. Lo que sabía era lo de las cinco de la mañana. El ruido del baño y un poco más tarde los pasos por el pasillo. Los pasos por el pasillo y a continuación el ruido de motores. Primero unos, y un poco más tarde otros. Y, al rato (en el momento en que ya eran casi las siete de la mañana) un concierto de poleas, cortadoras, ruido de hierro frotándose, mucho de eso que se llama sacabocados. Entonces él venía hasta donde yo dormía. Me tocaba los pies. No me gustaba que me despertaran hablando. Aunque ya estaba despierta, me hacía la dormida para convocar ese ritual: sus manos, mis pies, el silencio.

"Te vamos a quemar la fábrica, armenio."

No escuché esa frase. Lo que escuchaba eran los ronquidos. Mientras roncaba, no moría. Apenas hacía una pausa en su respiración espesa yo contaba el tiempo: un segundo, dos, tres. No dormíamos juntos. Yo tenía mi cama en la habitación contigua. Había una puerta que no separaba los cuartos. La puerta estaba siempre abierta. Él dormía en calzoncillos. Yo, con un camisón largo de una tela que compraba por metro, un plush de poliéster estampado.

Él afirmaba que lo había salvado una abogada. Eso sí escuché. No el despido. Ni al secretario del sindicato gritando desde la calle "te vamos a quemar la fábrica". Un sindicalista que cojeaba. Eso lo supe después. Él no pronunciaba mi nombre cuando se dirigía a mí, decía: la chica. Yo era la chica. Dijo que tenía miedo, que iba a cerrar la fábrica. ¿Dónde habríamos ido? Durante quince días el sindicato lo obligó a recibir a los obreros despedidos. Los obreros despedidos tenían que entrar y marcar tarjeta, estar en sus puestos de trabajo. Él abría el portón y colocaba un fierro detrás de la entrada. Durante quince días sus hermanos hacían guardia detrás de la puerta. Y yo esperaba el reloj de sus manos en mis pies. Las siete de la mañana y el momento de vestirme para ir al colegio. Él me preparaba un té con limón y galletas. "Subite las medias", me ordenaba. Y yo partía.

En la calle no cantaban *Los Muchachos Peronistas*. Eso era lo que latía en el aire por las tardes. Cuando ellos se mojaban la palma de las manos y se la pasaban por el pelo. Eso era los viernes cuando hacían fila para firmar unos papelitos. Los papelitos decían: vale por. Vale por una miseria, vale por una limosna, por un brazo, por un dedo. Aunque ni el valor del brazo, ni el valor del dedo estaba escrito en ningún lugar. No estaba escrito hasta el día en que la cortadora bajó su lanzadera de plomo, su filo impaciente, constante, aceitado, sobre un brazo que se demoraba. Fue el día que no hubo grito, cuando todo el ruido se hizo silencio. De golpe. Y él pidiendo ambulancia para un negro de mierda que se distrae. No, no dijo un negro de mierda. Mientras los médicos corrían por ese pasillo a auxiliar al cabecita negra. No, no pronunció el cabecita negra. Era Enrique, en el accidente, en la herida, cada quien tomaba su nombre. En el pasillo, los médicos se apresuraban, marciales, según los acordes de la *Marcha Peronista*. Que la chica espere para ir al colegio, él decretaba. La chica era yo. Y yo imaginando la frase que seguía: todos unidos triunfaremos.

Cuando el pasillo se vaciaba de gente salía para la escuela. No tomaba el camino directo; esas dos cuadras. No hay que pasar por delante de la cooperativa. Puede haber una bomba. Caminaba derecho mirando atenta el piso. Puede haber una bomba. Él aseguró que no iba a hacer más asados los primeros de mayo. Prohibió que pusieran radio. A partir de ese momento decidía él qué música escuchar. Como si detrás de toda zamba, de cada milonga, hubiese un: qué grande sos, cuánto valés, sos el primer. Pero no se llamaban trabajadores, ni obreros, él les decía negros o *pis kasti*, aquello que en armenio significaba argentino asqueroso.

Cuando volvía a la casa, un camionero pasaba cada tarde, me gritaba: "te hago un hijo". Yo me miraba el uniforme del colegio, el lugar de las tetas donde no había, las piernas peludas que ocultaba con las medias hasta las rodillas y me preguntaba un hijo cómo si todavía no sangro.

Un día oí: "fuego". Todo fue delirio. Pero no era la fábrica, era mi primo que había prendido la pirotecnia que había guardado en su bolsillo. No había sido uno de los despedidos. Era el hijo de mi tío que no decía: negros de mierda; decía: el derecho de los trabajadores.

Qué singular rareza, hoy miro tus fotos y te veo parecido a mi General. ¿Será por eso que siempre proclamabas: yo soy el General, y te tocabas el hombro?

¿Si vos eras el General, yo qué era, papá?

Cabecita,

por Luis Tedesco

No lo diga en singular, pero téngalo presente, el uno, el único que cada uno es, es muchos en el plural asesinado de la historia. Resulta que allá, en los orígenes de Lomas del Mirador, cuando la lacra espiritual del imperio remoto ocupó estas tierras –soldados y marinos de la peor calaña y un par de curitas de panza prominente–, luego de arrasar con la resistencia indígena necesitó actividad sexual para entretenerse, aunque la mediación fuera el desprecio, en ese paisaje aturdido por el calor y las borrascas, los insectos homicidas y el dios infiel que moraba entre las lomas. Eros, flexible como es, se adapta a las prerrogativas del poder. Así las cosas, aquellos ilustres de piel lechosa bajo la armadura se amancebaron con las nativas sobrevivientes de la masacre. Estoy resumiendo: por un lado, erguido y cruel por determinación histórica, el invasor, pobre aún pero ilimitado en sus designios sacramentales; del otro, tendida sobre el jergón, la nativa de tez oscura, solo engalanada con la desnudez demoníaca de la sumisión y el odio. El asco los devoraba; el asco, también, los excitaba. El hijo de ambos, el primer cabecita, sin evidencia de padre, y clausurado el celo materno que nutre y agiganta, fue plural de "nadie", fue cabecitas, el uno manada, maleza social sacrificada y sacrificadora, aterrada y aterradora, alquilada para matar, conchabada para morir en el frente de combate, turba mazorquera, tropa unitaria, peonada martirizada por el rebenque institucional, multitudes en busca de su líder, en busca de justicia social, descamisados con Evita y sin Evita, cabecitas hacinados en villas de emergencia; mírelos, son yuta, gendarmes, cabos del ejército, asesinos y asesinados, represores y reprimidos, piqueteros, desocupados, se putean entre sí, se castigan entre sí, y no lo dudes, vienen por vos, se vengarán de vos, blanquito ensimismado, cuando tu culo virginal les quede a tiro en la porquería vigilada de las calles.

El vendaval y los juncos,

por Ezequiel Bajder

> *Un bello junco a la espera de un vendaval*
> *que lo abatiese inmisericorde.*
> JOHN WILLIAM COOKE

Los juncos, uno al lado del otro, como soldados de un ejército atónito, son lo primero que va a recordar. Antes que a los puentes, a los ríos olvidados de la deriva que los llevaba a encontrarse con la isla, a la deriva propia que, marcial, va a anhelar; antes que al cadáver que llega comido por los peces; antes que a los ritos confusos entre juncales; antes que a la llegada de la mujer; antes que a la intemperie lluviosa y flotante; antes que a los fuegos encendidos en las orillas, en los bordes del mapa, como confusos ritos, fuegos expandidos por vendavales, fuegos combatidos a sofocones, sin aire, sin más espacio; antes, también, que a la isla misma, como si el juncal la prefigurara, le anticipara una mujer, un cadáver, unos ritos que no comprende, un ejército perplejo.

La historia, como los juncos, incólumes, uno junto al otro, es siempre la misma: un río, una isla, unas sombras que se mueven y que no se dejan ver cuando se gira la cabeza para descubrirlas, unos desaforados; la generosidad parece simple así, cuando no se tiene nada, cuando nada se puede perder, cuando lo mismo se repite sin valor, como un junco que crece inmisericorde junto a un curso de agua.

Les habla a los juncos, les dice que no hay un inicio, o que en el inicio hay un ardid, de aquel al que espera que llegue del otro lado del mar, si es que no ha llegado aún, si es que él pudiera verlo, como los tiempos de la historia se confunden, dice, en una misma repetición de luchas, aunque varíen las circunstancias, no importa si ya ese anhelado ha vuelto, si el pródigo en ardides, como un Odiseo, ya ha vuelto dos veces y ya no está: para él no ha vuelto aún, para él es mejor todavía esperarlo. Les habla a los juncos, el inicio en el ardid del pródigo en ardides, que llamó a un adversario para incorporarlo: otros tiempos, pero la linealidad no importa, si importara, los puentes no estarían ahí, construidos, la isla no estaría ligada, el plan del que les habla a los juncos no se llevaría a cabo.

Hay, en un cuerpo, un estado de postración: un cuerpo auscultado, investigado, con el estetoscopio que presiona sobre el pecho, con las capas tomográficas que lo investigan, con la disección propia de la ajenidad: del cuerpo se habla como si no fuera, como si no estuviera allí, como si se lo estudiara en la lejanía, el cuerpo sustraído del propio cuerpo, de la persona, privados de una identificación entre sí: cuerpo, persona, isla, país: apropiados, expropiados, ajenos a sí mismos, investigados, secos a pesar de llegar flotando en un río, secos a pesar de estar hinchados por el agua, avanzados por los peces. Hay, en un cuerpo, un estado de postración, la imposibilidad de actuar, la mezquindad corpórea, la disputa por la propiedad: la sustracción en vez del goce de las orgías; en el cuerpo también hay batallas, suenan los primeros tiros, explotan algunas molotov, se traza una cartografía del combate incluso antes de que sea descubierto en la orilla, seco, inflado por el agua, comido por los peces.

Les habla a los juncos, imperturbables, cansados algunos que comienzan a inclinarse, mientras otros se acercan, encienden el fuego, disputan qué asar, cómo asarlo, esperan a que se haga, escuchan, imperturbables también, las palabras del que llaman "Bebe", así, sin tilde al final, con una retracción del acento un tanto engolada, propia del fingimiento de una alcurnia; les dice que en el principio está el ardid de ganarse al rival, de ese otro al que se espera al otro lado del océano (que ya ha vuelto dos veces y que él no lo sabe, como no sabe su muerte, como no sabe que, de lo contrario, los puentes no estarían hechos); en el principio, en el nudo, además de los ardides, están, supone, afirma, como un médico de un cuerpo que, ajeno, encarna a quien lo escucha, que son los cercanos los enemigos a combatir con más fiereza, aquellos que deberían suponerse amigos, aquellos por los que ha tenido que salirles al cruce: los heraldos de las posiciones confusas, los filósofos de las brumas, los abanderados de la nada. Dice, lo escuchan los juncos, lo escuchan los que hacen el asado, cansados del día, de la isla, de los pequeños fogones en los que cada uno de los que la habitan cocina lo suyo; ahora, colectivos, en una sola cocina, parrilla, fogata: lo burocrático es un estilo en el ejercicio de las funciones o la influencia, dice que presupone, mientras la comida se asa, mientras el cuerpo aún vaga por el río sin encontrar la orilla, que presupone, por lo pronto, operar con los mismos valores que el adversario, es decir, con una visión reformista, superficial, antitética de la revolucionaria. Se sonríen los juncos, los hombres y las mujeres que lo escuchan, porque ha empezado a hablar como siempre, un poco ensimismado, un poco para nadie en particular, le sirven un vaso de vino que toma con desdén, le piden que siga, porque saben que es esa indefinición de los que llama burócratas lo que lo ha llevado a refugiarse en la isla, a hablarles a los juncos y a ellos, a organizarlos cada tanto, a que la isla deje la postración cartográfica para ser territorio: el burócrata, dice, quiere que caiga el régimen, pero también quiere durar; espera que la transición se cumpla sin que él abandone el cargo o posición; es esa burocracia, la que en esta isla representan los puentes, la que en esta isla representan las aisladas fogatas, la que acá y ahora, nosotros, juncos, uno al lado del otro, esperamos vendavales que nos muevan, la que acá y ahora es esa espera; esa burocracia o como les guste llamarla constituye, en los hechos, en lo que no está dicho, en lo que se implica a sí mismo, una estructura intermedia por donde el régimen esteriliza los impulsos revolucionarios. Sucede, sigue, casi a nadie le habla, casi al río que arrastra, todavía lejos, un cuerpo: esa mentalidad, dice, se diferencia de la de una concepción revolucionaria en que la primera solo permite ver cosas y la segunda busca la relación entre las cosas, la conexión íntima que la crónica desconoce. Ya casi al final, cuando todos los juncos se han sentado a comer, cuando ya lo llaman con insistencia, casi para sí, para no ser oído, suelta: ofrecen un simulacro de lucha con un enemigo que ya fue puesto fuera de combate.

Llega, lento, mecido por las olas, la cara comida por los peces, el cuerpo a la orilla. Si el tiempo fuera apenas una línea, ese no sería el cuerpo de la compañera del que llaman Bebe, porque él debería de haber muerto antes que ella, porque los puentes se construirían después, porque aquel al que esperan que vuelva del otro lado del océano también habría muerto, porque ella, la compañera, está a su lado, mientras todos comen, mientras él aún habla de lo que ha abandonado, corrido por los que llama "burócratas", habla con estupor, para los juncos, que son todos, que somos todos, con los ojos de quien vuelve a ver por primera vez, del movimiento endemoniado al que pertenece, al que perteneció, al que lideraba ese anhelado del otro lado del océano. Dice, mientras mastica, como si rumiara, como si no pudiera más que soltar las palabras que no son más que un largo bocado que no logra tragar, dice, entonces, del movimiento endemoniado que no es un puñado de ideas y mitos que comienzan a decolorarse, sino una misión (o un porvenir con ineludibles acechanzas, con acechanzas que obstan en el camino, con una barca que amaga hundirse), un frente estructurado en torno a una clase revolucionaria. Dice, ahora atragantado por el vino, que suelta un poco por los costados de la boca, que le mojan el cigarrillo, que el movimiento ha conocido las horas triunfales y las felices jornadas de las masas festivas y los suburbios resonando en cantos, ha conocido el desconsuelo, también, la pérdida, ha sido manoseado como un cuerpo es sustraído por aquellos que lo estudian, lo injurian en ese estudio, lo desprecian como si la lección de anatomía apenas pudiera ser sobre aquello que se decide postrar, postergar, por lo que no se guarda ningún afecto; ha conocido, el movimiento, la derrota y el crimen impune que ha sesgado la flor de sus combatientes. Lo que no ha conocido es el deshonor, dice, como si fuera triunfante al decirlo, se levanta, levanta, también, el vaso de vino lleno de la ceniza del cigarrillo, los pelos engominados que se han soltado un poco, que le caen sobre la frente. Se sienta, ahora, casi callado, casi en una plegaria, por la ausencia del que está al otro lado del océano, por las horas perdidas en la burocracia, por el alejamiento en ese tiempo insular que habita junto a los hombres y mujeres y a su compañera (que es la misma que llega como un cuerpo arrastrado a la orilla), que el movimiento no se suple con la repetición de viejas consignas generales, los recordatorios lacrimosos de efemérides partidistas, la crónica lastimera de las injusticias; mientras esa liturgia conserve su poder, les habla a los juncos, que apenas se mecen por el viento, que esperan vendavales inclementes, de conjurar emociones, podrá estimular algunos ocasionales actos valerosos, pero no integrarlos en una estrategia que lleve a victorias definitivas.

Llega el cuerpo a la orilla, la cara comida por los peces, seco e hinchado por el agua, llega en un tiempo insular, porque no podría ser ella, porque él habría de haber muerto antes, porque los puentes no estarían construidos, porque el anhelado, al que ahora, a falta de un nombre mejor, deciden llamar Sebastián, como el rey portugués muerto en Marruecos, el que los portugueses esperan que vuelva, que surja del mar, que los retorne a ser el imperio perdido, la melancólica espuma de un mar que ya no dominan. Llega el cuerpo a la orilla: es ella, él lo sabe, sabe, ahora que la ve, con la otra ella a su lado, a esa otra que ha conocido cerca de la isla, en una posada, en una biblioteca, en Villa Paranacito, le ha dicho que ha debido escaparse a la isla, que se esconde allí, que pasa los días de conspirador en desgracia. Ella, Alicia, una sola vez hubo de decirle el nombre, es también ella, el cuerpo que ha aparecido en la orilla, cansado, inflado por el agua, inmóvil como si la inmovilidad fuera un gesto atávico, ha aparecido porque el tiempo no es apenas una línea, no puede, tampoco, evitar la huella: el silencio conspicuo, la batalla sobre el tórax, las manos, las piernas, los músculos electrificados, la batalla que él adivina por el silencio, que ni la intimidad del cuchillo en la garganta ha quebrado, en una mesa, en una parrilla, en una cama, bajo el agua; es ella la que se ve llegar, se reconoce allí, aunque el tiempo ahora es insular, en vez de una línea apenas, ilusorio, condensado, irreal como en un mes de calor, se ve ella misma en ese cuerpo en el que otros han librado una batalla, al que han postrado como en una lección de anatomía, ausente la persona de la corporeidad, enajenado a sí mismo, expropiado en una mesa, en una parrilla, en una cama de tensores metálicos. Se ve y él la ve, a su compañera, dice, un poco borracho aún, con el ejército atónito de juncos que esperan la orden del vendaval que, los dos, la ella que se ve a sí misma llegada a la playa y él que balbucea nimiedades frente al convencimiento del cuerpo, llega: es hora del vendaval, se dicen, todos, los unos a los otros.

¿Cuándo vas a volver, Sebastián? ¿Cuándo vas a dejar el arenal marroquí en el que fuiste sepulto para surgir del mar, para perderte en el Río de la Plata, para trepar por el Delta hasta esta isla? ¿Cuándo vas a abandonar el cadáver y volver a nosotros, en persona, cadáver postergado que procrea, que se esparce en todos nosotros, que se disemina polinizado, ya no más que uno sino vario, sin temor del mundo vario, sin temor del otro ni de la multiplicidad, ni de lo expropiado y devuelto al juncal, a todos, inclementes, azotados por el viento que te esperamos? ¿Cuándo, Sebastián, va a verse la gloria de tu imperio quinto, de ese renacer del mar, traído también a la orilla, la garganta henchida del agua salobre, que apenas puede balbucear del quinquenal imperio, del retorno, de ser el sembrador de las naves a haber? Arderán las fogatas de los arenales para guiarte en el camino de las aguas, para que vuelvas a nosotros, para que tu garganta salobre diga, para que el mundo vario tema, al revés, los susurros nuestros, para que el arenal marroquí ya no sea tumba, o puerta que te encierre con su hierro, sino un trono visible de arena, de vendavales, vario, cambiante. Arderán las fogatas que te esperan en los arenales, en el juncal, ya renacido, como una guía, como una señal que seguir, no habrá una sola, sino varias, diversas, ancladas en muchos lugares porque todos son los que te esperan, porque todos son los que te escuchan, porque, multiforme, vario, inasible has de llegar a tu nuevo imperio de arena que vuela desde ese túmulo marroquí. No te detengas en las cosas, en las espadas y en las armaduras, en los caballos y en las insignias, en los estandartes y lanzas de una guerra olvidada, no te detengas en las cosas, en los sables corvos y en las camaraderías turbantes de los enemigos, no tengas nada de eso, no te escudes en las armas ni en velarlas ni en el sentido de las estrellas: tener, Sebastián, es tardar. Los dioses, se sabe, venden cuando dan la gloria, que se compra con desgracia. No te detengas en tardar, en cambiar las glorias: la del arenal marroquí que te retiene, la de las fogatas que te esperan. Llega el agua a la costa ociosa de esta isla, llega incólume, precisa, despreocupada como una reverberación de ese mar en el que te hundiste por debajo de la arena; llega el agua y arrastra un cuerpo que no es tu mensaje, aunque sí tu demora, tu temor del mundo vario, tu postergación de presentes sucesiones, tus elucubraciones bajo una luz tenue y nocturna, tus vacilaciones; llega el agua como ondas telegráficas que esperan tus palabras que ya nadie puede escuchar, cartas borroneadas como si la salinidad del mar en que te demorás borrara las letras, cartas de un escorbuto de tinta:

tener, Sebastián, es tardar; no te demores en tardar; no te detengas en tener. ¿Cuándo, Sebastián, vas a salir del mar y llegar a nosotros, a esta isla que te espera, a las fogatas en los arenales, a la noche desposeída? ¿Cuándo tu garganta salobre se alzará sobre el mar y dirá?

Avanza sobre la orilla el que llaman Bebe junto a su compañera, que ha conocido hace tiempo, en una velada, a unos kilómetros de la isla, en Villa Paranacito, donde le ha dicho que vive en la isla, que se refugia allí, que organiza a los demás, los juncos impacientes de vendavales, le dice que se ha cansado de los que no dejan de prometer inviernos implacables que nunca fallan y primaveras floridas que nunca llegan. Recuerda ahora esa conversación y esa noche, de la mano de ella, la compañera, con la que avanzan sobre la orilla, hacia el cuerpo que ha llegado inflado de agua, el cuerpo de ella, la compañera, que se mira de la mano de él mecerse por la olas, porque el tiempo no es apenas una línea y, si lo fuera, aquel anhelado, al que han llamado como una broma entre ellos, Sebastián, como un rey portugués, ya habría vuelto en efecto, dos veces, y estaría muerto, como él mismo, el Bebe, lo estaría hace tiempo, y los puentes que forman el plan, ese que han madurado en tantas veladas de vendavales, ese que el juncal aprueba, los puentes no existirían.

Es un hecho, dice él, el cuerpo que llega, es un hecho que acelera los planes largos, que los define, que los resuelve. Recuerda, sin embargo, a todos los que allí están que una revolución es el lugar donde la historia deja de ser espontánea, para hacerse conciencia, para acomodarse al contexto, a la coyuntura, a la heterodoxia de los objetivos, a los que la inoperancia de los métodos desvirtúa y desmiente, como si el camino no pudiera inventarse, como se inventa una república que puede ser una isla, una isla que ha de romper lo que todavía la liga a ese territorio del que desprenderse, para salir al mar, a buscar a aquel que está, porque el tiempo no es apenas una línea, aún del otro lado del océano. La forma, el encuentro, la confluencia de los hechos, la manera de llevarlos a cabo, dice, exaltado, mientras algunos otros llevan el cuerpo llegado al arenal y lo comienzan a tapar, como un túmulo improvisado de orillas, son una acción basada en una aproximación a la realidad, de lo contrario, afirma, va hacia un fracaso. Una política revolucionaria es una creación constante, dice, ahora, con recogimiento, frente a los primeros juncos arrojados como flores sobre el montículo de arena que cubre el cuerpo de la compañera que también lo toma de la mano, que suspira con él, que acuerda en lo que dice, que lo insta a seguir hablando para los demás, ya prestos para ir a buscar los medios que han acumulado durante años de escucharlo, para llevar a cabo el plan; dice, insiste, suspira, con la mirada gacha, dispuesto a la acción, a romper los vínculos, una república también puede ser una isla, los azuza a todos, a los juncos, a los otros, que ya no dudan de que toda revolución debe ser primero rechazo si después quiere ser afirmación, como ya les ha dicho, como les vuelve a decir en voz baja, mientras se seca la frente, mientras tira también un junco al montículo de arena que cobija el cuerpo. Se da vuelta hacia los demás, ahora audible, ahora como si no hubiera enterrado a su compañera que también le sostiene la mano, en ese tiempo insular que vuelven a compartir, dice: el régimen debe ser desalojado por la violencia porque se mantiene por la violencia.

Hay en un cuerpo una forma de la postración, de lo postergado, cuando parece pertenecerles a los otros, como si allí, también, se libraran las batallas: un estetoscopio que exige quietud, la invasión de espéculos que revelan oquedades, el cuerpo de los otros con la pérdida, sin mediaciones, de la identidad entre la persona y el cuerpo, como una isla despoblada, provista apenas de dos puentes y unas fogatas, como si pudiera ser reducido a lo orgánico, a lo que funciona sin que se lo quiera, presente y sucesivo, un cuerpo de los otros, batallado, invadido, privado de sí mismo, como una expropiación, como una apropiación, invadido con gritos de guerra, en una lucha que puede perderse, él, el Bebe, piensa, se sabe derrotado, en ese cuerpo, el de la compañera, aunque ya no sea uno ni vario, sino de los dos, ya no apropiado ni expropiado: no el cuerpo de los otros, postergado, postrado, elucubrado en la lección de anatomía, no de los otros, sino propio, para los otros, con el matiz de la preposición que va del partitivo al fin, que va de la ajenidad (de sí mismo) a lo que se comparte, lo que se hace público, del secreto a la orgía, un cuerpo que no es el mismo que ha llegado a la orilla hinchado de agua, ni el que sostiene la mano de él en el nombre de la compañera, otro que se vuelve un grito en la voz de los juncos que encienden las fogatas.

Las fogatas son la primera parte de la acción repasada hasta el cansancio; se prenden simultáneas, consecutivas, arrasan la tierra, como si fuera necesario fundarlo todo otra vez, encandilan a los de los poblados que del otro lado de cada río que circunda a la isla pueden ver lo que hacen. Canturrean los juncos, los hombres y las mujeres mientras recorren la isla para encender las fogatas que, además de cegar a los de Zárate, del otro lado del Paraná de las Palmas, y a los del paraje de Brazo Largo, del otro lado del Paraná Guazú, además de cegarlos, son las fogatas las que van a permitirles navegar esa noche, después de las explosiones, planeadas por él, por ella, la compañera, que ahora, ellos dos, tomados de la mano, se han ido por un sendero hasta el extremo este de la isla, ese que ha de hacer de proa cuando las detonaciones hayan ocurrido, desde allí, desde esa punta, podrán torcer el rumbo hacia el mar, hacia ese otro anhelado que, suponen, porque el tiempo no es apenas una línea, los espera. Canturrean mientras los juncos, como ellos mismos, pueden empezar a arder, enardecidos, "la historia pasaba junto a nosotros, briznas de multitud, y nos acariciaba como la brisa fresca del río", cantan eso que él, al que llaman Bebe, tantas veces le dijo que alguien al que admira ha escrito: canturrean y salen todos juntos al encuentro de la acción, de lo que hay que hacer para ir a buscar al anhelado más allá del mar, como antes, cuando se escribieron las líneas que cantan, las briznas de la historia, la brisa del río, como antes fueron a buscarlo a una fuente de descalzos pies.

Como las candilejas de un teatro, una a una las fogatas comenzaron a prenderse en los distintos puntos de la isla: escondidos en el fuego fueron los otros, los juncos, en palabras de él, a buscar la acción, las municiones, la dinamita que han apartado en todos los años de frío isleño, de tiempo insular, de charlas y comidas, desde que él llegó, desde que cruzó el puente sobre el Paraná de las Palmas, desde que ella llegó desde Villa Paranacito, por el puente que cruza el Paraná Guazú: son los dos el mismo río, que la isla esquiva, divide, que han de empujar con la misma fuerza cuando él y ella, en la punta de la isla conduzcan el navegar. Ahora, los otros sacan de los refugios, de los secretos enterrados, las municiones, la dinamita, las mechas y las colocan sobre los pilotes, en torno a los pilotes, que pisan la isla, la tierra inquieta que ya quiere ser movida por el agua. Estiran el sutil cableado que llevan, inmenso, hacia el centro de la isla, lejos de los derrumbes posibles, como una mecha que se extiende por kilómetros, lejos ya de las fogatas costeras, del túmulo del cuerpo que ha llegado comido por los peces, lejos de los arenales y de los juncos costeros que se abaten inmisericordes frente al vendaval, hasta que la orden llega como un susurro más, aunque en la voz de ella en vez de la de él, que mira concentrado hacia adelante, como imagina que ha de mirar un capitán de barco, la orden llega, se presiona el detonador en forma de te, explotan las simultáneas descargas frente a los pobladores de Zárate y de Brazo Largo que no ven por las fogatas que los enceguecen: caen los puentes, caen los vínculos con la tierra firme que ya no los aprisiona.

Se sacude la isla por la caída del cemento de los puentes, simultáneos, por el soltarse de los tensores metálicos, se sacude la isla como un barco que, en medio de la tormenta, no llega a darse vuelta. El Paraná Guazú y el Paraná de las Palmas los empujan a una deriva como quien se saca una prenda y la tira sobre la cama, olvidados de la isla y de los isleños, los expulsan primero al Río de la Plata y, luego, al mar. Antes, los juncos, como les gusta decirse, los otros además de él y ella, festejan, cantan, cocinan, se embriagan: antes de que los ríos que son uno los saquen de allí, destapan los vinos que han guardado con el mismo celo que la dinamita, saben que van hacia ese anhelado, del otro lado del océano, al que llaman, jocosamente, Sebastián, por un rey portugués, del que dicen que es el sembrador de las naves por venir, que ya no parece temerle al mundo vario: los espera con la garganta salobre que ha de decir; él y ella en la proa de la isla miden los avances todavía de la mano, creen que ya nada tienen, como Sebastián, que ya no pueden demorarse en tardar que es tener, como si esa posesión (como la del cuerpo que ahora es para los otros) los hubiera retrasado. Cuándo, Sebastián, dicen habrá de ser ahora, ahora, suponen, cuándo habrá tu garganta salobre de decir, para nosotros; cuándo habrá de ser ahora, cantan, borrachos, los juncos, él y ella, en el momento en que los ríos, que son uno, han de comenzar a empujarlos para desvestirse de ellos y de la isla, ahora es cuando han de ser el sonido presente, dice él, de ese mar futuro.

La llamada,

por Daniel Sorín

Abre los ojos, lo primero que ve son los arabescos del papel de la pared. Se sienta al borde de la cama, la luz que entra por el ventanal le duele; siempre fue un noctámbulo, nunca pudo con el sol ni con los alborotos matinales. Esquiva la mirada; la mesita de luz, el teléfono, los pantalones, la botella vacía en el piso. Cierra los párpados. Voy a esperar, se dice. Sabe que no puede hacer otra cosa.

Ayer, 26 de septiembre, apenas llegó se comunicó con Madrid. Fue pasado el mediodía, escuchó el tono de llamada por varios segundos, ya cortaba cuando lo atendió una voz que parecía agitada, como si hubiera corrido para atender. Le dijo que no estaba, pero que podía tomarle el recado. Lo hizo. Pronunció con exagerada lentitud el número al que se podía comunicar y, para asegurarse, le pidió a la voz que lo repitiera.

Horas después vio a un conocido que supo ser enlace de los comandos; casi dos metros de altura y extremadamente delgado, una espiga. Juntos, eran una caricatura. Alberto Casares, alias Berto, era de esas personas calladas que dicen solamente lo necesario, incluso menos. Cambiaron noticias de Buenos Aires y de La Habana mientras comían en la habitación, le explicó que no podía ausentarse porque esperaba una llamada, no aclaró de quién y Berto no preguntó.

Se durmió pasadas las tres de la madrugada, lo último que pensó es que hoy recibiría la llamada. Seguro. Veintisiete de septiembre, dos más siete, nueve; igual que el mes. Nueve. Su número. Desde chico le traía suerte el nueve.

Tuvo un sueño pesado. Pesado y húmedo y pegajoso, piensa ahora, mientras escucha los ajetreos matinales en el pasillo. Estaba en Mar del Plata; hacía de esto un siglo, cuando todavía no habían inventado la hotelería sindical ni las vacaciones obreras. Verano, un sol feroz, sus padres, los hermanos.

También había soñado con Aurora y los Anglada. Sonrió con los ojos cerrados. ¿Cuántos años tendrían? Ocho, diez, no más de diez.

Perseguían a dos orejudos de levita, les tiraban piedras y los habían arrinconado. Estaban fritos los orejudos, pero llegó la policía. Pedrito Catena no había aparecido.

Abre nuevamente los ojos. Ve la botella de whisky vacía y siente, abajo, en la base de los pulmones, la ansiedad urgente que le provoca la espera.

Enciende un cigarrillo, sentado al borde de la cama se da tiempo para terminar de despertarse. ¡Y la alfombra! Recuerda la alfombra que quemó con un cigarrillo antes de cumplir los doce.

¿Por qué le vienen esos recuerdos de la infancia?

Se las tuvo que ver con el padre, el viejo podía ser bravo. Que era un chico, que se dejase de joder con fumar. ¿Qué año sería? ¿El treinta, el treinta y uno?

Se pone de pie despacio, toma un vaso, abre la canilla y bebe un largo trago de agua; levanta el teléfono y, con aceptable pronunciación, lee lo que Alicia le escribió antes del viaje:

—*Bonjour, pouvez-vous m'apporter un café au lait avec trois croissants, s'il vous plaît.*

Un día le había preguntado a su abuelo Genaro por qué tenía un nombre italiano. Después de gruñir, el viejo le dijo que su padre, o sea su bisabuelo, se había llamado Isaac Mc Kim y que había sido un irlandés de cabo a rabo. Así le dijo: de cabo a rabo. Aquel Isaac era marino mercante, quiso el destino que en los Estados Unidos conociera a una colombiana de nombre Carmen y apellido Arosemena. Se casaron, y al tiempo había nacido él. Entonces el abuelo Genaro lo miró con un gesto que combinaba amor e indignación y le dijo que había sido *ella*, su madre, la que le había puesto Genaro. "¡Pero soy irlandés, muy irlandés!" –protestó con rabia.

El bisnieto de Isaac Mc Kim ríe con ganas, a décadas de distancia, en una habitación de hotel.

Mira la hora, son las once en punto. Golpean suave en la puerta, llegaron las medialunas y el café. Arrima la silla a la pequeña mesita, enciende otro cigarrillo y bebe un sorbo de *café au lait*.

Se pregunta cuándo recibirá la llamada.

Pero no hay caso, poner en palabras la razón no calma la ansiedad.

La primera vez que habló en la Cámara fue porque los radicales no querían sentarse a la derecha.

Exhala el humo que asciende hacia el techo.

Y dónde mierda se iban a sentar. Días antes se habían mandado con que las elecciones no valían. ¿Por qué? Porque la candidatura del General había sido ilegal. Lo hicieron con su habitual solemnidad, pero bajo sus máscaras se adivinaba la furia. Estaban desesperados. Peor aún: no lo podían creer. Inventaban discursos floridos, ridículos lances de esgrima con floretes de juguete. Conservaban la esperanza de despertar y descubrir que todo no era más que una pesadilla.

De eso habían pasado dieciséis años.

¿Dieciséis años son pocos o son muchos?

Un siglo.

Después de la boludez de dónde debían apoyar unos y otros sus respectivos culos, llegó lo de Chapultepec. "¡Mierda, esa fue brava!", piensa, ahora, mientras espera, en París, que suene el teléfono.

"Serví, fui una buena espada", se dice, una buena espada.

Pero no alcanzó.

O sí… Pero no lo vi venir.

Sabía que algunos lo odiaban, sabía que muchos desconfiaban, pero no lo vio venir y quedó afuera.

La política no perdona.

Apold lo quería lejos, Queraltó con gusto lo hubiera matado. Nada más hacía falta un gesto, un mínimo gesto de él.

Enciende otro cigarrillo.

Pero el General no hizo ese gesto y, con el bombardeo a Plaza de Mayo, todo cambió. El juego fue otro. La política no perdona.

Recuerda perfectamente la mañana en que lo llamó.

—Doctor, el presidente quiere hablarle —escuchó.

Se le cruzó por la cabeza que quizá fuera una broma de César Marcos, en aquel tiempo se chicaneaban como adolescentes.

—Doctor…

Pero la voz era, efectivamente, la del General. La sorpresa hizo que no pudiera contestar.

—Doctor, ¿está ahí?

—Sí, presidente.

En tres minutos la conversación había acabado. Fue su vuelta.

Camina hacia la ventana.

Pero la vuelta no fue un regalo. Me la gané, piensa, recibiendo en la cara el sol del mediodía, siete largos años después. Volví por *De Frente*, porque me quedé adentro. A los codazos, pero adentro.

***

Atardece, observa por la ventana la calle zigzagueante de veredas angostas, un par de comercios con sus toldos de lona y, en la esquina, un café con sus mesas al aire libre. Justo en ese momento se enciende el alumbrado, el otoño en París es hermoso, días frescos, atmósfera transparente.

Repasa: cuando llegó a La Habana, no era otoño sino la primavera del tumultuoso 60. Hace de eso dos años. Estaba exiliado, a extramuros del movimiento después de la toma del Lisandro de la Torre.

Su comienzo en Cuba fue para la mierda. Alguien lo había denunciado como un peligroso terrorista y los servicios de seguridad lo detuvieron. Fue interrogado, después le ordenaron que esperara en el despacho del jefe de Seguridad. Que debían averiguar.

Pasó una hora, quizá dos y seguía en esa oficina. Hasta que se adormiló. De pronto, sintió una mano en el hombro y una voz con indisimulable tono argentino:

—¿Qué tal, Cooke? ¿Está en cana?

Se dio vuelta, era el Che.

Alguien, que después sabría era Aragonés Navarro, le extendió un salvoconducto. Decía: "La Habana, mayo 13 de 1960. A quien pueda interesar: el portador de la presente, compañero W. Cooke, es un revolucionario argentino invitado a venir a Cuba por el Movimiento 26 de Julio. Los enemigos de la revolución argentina, que son los mismos enemigos de nuestra revolución, están muy interesados en causarle molestias al Sr. Cooke, y para ello han querido usar, valiéndose del engaño, a miembros de nuestros cuerpos armados para interrogarlo y detenerlo. Ruego a los compañeros de las Fuerzas Armadas que no molesten en absoluto a este compañero y que, si en algún momento reciben instrucciones contrarias, consulten antes de actuar a las siguientes personas: comandante Ernesto Guevara (Che), comandante Ramiro Valdés, comandante Abelardo Colomé Ibarra (Furry), teniente Juan Abrantes o al que suscribe. Revolucionariamente, Aragonés".

Siguieron dos años de trabajo intenso, había que demostrarles a los cubanos que el peronismo no era un movimiento fascista. No fue fácil, y no lo hubiera logrado sin el Che.

Suena el teléfono.
Un estrépito, como un terremoto.
Se abalanza sobre el aparato, pero no levanta el auricular.
Espera que suene. Tres, cuatro, cinco veces.
Se aclara la garganta y atiende.
—Hola –dice, tratando de que no le tiemble la voz.
—¿Doctor Cooke?
—Sí.
—Soy Héctor Villalón.
Siente una puntada en el estómago. No hace falta nada más, ya sabe la respuesta.
—El General me ha encomendado decirle que, por favor, le agradezca al comandante Castro la invitación, pero que, por ahora, no va a radicarse en Cuba.
Villalón hace una pausa, espera que él diga algo.
Cooke no pronuncia palabra, no hace falta. Tampoco puede.
—Me dijo también que del comandante necesita otro tipo de ayuda. Que usted entendería.

***

No se había ilusionado, se dice, no verdaderamente.
Pero igual es duro.
Mierda, es feroz. Brutal.
Perón no iría ni se radicaría en Cuba, seguirá en la católica España. Y se lo dice a través de Villalón, una escoria, un revolucionario de carnaval, la caricatura de un insurgente.

La puta madre.

La putísima madre, General.

***

Dos días después todo vuelve al orden. La política para un político es como el arte para un artista: el territorio preciso del cálculo.

Tiene, nuevamente, la sangre fría y el pensamiento claro. En horas emprenderá su regreso a la isla; sabe que está extramuros del movimiento, admite que el General está extramuros de la revolución.

Escribe.

"París, 30 septiembre de 1962. Mi querido General: A punto de regresar a Cuba, deseo sintetizarle por escrito mis puntos de vista."

Hace una pausa para hacer sonar los huesos de sus manos.

Cómo es posible que el líder de las masas argentinas no esté en relación directa, no formal ni protocolar, con Ben Bella, Sekú Touré, Nasser y Tito. Que permanezca aislado, prisionero de Puerta de Hierro.

Febril, como siempre. Los dedos golpean las teclas.

Le dirá todo.

No, todo no.

Todo no, eso sería imperdonable; dirá lo que debe decir.

Sigue:

"Usted está limitado en sus elementos de juicio." Vuelve el carro atrás, subraya limitado. "Obligado a descifrar la realidad entre un aluvión de falsedades, tiene que ver el mundo por una ventanita, General, actuar desde la reclusión, permanecer como rehén.

"España parece lo firme, lo familiar: Occidente.

"Por eso disimula.

"Disimula la cárcel sin rejas en la que está. Porque usted no está en Occidente, General, está en Santa Elena."

Enciende un cigarrillo.

"Hay quienes dicen que usted está muy bien en España. Bien de qué, de salud. Bien porque no anda como judío errante, bien porque tiene una casa donde vivir y un jardín para cultivar sus plantas. Si fuese un general retirado, estaría bien; pero como líder de masas, no. No está nada bien.

126

"Los que dicen que está bien en España son los que piensan que Cuba, para usted, es un lugar irreal. Irreal.

"El que sí está cómodo es el imperialismo, General. El imperialismo nunca se equivocó en cuanto a su peligrosidad. Y lo está obligando a defenderse con cartas perdedoras." Subraya cartas perdedoras. Toma un largo sorbo de whisky.

"El imperio se aferra a América latina, su patio trasero, su baluarte. Pero sabe bien que, por debajo, late el hervor. Sabe que Cuba, aun aislada por el 'cordón sanitario', es una presencia terrible. Y sabe que Perón, al frente del más grande movimiento de masas del continente, es una amenaza letal.

"Entonces, Occidente lo mete en una jaula, General. Tiene libertad para cultivar su huerta o para ir a los toros si se le ocurre. Tiene las libertades que apreciaría un burguesito, no las que necesita un líder.

"Eso es lo que le ofrece Occidente: Venezuela y el clan de Pérez Jiménez, el encierro de República Dominicana, la colonia de Panamá y ahora España, con el Opus Dei y los monárquicos. Del mundo caduco del capitalismo, los lugares marginales.

"Esos y no Cuba son los verdaderos lugares irreales, porque están fuera de la historia. Usted no es un exiliado común: es un doble exiliado, General. Exiliado de su patria y exiliado del mundo revolucionario."

Terminado el whisky, John William Cooke coloca con parsimonia las hojas en un sobre. Todo está dicho. No, no todo: solamente lo que debía decir. Ahora, volverá a Cuba.

por Gustavo Abrevaya

El club estaba metido en el corazón de la villa, era un claro en medio de aquel amontonamiento insensato de cuchitriles donde se aglomeraban los bebés y los ancianos y las putas y los ladrones y los laburantes y las señoras que fregaban los calzones de todos ellos. Se llegaba después de caminar por callecitas angostas como tuberías, uno iba dando vueltas, saludando a los vecinos, avanzando, retrocediendo, a la derecha, a la izquierda, y girando, y perdiéndose. Todos nos perdimos alguna vez para llegar al club, que estaba en una especie de plaza central, como en los pueblos de provincia. La villa era la capital desconocida de una provincia desconocida. No había municipalidad pero había un despacho de vino que era también el bar del pueblo y aunque faltaba la iglesia estaba la capilla que era la caseta donde vivía el cura, Manolo, y estaba el club, que en realidad era un baldío con arcos de papi fútbol, y un gimnasio mal techado y esa noche todo eso era el salón de baile. Habían retirado los arcos y abierto la puerta que daba al gimnasio y era un solo espacio, sacaron las sogas que dibujaban el ring, la bolsa colgaba a un costado. El club se llamaba "Unidos o Dominados" y tenía un cuadro de Evita Montonera en la entrada, pero alguien había pintado encima de la puerta: "Nosotros Los Monos", nadie supo bien qué quería decir eso, aunque sonaba familiar, y nadie, tampoco, se ocupó jamás de quitarlo.

Mónica, pero todavía yo no sabía que se llamaba así, cuyo nombre de guerra era Virginia, algo que iba a averiguar esa misma noche, entró al club con su compañero, Aníbal, nombre guerrero si los hay, que se hacía llamar Luciano, algo bien pacífico apenas se lo piensa un poco, por eso de la luz, igual que Virginia, ahora me fijo. Debe ser que todos éramos un poco así, luminosos y virginales, metidos en una práctica violenta con nuestros ideales de pureza siempre adelante. Rara mezcla, aquel mundo de angelitos y perdigones. Llegaron; Mónica y Aníbal, que eran también Virginia y Luciano, entre varios. A esa hora ya éramos más de cuatrocientos allí, muchos oficiales y comandantes, esos eran los combatientes y se notaba de verlos nomás: una columna de guerreros festejando con empanadas y vino tinto, tipos sapientes, curtidos, sólidos, bien plantados. Había militantes del Movimiento Villero, lo que era lógico porque era su lugar natural, y estaban los chicos de la Juventud Universitaria, unos intelectualitos que se comían las eses para dar con el perfil popular, y los de las Unidades Básicas, y también los de la Unión de Estudiantes Secundarios, que era por donde yo llegaba. Estábamos todos, porque esa noche se casaban dos compañeros, Facundo y Elena se llamaban, y el padre Manolo que, justamente, iba a oficiar la ceremonia en una tarima que en ese momento estaba oscura. Manolo era un sacerdote del Tercer mundo, un cuadrazo que, se decía, se acercaba a la decisión de tomar las armas. Tipo pintón, el padre, una facha bárbara, alto, rubio y distinguido, se le notaban los dos apellidos y los años de rugby en el CASI; las compañeras lo miraban con descaro y sonreían entre ellas cuando pasaba, a veces le decían algún piropo subido de tono y Manolo se ponía colorado. Eran bravas las compañeras. En la villa recibía declaraciones de amor todos los días.

Avanzaron hacia el grupo grande, buscaron lugar entre sus conocidos. Yo los vi entrar y lo codeé suave a Ariel –compañero de la UES y amigo mío de toda la vida, habíamos compartido carpa y soquetes en los campamentos de Hebraica, hoy hace veinticinco años que se lo llevaron– y le dije che, Ariel, uh, perdón, Juancho, mirá, mirá esa mina que entró allí, ¿la ves? esa chiquita y linda, esa, esa, ¿la viste? es mi vecina, no lo puedo creer, la miro todos los días desde mi ventana y ahora está acá, yo sabía que tenía que ser compañera. Juancho me miró alarmado y dijo dale, seguí diciendo mi nombre en voz alta que ya lo debe saber hasta López Rega. ¿De veras vos espiás a compañeros? ¿Estás loco? Eso es muy peligroso, además de una seria desviación ideológica, terminó de pontificar con un dedo apuntándome al pecho. Después miró a donde yo miraba y la vio: Virginia iba detrás del compañero y no parecía caminar, ella iba y era, lo juro, una candela silenciosa que se desplazaba entre la gente, apareciendo y desapareciendo, cubierta a medias por los demás, todos más altos que ella, todos enormes como álamos, los demás, y ella de blanco, irradiaba luz y me horadaba el corazón. Juancho lo notó: es linda la mina, sí, che, pero tené cuidado, te podés meter en un quilombo fulero, encima de compañera es casada, y el dorima tiene pinta de tipo bravo, ese debe ser comandante, lo menos, eso dijo, pero ahora sonreía. Era cierto: era la primera vez que los tenía tan cerca. Luciano era tipo bestia, me pareció un gigante, pensé que debía medir dos metros, usaba pelo bien largo y lacio, tirado para atrás, bigotazos a lo Pancho Villa, campera de cuero negro, por allí andaría la 45 reglamentaria en su cartuchera, me imaginé, y se notaba que era pesado, tenía el gesto del tipo que ya sabe lo que es apretar el gatillo. Los estoy viendo: Virginia parecía una nena, los ojazos claros, la mirada limpia, el pelo castaño hasta la cintura y flequillo, esa noche estaba seria, pero siempre sonreía fácil y en esos momentos me daban ganas de abrazarla. Yo era un perejil del Nacional, tenía diecisiete años, pesaba cincuenta y dos kilos y ella una mujer, una madre, una esposa y una combatiente. Éramos del barrio y yo la pispeaba cada vez que pasaba con su hijo en el cochecito, yo creía que ni siquiera me había registrado pero esa noche hizo un gesto que pareció una sonrisa cuando me vio mirándola, que me cortó el aire, lo juro, y después siguió en lo suyo. Más tarde pasé a su lado, yo quería saludarla, me temblaban las piernas, me paré enfrente de ella, un poco menos de lejos, la miré, le sonreí y ella hizo el gesto que pareció una sonrisa y se me acercó. Fue un momento nomás. Y me dijo, pero eso fue casi una orden, hola, cómo estás, bien, dije yo, te acordás de mí, sí, claro que me acuerdo, vos sos de las torres, ya te tengo visto, me llamo Virginia, por si tenés que decirme algo, pero sabés qué, es mejor que ni me hables, dijo, y aunque me estaba poniendo un freno lo único que me importó fue que sabía que yo existía. Yo estaba loco, entendía todo al revés. Dije sí, sí, hice un gesto con la mano, me serví una empanada de una bandeja que pasaba y volví con Ariel. Luciano, de espaldas, ni lo notó, discutía estrategia con sus compañeros. Virginia volvió a su sitio y se paró a su lado, pero siguieron sin hablarse, solamente estaban allí, discutiendo estrategia y mirando para otro lado.

Se encendió una lamparita sobre la tarima que habían montado y subió Manolo vestido de cura, fue raro verlo así, después apareció Facundo, solo, humilde, negrazo y querido por todo el mundo, subió a la tarima y se paró al lado de la mesita. Manolo pidió silencio y dijo, muchachos, ahora es el momento en que entra la novia, hubo risas, y Manolo preguntó: ya que estamos quiero saber quién entrega a esa mujer, y era un clima festivo y jocoso, todos se miraban, hacían chistes, hasta que por un costado apareció Elenita vestida de blanco, embarazada de cinco meses, una dulzura, así, se veía que se había esforzado en coserse su vestido de novia. Y venía del brazo del jefe de columna, que la dejó frente al altar y esperó abajo. No hubo marcha nupcial, Elena subió, se paró del otro lado de la mesita, Manolo les pidió que se acercaran un poco, les juntó las cabezas y les habló como si hubieran estado en el living de mi casa, dijo que ellos dos estaban por hacer algo fundamental, que era el primer casamiento revolucionario que se hacía en aquel lugar. Que habían decidido no solo arriesgar sus vidas por la causa más sagrada que puede comprometer a un ser humano sino que además habían decidido unirlas para bien o para mal, en el seno mismo de la organización que solo tenía razón de ser para garantizar que esa causa se cumpliera, rodeados de sus compañeros, que eran sus verdaderos hermanos, con los que esperaban cada día dar un paso nuevo para llegar al gran objetivo que era la revolución nacional y popular, que eso lo iban a hacer como peronistas que eran y como verdaderos cristianos, y acá Ariel me codeó despacito, y que eso había que celebrarlo, dijo, porque ser cristiano era ser revolucionario, no había que asustarse de esa palabra, los cristianos eran los hijos de aquellos judíos sojuzgados por los faraones que habían decidido liberarse de las cadenas de sus opresores y marchado al desierto. Y del libro del *Éxodo* se desprendía naturalmente que Cristo había sido, también, una voz poderosa contra los poderosos, una palabra de hierro más potente que la espada de los imperios dominantes, el más revolucionario pese a las deslealtades de los que lo siguieron, y que ellos, Facundo y Elena, eran los herederos de esa tradición no solo sagrada sino, además, la más ética, la única ética, en verdad, que era levantarse contra la opresión y la barbarie en nombre de los desposeídos. Porque, dijo, Manolo, vamos, che, una cosa es contar con Moisés y su bastón milagroso, qué cheroncas, así cualquiera se la banca, y otra es alzarse en armas, que es la única opción que nos dejan estos hijos de puta. Pero el General va a volver, que nadie lo dude, nosotros nos vamos a encargar, y va a llenarse otra vez la Plaza de Mayo y el quía va a cazar el micrófono y va a decir –y acá Manolo puso la voz del General, la sacó mejor que él mismo–. Queridos compañeros, dijo, hasta su sonrisa era la del Pocho, tardó pero acá estamos, otra vez gobernando para la alegría del pueblo, hubo risas, gritaron ¡Viva Perón, carajo! y entonces Manolo alzó los brazos, pidió calma, su cara volvió a ser la del padrecito villero, miró a los novios y, al fin, dijo las palabras mágicas, Facundo ¿aceptas a esta mujer por esposa, jurando amarla hasta el último día de tu vida, protegerla, y alentarla a no desfallecer jamás en la lucha? Sí, acepto, dijo Facundo con un hilo de voz, y después Manolo le preguntó a Elena si aceptaba por esposo a Facundo y juraba serle fiel, buena amante, buena madre, acá Manolo hizo un silencio cómplice, y acompañarlo en la paz o en la lucha, en la alegría o en la tristeza, en el dolor o en el gozo más dichoso. Elena dijo sí llorando bajito, después se pusieron los anillos, y Manolo alzó la copa y bendijo el matrimonio, los declaró marido y mujer y les dio a los novios el permiso de besarse, pero más despacio, por hoy, agregó Manolo. Fue un besito corto y delicado, después hubo voces de felicitación, sonó música, las compañeras sacaron a bailar al padre Manolo, yo miré a Mónica que tenía cara de derrota y no pude hacer otra cosa en toda la noche.

De gorilas y pomelos,

por *Mercedes Pérez Sabbi*

Cuando abrí la puerta y vi el escudito, el traje azul y la pistola, casi me muero ahí mismo. Redonda al piso de mosaicos grises con pintitas negras iba a caer. Pero no, quedé dura, sabiendo que mi mamá me iba a matar por abrir la puerta así, de golpe, y no mirar por el visillo en total silencio. "Silencio de tumba —dice mi mamá— bien calladita como si no hubiera nadie". Pero yo abrí la puerta sin mirar, porque esperaba a mi hermana, la Vicky, que se había ido a la frutería de la vuelta a comprar pomelos. Pomelos grandes como sus tetas, que no para de andar mostrando con blusitas de escote bajo como la Gina Lollobrigida. Y ahí estaba yo, calladita frente al hombre del escudito, traje azul, pistola y bigotes gruesos de gorila hambriento. Gorila, ¡sí! Todos los policías son gorilas. Eso lo aprendí a los cinco, cuando mi papá me dijo *que estábamos rodeados de gorilas, que no hablara con los vecinos, que si no íbamos a tener que mudarnos otra vez…* Esas cosas feas me dijo… Y yo empecé a soñar con gorilas y a verlos por todas partes; tanto, que ni al parque quería ir, porque los parques se parecen a las selvas y son más lindos para los gorilas. Tampoco quería ver a Tarzán, por si alguno de los malditos gorilas saltaba de la pantalla. Lo dc la selva-parque se lo conté a la Vicky, que ya usaba corpiño y me explicó lo de los gorilas. Me dijo que eran los que querían que Perón *¡chaff!*, y se pasó la mano como un cuchillo por el cuello. Y que algunos gorilas llevaban uniforme azul, escudito y pistola; pero que había otros, que también eran gorilas y estaban vestidos como el carnicero, o la almacenera…, así, como nosotras. Y estirándose el bretel del corpiño, de puro agrandadita, me dijo clarito, clarito: "Los gorilas vestidos de azul son los MÁS peligrosos", y largó una palabrota…; porque es bastante guasa la Vicky.

¡Catástrofe, yo estaba frente a un gorila vestido de azul y con pistola! Tuve ganas de ser guasa como la Vicky y largarle flor de palabrota antes de cerrarle la puerta en la cara. Pero no dije ni mu. Silencio de tumba, pero atrasado.

—Buenos días –me dijo el gorila mirándome a los ojos.

—Bue… buenos días señor policía –le dije con respeto, como me había enseñado la señorita Marta, de cuarto grado, que ahora es la directora. Ella usa delantal blanco y no tiene pistola, pero es gorila, bien gorila. Tanto, que el Día de la Bandera, con el rodete banana en la cabeza y la boca bien pintada, nos dijo que "por fin nuestra bandera flamea en libertad, sin temor a que el tirano prófugo la vuelva cenizas…" Y los ojos de huevo duro que tiene la señorita Marta se le iban enrojeciendo mientras hablaba… Yo sentía que las lanzas que le salían de sus ojos de huevo me tocaban el pecho, y me costaba respirar. Entonces empecé a aspirar, retener y soplar… (*¡Ffffuuuu…!*) como me enseñó la Vicky aspirar, retener y soplar… (*¡Ffffuuuu …!*). El valiente de Juancito se animó a preguntarle que quién era el tirano pro… pro… "Prófugo", aclaró ella, y agregó: "Perón, Perón es el tirano prófu-go". Y dele que te dele siguió con los ojos y con la boca lanzando flechas envenenadas, sin importarle que San Martín la miraba desde el retrato… Un montón de palabras filosas lanzó… Y yo aspiraba, retenía y soplaba… *¡FFffuuuu…! ¡FFffuuuu….! ¡FFffuuuu…!*

—¿Está el señor Ernesto Santos Romero? –me preguntó el policía con un papel en la mano y los bigotes inflados como un gorila al ataque.

—¿Cómo me dijo que se llama el señor que busca…?

¡Ay mamita querida!, ¿qué le digo? Y la Vicky que no llega…

—Ernesto Santos Romero –repitió, y me sacó una foto con los ojos.

—No… –titubeé, con miedo de estar metiendo la pata… ¡con las veces que mi papá se había cambiado el nombre…! *¡FFffuuuu…!*

—Nooo… señor policía, aquí no vive ese señor… –Tranquilo corazón, me repetía, así, como mi mamá se había repetido la primera vez que entramos al patio de la casa de la calle Terrero, la que nos había prestado Héctor, el tío de mi papá. Ella miraba la parra del patio, linda, con hermosos racimos que caían…, y de repente lanzó un grito como una cuchillada:

—¡Ernestoooooooo…! –y llegó mi papá, con la cara de haber sido el acuchillado–. ¿Viste esto…? –y le señaló la parra, sin dejar de repetirse: Tranquilo corazón, tranquilo.

Mi papá miró los racimos y dijo:

—¡Qué hijos de puta! ¡¿Cómo no me avisaron?!

Yo me imaginé que había algún gorila entre la parra y no quise ni mirar siquiera. Pero después, a los pocos días, cuando partimos de la casa de la calle Terrero, en el camión de la mudanza, la Vicky, bien bajito, me dijo que entre los racimos de uvas, había granadas. Y me aclaró que no eran las frutas de granos rojos que la abuela Clara prepara con almíbar. No, no eran esas granadas riquísimas. Eran las que hacen *¡plum!* y estallan como bombas. Y abrió los ojos así, la Vicky, como si estuviera viendo la explosión. Seguro que yo puse cara de no entender nada, porque rapidito me aclaró que estaban ahí, en la parra, por si se daba algún ataque gorila.

—Bueno, qué raro… –dijo el gorila con los pelos cada vez más largos– tengo una notificación para el señor Santos Romero y es en este domicilio. Necesitaría hablar con alguna persona mayor. ¿Están tus padres?

—No, no están –dije la verdad verdadera, como debía ser.

—¿Y a qué hora los puedo encontrar?

(*¡Minga te lo voy a decir!*).

En eso llega la Vicky con los pomelos y el escote bajito, y se pone a hablar con el gorila. Yo me quedé a un costadito, con ganas de empujarlo y cerrar la puerta. Pero seguí con el "tranquilo corazón, tranquilo…" y vi que el gorila se reía cuando Vicky le hablaba, y se puso a escribir con su mano peluda, y escribía…, y le miraba los pomelos a la Vicky (varias fotos le sacó con los ojos) y se reían… Hasta que vi que se daban la mano y se despedían con sonrisas y escuché "gracias, de nada…" y la Vicky entró y cerró la puerta y se sopló el flequillo con aires de triunfo.

—Vicky, ¿hemos vencido al enemigo? –le pregunté más aliviada, recordando la frase de Cabral en el acto de la escuela.

—¡Con los gorilas babosos, Victoria segura…! –me respondió, y con entusiasmo peronista gritó–: ¡Viva Perón, carajo! –soltando una carcajada. Y agregó–: Vení, mocosa, vamos que te preparo un rico juguito.

Y siguió con la risa. Y con una mano me tomó del hombro, y con la otra sostenía la bolsita con los pomelos. Y se mandó una flor de palabrota dedicada a los gorilas. Y nos fuimos a la cocina, caminando por los mosaicos grises con pintitas negras, riéndonos mucho. Mucho.

El robot argentino,

por Leonardo Killian

A la memoria de Beto Seipel.

Estaba en el diario escribiendo. Hacía tiempo que recopilaba material para un artículo, o tal vez un ensayo, sobre el Discurso Paranoico en la Música Popular Argentina. Ya tenía unas cincuenta letras entre tangos, milongas, zambas y otros ritmos locales con el tema recurrente de la persecuta al autor o al cantor "yo sé que en el pago me tienen idea; yo sé que los de arriba me la tienen bien jurada; en el barrio tengo fama porque a más de uno". Etcétera.

Suelo ir a escribir al diario porque en casa cuando no es el teléfono con una que te ofrece una prepaga, es el timbre con los bomberos voluntarios o el gato que insiste en jugar cuando trabajo.

La llamada entró por el directo de la redacción. Me pareció la voz de un anciano con un marcado acento centroeuropeo y se presentó como el ingeniero Seipel. Nos citamos en la Munich de Constitución y ahí me estaba esperando cuando llegué.

Se paró para saludarme. Era un tipo alto con cara de desconfiado y le calculé unos ochenta años mal llevados. Lo invité con una cerveza. Me asombró cómo tomaba. Los largos vasos de la Munich se los despachaba de un trago. No sé si era o no ingeniero pero bebía como un galeote. Había llegado al país a fines de los cuarenta ya que en la Europa de posguerra "un ingeniero ganaba lo mismo que un peón". Se decidió por la Argentina porque había noticias que lo entusiasmaron: Perón tenía serias intenciones de desarrollar áreas como la energía atómica y su amigo Richter le había prometido alcanzar la fusión en frío con su proyecto de la Isla Huemul. Otro conocido estaba relacionado con el avión Pulqui y le había hablado de un proyecto secreto (aquí bajó la voz como si aún lo estuvieran espiando): el subte que uniría la Casa Rosada con Parque Chas.

Desplegó sobre la mesa algunas revistas de los años 50: *Mundo Peronista*, *Mecánica Popular*, *Leoplán* y dos libros de su autoría: *Hacia la automatización* y *El desafío del futuro*. Los dos estaban editados por el gobierno y eran de 1952 y 1955 respectivamente. Mientras hojeaba el material escuchaba atentamente la historia que, con lujo de detalles, me narraba Seipel.

En una época donde el mundo industrializado se planteaba la reconstrucción posbélica, él, el ingeniero Seipel, le proponía a Perón la construcción de un *robot*. En realidad, lo más difícil, arduo y desgastante fue llegar a Perón. La larga cadena de burócratas, coimeros y oportunistas de todo tipo, "todos ignorantes", con los que tuvo que tratar llenaban un tomo de la guía. Y luego, cuando por fin obtuvo el apoyo oficial llegaron "las polémicas medievales". Así llamaba Seipel a las críticas de las iglesias. Los rabinos lo acusaron de querer construir un Golem, una abominación monstruosa. Los católicos lo acusaron de blasfemo por pretender imitar a Dios, el "único creador de criaturas humanas". No eran los únicos. La CGT se preguntaba desde *La Prensa*, recientemente expropiada, si los robots no les quitarían en el futuro el empleo a los trabajadores. Los contreras aseguraban que era un nazi y su proyecto, parte del plan del Führer que vivía escondido en la Patagonia. Lo que quería Seipel era simplemente una reivindicación histórica.

Le prometí hacer lo posible. Hablé con Barreiro, un peronista histórico muy vinculado al General, que me aseguró que lo del subte era cierto y que los planos me los podía mostrar cuando quisiera. Lo llamé a Capanna, que me confirmó los datos del ingeniero y Carletti, que es un fanático de la robótica, me confesó que alguien le había contado la historia pero que siempre había considerado que se trataba de una leyenda urbana. Se sorprendió cuando le dije que el tipo existía. El tema de su apellido también era un misterio. En las publicaciones que me alcanzó aparecía como Seipel, Zeipel, Seippell y alguna variante más o menos simpática como Von Seiper. En cuanto a su origen, aparecía como austríaco pero otras versiones lo hacían húngaro, polaco, ruso o checo. Los gorilas lo acusaron de nazi y La Alianza de judío mentiroso. Según Cafiero, había una cantidad enorme de personajes raros que rodeaban al General por esos días y aunque creía recordar algo del mentado robot, lo atribuyó a malévolos chismes de gorilas. Rumores, nada concreto.

El dato apareció con un viejo conocido de mi juventud militante. El "Turco" Abud, una leyenda de la Resistencia, me aseguró que sí, que la historia era cierta y que él mismo había estado en el Luna Park la noche de la presentación.

Eran días difíciles. Perón se había peleado con los curas y se veía venir el golpe. Tal vez por esto, algunos sectores del partido y la CGT organizaron la presentación del AA1, el robot peronista. El Turco había ido con el gremio metalúrgico y recordaba con su memoria fotográfica hasta los mínimos detalles. Los burócratas del partido en las primeras filas, entre ellos George Devol, el norteamericano creador del brazo articulado especialmente invitado por el gobierno que quería impresionar a los yanquis. Los chupamedias y los empleados públicos, de riguroso luto; un poco más arriba y en la popular ellos, la negrada, a los gritos contra los oligarcas y los curas "leña, compañeros, viva Perón". El Luna era una caldera.

Penumbra y luego las luces que se fueron encendiendo. En el ring estaba el robot. Nunca habíamos visto una cosa así. Era como un muñeco de fierro, con lucecitas y una antena que le salía de la cabeza. Como tenía una especie de visera un vivo gritó: "¡Pochito!", refiriendo a la mítica gorra del hombre. El Luna se venía abajo. "¡Pocho sí, otro no, Pocho sí, otro no!" Un potente haz de luz siguió a la llegada de "el ingeniero Dr. Seipel". Se hizo silencio. En el ring solo estaban Seipel, que irradiaba satisfacción y ansiedad en iguales proporciones, dos ayudantes de overol y el AA1, el Androide Argentino 1, como él lo presentó. El ingeniero tenía una especie de cajita con botones, con una antena idéntica a la del robot. Explicó muy solemne que era un "control remoto" y que, a través de este, manejaría al doble A 1.

Hubo un aplauso discreto. Las luces de las gradas se apagaron y el ring quedó iluminado como para una pelea. Con una voz profunda, Seipel anunció que, aunque aún se hallaba en período de experimentación, se brindaría una pequeña demostración del uso del robot "totalmente ensamblado en nuestro país", remarcó. Hubo aplausos. Agradeció la colaboración de la Secretaría de Industria (aplausos), a los "compañeros de la CGT" (más aplausos) y por último al hombre sin el cual todo esto no sería más que un sueño: El presidente Juan Domingo Perón (aplausos atronadores). Alguien empezó a cantar la marchita pero no prosperó.

La luz se posó sobre el androide que, luego de un minuto de gran expectativa, comenzó a deslizarse sobre el ring. Al llegar al centro tomó el micrófono y con una voz metálica pero clara y potente dijo "buenas noches". Hubo un cerrado aplauso y murmullos de admiración. Seipel, en una discreta penumbra tocaba botones y giraba perillas. El doble A hizo un leve movimiento con la cabeza y continuó "bienvenidos" (más aplausos). Después de mostrar algunas habilidades como alcanzarle el periódico a Seipel o recordar la temperatura ambiente, AA1 comenzó a descontrolarse. Algunos movimientos y frases incoherentes indicaban que algo andaba mal. Seipel hacía señas cada vez más ostensibles a los ayudantes que lo miraban sin entender. Algo no estaba saliendo como se había programado. En un movimiento brusco, AA1 se situó en el centro nuevamente y alzando sus brazos como el Jefe, lanzó un "compañeros" que dejó a todos pasmados. Seipel se tomaba la cabeza y, evidentemente nervioso, tocaba botones y perillas. Los de las primeras filas se pararon y empezaron a retirarse. Arriba los negros deliraban: "Otra, otra". "Que hable, que hable". AA1 alzó un brazo como pidiendo atención y ahí nomás empezó: "Compañeros. Los gorilas y vendepatrias nos quieren voltear". "Ustedes no lo van a permitir." "Por cada uno de los nuestros que caiga, caerán cinco de los contreras." Un rugido de miles de voces acompañó las últimas palabras. Las filas del medio estaban casi despobladas y muchos se apuraban por llegar a la salida. Parado junto al ring el temible Apold lo fulminó con la mirada mientras lo puteaba con la fría precisión del desprecio. El horizonte se cargaba de venganza. Seipel desenchufaba cables, loco de rabia. A los ayudantes los insultó y los amenazó con los puños y solo se calmó cuando su criatura se fue apagando hasta quedar muda e inmóvil. Un locutor improvisado pidió disculpas y le rogó al público que abandonara el estadio en forma pacífica. Lo que sucedió después le llegó al Turco unos días más tarde cuando se encontró en el sindicato con unos muchachos que habían participado de la organización. Estos asombrados testigos vieron cómo Seipel, superado por los hechos, daba explicaciones a todo el que se acercara. Sinceramente no sabía cómo podía haber pasado lo que pasó. Cuando volvió a conectar a AA1 se escuchó claramente la metálica voz que le gritaba "ruso puto, contrera, ruso puto".

Seipel, rojo de ira, les pidió a sus ayudantes un martillo que ellos le negaron. Él mismo buscó entre las herramientas, hecho una furia, hasta encontrar una llave inglesa de tamaño considerable con la que comenzó a golpear al robot. Fue una escena tremenda; cuanto más intentaban contenerlo más furioso golpeaba e insultaba. El monstruo no cesaba de repetir la letanía "ruso puto, ruso puto", hasta que un fierrazo certero le arrancó parte de la cabeza. Luego de un chisporroteo, se escuchó un largo zumbido y todo terminó.

En los diarios del día siguiente no se publicó ni una palabra. Desde ese día y hasta la caída del gobierno nadie volvió a saber nada de Seipel ni de su robot.

Al poco tiempo el país se estremeció con el levantamiento militar en Córdoba y el hecho pasó al olvido. Instalada la Libertadora, Seipel desapareció.

Silenciado por propios y gorilas, unos por provocador y otros por funcionario del tirano prófugo, terminó emigrando a Formosa donde malvivió arreglando heladeras y vendiendo repuestos para Siam. Los negros del Luna lo olvidaron. Tenían otras cosas para preocuparse y durante años mirarían al cielo esperando ver el ansiado avión negro que traería al Pocho a la patria para hacerlos felices. Sería una mañana de sol y habría música de Antonio Tormo.

Junté los documentos, la charla con el Turco, incluí las fotos borrosas y armé la nota.

Lo llamé al viejo y nos volvimos a ver en la Munich. La leyó con atención. Todo su cuerpo, su expresión lo delataban, estaba de nuevo en el pasado. Al finalizar, con una amargura infinita me imploró: "no lo publique, olvídese de todo esto, por favor". Se levantó y salió sin saludarme. Me fui para el diario y le mostré la nota al gordo. Me costó convencerlo de que era cierto. De mala gana me prometió que la incluiría en un número especial sobre sesenta años de peronismo que estaba preparando.

Algunas semanas más tarde, pizza de por medio y para esperar la llegada del nuevo año, el nuevo siglo y el nuevo milenio, alquilé para ver con mis hijos *2001 Odisea del espacio*. Recordé la versión criolla de nuestro primer robot peronista cuando al final Hal se rebela contra el astronauta y lo traiciona. Les conté la historia de Seipel, del avión Pulqui, de la isla Huemul y del subte a Parque Chas; del "avión negro" seguramente guardado en algún hangar del tiempo feliz, de Pochito el robot malogrado.

Fue como si les hablara de Santa Claus o de los Reyes Magos.

Ninguno me creyó.

Carta desde la retaguardia,

por Javier Chiabrando

Y al fin al cementerio, como si yo les hubiera exigido pruebas de que casi todo Tavernette era parte de mi familia. Una vez allí señalaban las tumbas e iban relacionando las ramas del árbol genealógico. A veces dudaban y se consultaban entre ellos. "¿Esta era la esposa de Dante o del hermano?" Eso fue después de haber visitado una casa tras otra donde me presentaron al primo de tal o al cuñado de la esposa de aquel otro. A esa altura había logrado memorizar cuatro o cinco apellidos nunca oído antes. Primos de primos de primos, primos casados con primos. Después perdí la cuenta.

Para mí ya era suficiente, pero el árbol genealógico no paraba de dar brotes. Alguien señaló la tumba de un tío de la madre de mi abuelo que había muerto en la guerra. La guerra. Ahí salí de mi aturdimiento. Para mí la guerra era mi abuelo, sentado en una silla desfondada en medio del patio, llorando y culpándola por haber dispersado a la familia.

—Unos acá, otros allá –decía.

La palabra *guerra* desató otra ola de recuerdos. Un primo segundo de la madre de mi abuelo que nunca regresó del frente africano. Recordé que la noche anterior, durante la cena, Cesare también había tocado el tema.

—Ustedes porque no estuvieron en la guerra –les había dicho a los hijos antes de comerse los restos que dejaban en los platos.

—Pero mi abuelo no estuvo en la guerra, ¿no? –pregunté una vez que terminaron de contar la historia del primo que nunca regresó del frente africano.

Cesare, que tenía una memoria de elefante, contestó.

—No, durante la Primera Guerra hizo el servicio militar en Torino. Antes de la Segunda se fue a la Argentina. Se salvó.

—Se salvó de los alemanes –dije.

—Los alemanes nunca nos molestaron –dijo Luisa, la esposa de Cesare–. Acamparon en la Rocca y ni los vimos. En cambio, los nuestros sí que eran unos bastardos.

Todos asintieron. Era evidente que había sido un tema en la mesa familiar durante décadas. De los doscientos habitantes del pueblo, al menos sesenta caminaban en la caravana que se había formado detrás de mí, como en *El Padrino* cuando Michael pide la mano de la joven italiana. Quedaba una prima segunda por conocer y hacia allá fuimos. Era la última casa de la calle más alejada. Al pasar frente a la anteúltima, Luisa me codeó y la apuntó con un dedo.

—Uno de los nuestros, un bastardo –dijo–. Oficial de Mussolini. Un bastardo –remarcó.

—Al menos no es de la familia –dije yo, porque era una casa que no habíamos visitado.

—¿Cómo que no? Es el hermano menor de tu abuelo. Pero tu abuelo no quería saber nada de él. Nos tenía prohibido que lo mencionáramos en las cartas.

El tío Giancarlo. Me había olvidado de él. La última vez que lo había oído nombrar fue cuando murió mi abuelo y mi mamá preguntó si habría que avisarle al tío Giancarlo. Mi papá respondió con un lacónico "ni sabemos si está vivo".

A manera de desaire todos pasaron ante la casa de Giancarlo manteniendo la mirada al frente, con ínfulas de pelotón moral. Al fin tantas precauciones no sirvieron de nada porque no pude resistir la tentación de asomarme al jardín, que en realidad era una huerta. Debo de haberlos mirado como pidiendo permiso porque Augusto me dijo:

—Andá. No te preocupes, a esta hora está en la Rocca.

Lo primero que veías al entrar a la huerta era el buzón de cartas al lado de la puerta. Era del tamaño de una valija, enorme, sobredimensionado, ideal para alguien que recibe cajas y paquetes. Era de fabricación casera, pintado malamente de verde. Me asomé a una ventana. No tenía ningún plan más que llevarme una mínima impresión del tío abuelo al que creía muerto. Pero comprobé una vez más que la única verdad es la realidad cuando vi la foto sobre el mueble de la sala, al lado de la de Mussolini, del mismo tamaño, con el mismo marco que simulaba plata o era de plata.

Por suerte, la prima que faltaba conocer estaba de viaje por el Caribe.

—Y por segunda vez en el año –dijo Augusto.

—Está apurada por gastar la herencia que le dejó el marido –aclaró Luisa–, y bien que hace. Si total no se la va a llevar a la tumba.

Me describieron los intrincados lazos familiares por los que la viajera vendría a ser mi prima pero no logré entenderlos. La mayoría volvió a sus vidas y el resto fuimos a lo de Cesare. Dos de mis primos más jóvenes se despidieron porque tenían una fiesta en Cumiana. Antonio, el hijo mayor de Cesare, y Paola, la esposa, llegaron a la hora de cenar, cuando todos estaban sentados a la mesa.

—Lo siento –dijo Antonio–. El tránsito en Torino era una locura y Paola salió del trabajo más tarde que nunca.

Paola no agregó ni una palabra. El tema de la cena fueron las complicaciones de la vida moderna. Cada vez que yo contaba algo de París sacudían la cabeza como si estuviera loco por vivir en una ciudad así. Cenamos *chingiale* con polenta. Cesare me contó que los jabalíes ya no bajaban al pueblo por los ruidos de los coches.

—Este –dijo y señaló la carne en el plato– estaba en medio de la calle como un tonto. Parecía perdido. Tuve tiempo de volver a mi casa, buscar la escopeta y cazarlo. Una parte la comimos durante esos días y la otra la guardamos en el congelador para una mejor ocasión.

Levantó la copa hacia mí y yo hice lo mismo. Era el vino que ellos fabricaban en las cavas que había debajo de cada casa. Podías beber lo que quisieras sin emborracharte. Luego de la vida moderna enumeraron a los que se habían ido a vivir al extranjero en los últimos años y al fin reapareció el tema de la guerra. Supongo que era una forma de resumir la historia del pueblo en una docena de postales para satisfacer mi curiosidad.

—Una vez tuvimos que escondernos en la Rocca –dijo Luisa mientras señalaba su cabeza como si la Rocca dei Due Denti estuviera apoyada sobre ella–. Esos bastardos americanos tiraron una bomba cerca y creímos que iban a bombardear el pueblo.

—Esos eran los que nos venían a salvar –le dijo Augusto–. Estaban bombardeando a los alemanes.

—Una bomba americana o alemana te mata igual. Y esos bastardos tiraban bombas sin saber que aquí abajo había italianos antifascistas.

Dormí por segunda noche consecutiva en la casa de Antonio. Quizá los jabalíes no bajaran al pueblo por el ruido pero a mí me estaba torturando el silencio. Debería haberme llevado esmog en una botella y ruidos grabados de París, cosas que se conseguían con solo abrir la ventana de mi departamento, y a veces sin abrirla. Después de un rato de dar vueltas en la cama, me vestí, bajé a la sala, me serví una copa de grapa de la botella que Antonio había abierto el día anterior para brindar conmigo y salí a la calle. Era un desierto. A menos que uno de los hijos de mis primos estuviera regresando de una discoteca o uno de sus padres fuera a cubrir su turno en la Fiat de Rivalta, no parecía haber vida por los alrededores.

Me equivocaba. Paola estaba fumando al lado de la casa, medio escondida en la entrada del garaje.

—*Ton oncle le fasciste a été marié à ma tante* –me dijo.

—Hablas francés…

—Un poco. Estudié ingeniería en Marsella. Ahora doy clases de matemática en escuelas de Torino.

—Ajá… –dije yo.

Me alcanzó un cigarrillo que rechacé. Le ofrecí grapa y bebió directamente de mi vaso.

—¿Tienes trato con Giancarlo? –señalé hacia donde estaba la casa aunque desde ahí no se veía.

—No. No creo que sepa que soy sobrina de la que fue su mujer. Me fui muy chica del pueblo… –hizo silencio y me pidió otro trago.

—¿Por qué volviste?

—El amor… Vamos –dijo.

—¿A dónde?

—A saludar a Giancarlo.

—Es muy tarde. Debe de estar durmiendo.

—Cada vez que salgo a caminar por el pueblo de noche veo luz en su casa.

Dejé la copa en una ventana y la seguí. Había luz en la cocina de Giancarlo pero apenas se veía desde la calle. Giancarlo nos estaba esperando. A pesar de que nadie le dirigía la palabra sabía que yo estaba en el pueblo. Nos abrió la puerta con una sonrisa y nos hizo pasar.

Me dio un abrazo parco al que respondí inevitablemente conmovido.

—Tú eres la sobrina de Rosa, ¿verdad? –le dijo a Paola, que me miró y abrió los ojos como para demostrar mucha sorpresa.

Giancarlo nos dijo que nos sentáramos y fue a buscar unas copas.

—*Regarde* –le dije a Paola y le señalé las fotos. Perón…

Paola no entendía nada. Menos que yo, lo que no era poco decir. Giancarlo volvió con tres copas minúsculas y una botella de grapa casera.

—Tu tía era una buena mujer –le dijo a Paola–. Pero sus ideas no coincidían con las mías, así que nos tuvimos que separar. ¿Está bien?

—Creo que sí –dijo Paola. Era obvio que no tenía la menor idea de cómo estaba su tía, si es que estaba viva.

—Y sé que mi hermano falleció –me dijo en español con acento italiano–. Es lógico. Me llevaba veinte años y yo ya tengo casi ochenta.

—¿Cómo lo supo? –pregunté.

—Él me escribió para decirme que le quedaba poco tiempo, que tenía algo malo. Luego de unos meses sin noticias escribí al consulado italiano de Rosario donde estaba empadodra… empa…

—Empadronado –dije yo para ayudarlo.

—Eso. Allí me informaron de su muerte.

Giancarlo era muy parecido a mi abuelo, quizás un poco más alto. Ambos secos y fibrosos como si de chicos se los hubieran olvidado al sol.

—Qué bueno que hayas venido, así puedo practicar mi español. Estudio con esto –del mueble donde estaba la foto de Perón sacó una pila de revistas *El Gráfico*–. Me las mandaba tu abuelo. Así cuando me vaya a la Argentina voy a hablar bastante bien el idioma. ¿Vos hablás piamontés?

El *vos* y esa conjugación del verbo en ese lugar me resultaron muy extraños.

—No, en mi casa dejaron de hablar piamontés cuando yo era chico. Con el italiano me defiendo bien. Y hablo francés, claro. Vivo en París.

Eso lo sorprendió más que tenernos de visita a esa hora.

—Los franceses no sirven para nada –dijo.

Le conté que tenía una cátedra en una universidad cerca de París aunque en realidad daba clases de español en una escuela de Mantes

La Jolie. Lo de la universidad y otras mentiras eran parte de una estrategia que habíamos armado con los compañeros por si nos espiaban o nos habían infiltrado. No era un gran plan, pero en ocasiones, sumar datos erróneos era ganar un tiempo vital. Allí, en Tavernette, podía haber contado la verdad, pero estaba demasiado habituado a explicar sin explicar.

—Mejor Francia que Alemania. Alemania ya no se sabe qué es –dijo Giancarlo.

Y me preguntó cuándo viajaría a ver a mis padres. Por decir algo, dije:

—Pronto…

—Tal vez podamos vernos en Argentina –dijo Giancarlo–. No creo que falte demasiado para mi viaje.

Del mueble sacó un puñado de cartas.

—Son de mi superior, el capitán Gigliotti. El hombre más valiente que conocí. Los mejores hombres se conocen en la retaguardia porque allí los errores se pagan con la muerte.

Giancarlo siguió elogiando al tal Gigliotti. Yo lo dejé hablar. No terminaba de entender cuál había salvado la vida del otro.

—Estoy seguro de que ahora que regresó Perón me van a llamar como lo llamaron a él después de la guerra.

Me dio un puñado de las cartas de Gigliotti. Hice como que las leía y se las pasaba a Paola que hacía lo mismo.

—Gigliotti era ingeniero –dijo Giancarlo–. Después de la Guerra se fue a los Estados Unidos pero no le gustó. En Argentina trabajó en los trenes durante muchos años. A él lo mandó a llamar un general alemán, el general Dorff, que estuvo a cargo de Torino. Dorff vivía en la Patagonia, creo. Eran muy amigos. Ahora hace rato que no tengo noticias de Gigliotti, pero a veces el correo se atrasa.

—¿Por qué no escribió al consulado? –pregunté sin que me importara ser cruel.

—No, qué saben esos tontos –dijo con la mirada nublada e hizo una pausa antes de continuar–. Fue Gigliotti el que me mandó la foto de Perón. ¡Viva Perón, carajo! –gritó antes de rellenar las copitas–. Y también tengo una carta del General.

Se puso a revolver otra vez el mueble del que sacó un sobre con la bandera argentina y el sello oficial.

—¿De Perón? —dije yo porque otras palabras no cabían.

—Sí, me la mandó en respuesta a una mía donde le pedía trabajo. Le conté de Gigliotti y que trabajé cuarenta años en la Fiat, así que algo de motores sé.

La carta era del estilo protocolar con la que los gobiernos responden solicitudes de trabajo o de ayuda con una única respuesta: "Agradecemos… veremos su caso… nos comunicaremos con usted…". Al pie había un sello que decía "presidente Juan Domingo Perón" y un garabato a modo de firma, estampado por la secretaria de turno. Giancarlo martillaba con su dedo la firma. Perón le había escrito.

Paola se fue y yo me quedé un rato más por insistencia de Giancarlo. Traté por todos los medios que dejara de hablar de Perón y me hablara de mi abuelo pero no hubo caso. Apenas se habían conocido. Como decía mi abuelo, algunos acá y otros allá. Giancarlo se ofreció a hacer café y yo le pedí permiso para ir al baño. Me señaló el camino y se fue a la cocina. El baño estaba al fondo de un pasillo que unía las dos habitaciones de la casa. Todo estaba limpio y ordenado. Sobre la cabecera de la cama de Giancarlo había un crucifijo tan sobredimensionado como el buzón y fabricado seguramente con la misma madera. La otra habitación tenía dos camas de una plaza. Sobre una de ellas había una maleta abierta a la que solo faltaba agregarle el cepillo de dientes para luego cerrarla y emprender un viaje. Giancarlo había tenido la precaución de poner un traje de verano y otro de invierno. Revisaría el buzón cada día esperando la carta de Perón que lo invitaría a viajar a la Argentina donde los hombres fieles como él eran bienvenidos.

¿Debería de haberle contado lo que yo sabía? Aún me hago la pregunta. Después de todo también era una historia de hombres en la retaguardia.

Tomamos el café, nos dijimos dos o tres cosas más que no vienen al caso y me despedí. Buscando que se me pasara el efecto de la grapa caminé hasta el pie de la Rocca. Habría dado todo por tener un teléfono a mano para contarles a los amigos que aún resistían en Rosario y en Buenos Aires lo que había vivido esa noche. Pero era algo que no debía hacer y lo sabía. Podía haber usado el teléfono de Antonio e intentar localizar a Cecilia, a Jorge, a Miguel, pero no sabía sus números. Los había olvidado adrede.

Al día siguiente me levanté casi al mediodía. Me esperaban para almorzar en la casa de Augusto. Cuando llegué Cesare estaba descorchando dos botellas de su propia cosecha. Competía con Mario por la calidad del vino. Luisa cocinaba pastas con tuco. Paola ponía la mesa. Hacía girar cada plato hasta hacer coincidir entre sí las perspectivas de los diseños. Nunca levantó la vista.

—Antonio está en Torino –dijo Augusto.

Paola puso los tenedores donde estaban los cuchillos y al revés. La mesa quedó organizada como si todos fuéramos zurdos. Iba a hacer un chiste con las palabras *zurdo* y *gauche* pero era complicado de traducir y me dolía la cabeza. "Mi *grappa* llega a sesenta grados", me había dicho Giancarlo y seguro que no exageraba.

No les conté lo sucedido la noche anterior. Seguramente Paola tampoco. Y nunca pude preguntarles por qué mi abuelo les habría hecho creer que no quería saber nada de su hermano mientras que él le mandaba cartas y revistas. Manías de viejo, desconfianza, vergüenza, vaya uno a saber.

—Después de almorzar voy a subir a la Rocca –dije.

—Yo voy contigo –dijo Paola.

La subida no fue el paseo que me imaginaba, un poco por mis zapatillas de falso parisino y otro poco por lo empinado del camino. Lo más empinado que había desafiado yo en los últimos años había sido el Sacre Coeur, y solo una vez. Paola era una cabra. Dos pasos de ella por uno mío. Me sentí tan lejos de la épica de los abuelos inmigrantes, del repetido "de sol a sol" en la mesa familiar, que me sorprendió encontrarme cara a cara con Giancarlo. Era la hora de su paseo habitual, la hora en la que el día anterior me había asomado a su ventana para ver la foto de Perón en su santuario personal. Él parecía estar esperándome. O tenía la carta en el bolsillo para no olvidar que debía dármela antes de que me fuera del pueblo. Eso sí que no llegué a entenderlo del todo.

Giancarlo se acercó mientras sacaba la carta del bolsillo. Con la otra mano mantenía la escopeta en alto. Paola se sentó en la raíz de un árbol y encendió un cigarrillo. El jabalí se apareció entre los matorrales. No era grande, según me dijeron después Cesare y Augusto, pero para mí era enorme, el bicho más peligroso que vi de cerca en mi vida, sin contar a los hombres que me habían empujado a esconderme en París. Paola lanzó un bufido y yo pensé que era una manera rara de reaccionar ante el peligro. Pero su reacción no tenía nada que ver con el jabalí. Quizás ni lo había visto. Lo que sí había visto era a Antonio venir por el camino, con cara de exigir explicaciones. Las rebeldías de ella lo estaban dejando mal ante la familia y el pueblo, que en este caso eran lo mismo. No sé lo que Antonio suponía. No sé si me consideraba el origen del malestar de ella. No hubo tiempo de aclarar nada porque el jabalí se interpuso entre Antonio y Paola. Arremetiera para donde arremetiera, alguien la pasaría muy mal. Según la lógica de Giancarlo la peor parte la llevaría la retaguardia, aunque ahí era difícil saber qué rol cumplía cada uno.

Antonio se quedó paralizado. Sus ganas de pedir explicaciones se esfumaron. Paola esta vez lanzó un gemido. No hubo tiempo para nada más porque el escopetazo de Giancarlo dio de lleno en el costado del jabalí. Nos reunimos los cuatro a mirarlo morir. Yo, en lugar de internarme en las variables de la valentía y en las desventajas de estar en la retaguardia, pensé en lo que sería capaz de pagar un parisino por un trozo de esa carne, en las personas que desearían estar allí, en mi lugar, para balearlo, verlo morir, trocearlo, comerlo.

Giancarlo se fue sin agregar nada. Antonio y yo cargamos el animal. Paola ayudaba cuando el camino se volvía más empinado. Al vernos llegar, Cesare se puso muy contento. Cuando le dijimos que lo había cazado Giancarlo simplemente sacudió la cabeza. Antonio me llevó aparte y me preguntó por qué Giancarlo no se había llevado el jabalí. Sacudí la cabeza igual que Cesare. Quizás no comía carne, o el jabalí era demasiado pesado. O era puro orgullo.

En la cena hablamos de programas de televisión y de viajes de placer. Con la excusa de que no quería adormecerme durante el viaje comí solo pan y queso. A la tercera vez que me dijeron que no era bueno viajar de noche les prometí que me detendría en la casa de un amigo que vivía en Lausanne para descansar antes de seguir. Antonio y Paola cenaron tomados de la mano. Ella manejaba el tenedor con la zurda. Augusto bajó a la cava y me trajo dos botellas de vino y dos de grapa. Antes de subir al coche, Cesare me alcanzó dos y dos de la cosecha propia. Abracé a todos mientras les prometía que volvería pronto. Estaba dispuesto a cumplir. Paola fue la última. "Chau, primo", me dijo en el mejor español posible.

Manejé hasta la rotonda pero en lugar de ir hacia la ruta tomé la calle de la casa de Giancarlo. No me importó que los del pueblo me vieran. Dejé el auto lo más lejos posible para que Giancarlo no me escuchara, eso sí me importaba. No quería tener que dar explicaciones. Del mismo bolsillo donde guardaba la carta que Giancarlo había escrito para que yo le entregara al "General Juan Domingo Perón / Su Despacho" saqué el carné de afiliado al partido, lo dejé caer en el buzón y regresé a París.

Roxana Capitana,

por Carlos Balmaceda

Escuela de Mecánica de la Armada,
marzo de 1977.

Ahora que la muerte le gotea por abajo y un olor añejo le sale del cuerpo, los tres piensan lo mismo, pero el Gato es quien habla.

—Si tuvieras la pastilla se la darías –le dice llevándola al fondo de la cueva.

—Sí –dice al trasluz el perfil de María, entornando fuerte los ojos, como si así escuchara menos.

—Pero no la tenés –dice el Gato, y una gota se tipea como un punto y aparte junto al pie.

—Esperá –lo agarra de la camiseta cuando vuelve al lado de Mabel–, ¿y si salimos de acá?

—Sí, claro. ¿Y si mañana hacemos la Revolución?

—Ponele que salimos de acá y el Consejo nos interroga.

—En México. Tomando tequila, forra.

En eso entran unos gritos playeros de Acapulco. Se ilumina la cueva con unos rayos obscenos de sol y María ve a la Conducción completa, bronceados, en bermudas. "Qué ingenuidad", se dice, apelar a la disciplina partidaria del Gato, y ella qué boba aferrada al hilito de la cadena de mandos.

—¿Quién lo hace? –dice ella y baja la mirada.

—Yo soy su responsable.

—Si le estiraron la vida con cuentos (el Gato a los besos como su compañero y María con arrullos de madre) ¿por qué ahora se lo iban a decir? –pregunta ella.

—Porque no se puede morir engañado, María.

En dos zancadas silenciosas, el Gato está ahí. Murmura un par de cosas y al fin, las bolitas hinchadas de los párpados agradecen con alivio.

La piel blanca se llena de manchitas rojas cuando las pezuñas del Gato le juguetean por el cuello, presionando un poco ahora, mientras la otra la peina con los dedos y le da besitos como a una beba.

A eso le sigue el silencio y un abrazo largo de María que hace arder a la muerta, interrumpido como a la media hora por el cura, que llega para la extremaunción.

—¿Qué pasa? –pregunta entonces a la sombra del Gato, que, de rodillas, en la misma posición del crimen, se alarga sobre la pared.

—Pasa que la compañera tuvo una muerte cristiana –le contesta, sin dejar de mirar al muro.

Y María, que por primera vez adivina lágrimas en sus ojos, le escucha decir:

—A ver qué muerte nos dan ustedes.

Caballito, 30 de octubre de 1983

—Es el mejor –dice mientras una lagrimita se escurre sobre el bronce de la cara.

—Bien, Negrita –le enreda una mano en el pelo como si fuera un cubo de azúcar en la boca.

—Pero –alerta, se ha prendido la luz roja del realismo peronista–, nadie le habría hecho eso a la compañera.

Después recula:

—Por ahí uno como el Gato, sí, porque era un lumpen.

Roxana no está muy segura de qué cosa es el Gato (y además ni siquiera pudo leerle los tres últimos renglones) pero hace que sí con la cabeza.

—Y otra cosa, cómo íbamos a saber ahí adentro si la Conducción nos estaba traicionando.

—Mirá, Negrita –prende el cigarrillo, va a empezar el relato de verdad–, vos sabés que después de México estuve dos años en España ¿no? Bueno, ahí me crucé con algunos que entregaron a la mujer, a los amigos y andaban "compañero de acá, compañero de allá".

Ahora Juan Carlos chupa el cigarrillo, la imagen vira a gris nube y el humo trae del pasado sombras evasivas: traidores, caídos, otros fuegos evocados por esa lucecita que respira por última vez y le alumbra la cara con una bruma de persona que ya no existe pero que está ahí, hablándole a Roxana, sobreactuando un poco las pausas para después teclear el alma grave de cada palabra.

Es un lobo lastimado y ella una cachorra lamiéndole las heridas, cuando cuenta que algunos de los más corajudos fueron los que más rápido se quebraron; lo dice como podría haber contado cualquier otro entremés de la guerra, un nuevo episodio de *Así perdimos la Revolución* o la minuciosa y escamoteada sesión de tortura, terrible de escuchar por nunca contada y que obliga a Roxana a bajar los ojos cada vez que el silencio la insinúa.

Porque es con el relato que Juan Carlos mitiga en parte la culpa de no haber muerto, y sigue apilando sobre el parqué los cuerpos de una guerra nunca declarada y siempre perdida.

A las tres de la mañana, con los bombos sonando prolijo y lejos, los de Taco Ralo sirven de base a los de Trelew, que a su vez soportan a los de la ESMA.

Entonces, Roxana parpadea y se odia por no haber estado antes en la cosa y lo único que le queda es entornar los ojos frente a esos cadáveres de verdad (no de tinta y papelito como los de ella) que Juan Carlos tiró en el living a la espera de que los vele su misericordia, aunque aún escupen sangre y dicen que libres o muertos jamás esclavos los cadáveres.

Reunión en la Casa de América Latina, 11 de septiembre de 1982

¿Y ayer? Ayer fue beba gorda y judía, y después una lunga a la que, decían sus padres, un chorro de agua le hubiera bastado para llegar a señorita.

Al crecer, intentó decepcionarlos: se vistió como *schlepperque*, dejó de cortarse el pelo a los dieciséis y predicó trotskismo en cada mesa de Pésaj. Coqueteó con el Partido Obrero, con el MAS y hasta con los posadistas; avaló revoluciones en Myanmar, huelgas en Bangladesh, quintas y sextas Internacionales. Después, tomó con dos dedos al peronismo, lo olisqueó como a un pescado caído de su puesto en la feria y procedió a cortarlo como si fuera un sapo.

Aquella noche, cuando se cruzaron con Juan Carlos, dijo "pequeño burguesa que tranquilamente podría haber caído en la extrema izquierda o en el fascismo, eso fue Evita"; así la *caracterizó*, que era el modo en que la izquierda hacía del mundo un museo, y así también, de paso y sin saberlo, habló un poco de ella.

Ya no se acuerda si era en una peña o en algo para recaudar, donde Juan Carlos fue por esa, la rusa tetona de jeta grande, la que tiene el pelo ¿ves? hasta la cintura. "Hasta la cintura, siempre", decía ella cada vez que se apegaba a su cabeza como a un signo del alma.

"Pequeño burguesa", repite ahora, y él entonces se acerca, larga una bocanada de humo y como un toro que viene a servirla, ella lo deja hacer, armar en el aire un mapa de la guerra, cogérsela.

Ella le larga un "bonapartista" otra vez, pero lo hace como quien eyacula sin fe, una gallina que chuequea distraída mientras la sombra bataraza del macho llega para montarla.

—¿Qué pasa, no se puede decir nada de la virgen de la estampita? –suelta después, y es como si lo frotara, como si le dijera "dónde están tus huevos, a ver cómo se te para, putito".

En ese punto para él fue cosa de abrirse la bragueta y mostrársela. Tanta provocación bien lo merecía; decirle, como le dijo, que seis años de Evita en el poder fueron más revolucionarios que sesenta de trotskismo, nena, pavota, consentida de papá.

Otra noche, Juan Carlos, remiso al principio, pero harto al fin de tanta energía revolucionaria al pedo, les mostró a su célula completa de zapadores de Filosofía, lo que eran heridas de guerra y algún infeliz dijo que del lado de ellos las heridas habían sido mortales, así que no se podían mostrar (seguro que por eso estaba ahí el muy tarado).

Lo llamó para pedirle perdón porque ella sí había entendido que la historia no andaba por ahí poniendo situaciones revolucionarias que los esclarecidos empollarían como huevos (y además le gustó tanto su pecho desnudo).

Dejó de lado entonces toda su higiene revolucionaria y los panfletos depositados como cagaditas en la mano de los que entraban a la Facultad y siguió a este hombre que cogía sufriendo sin olvidar del todo que su cuerpo era deudor de la muerte y que por eso se desgañitaba entre las piernas, yéndose un poco en los últimos empujones.

Hacía dos años que ella se ejercitaba en el dolor ajeno. Sin embargo, las desgracias en persona de los villeros que casi hacía suyas no llegaban a ser tan ominosas como la pegajosa preocupación de los viejos que, juzgándola irrecuperable (¡y tan luego peronista!) la imaginaban en los preparativos de una nueva lucha armada (ellos no sabían que el afiche amarillento del Operativo Dorrego pegado en su pieza tenía más de diez años).

Como cuadra a todo padre le prohibieron verlo y menos llevarlo al departamento "que te compramos para vos"; aunque después de un tiempo, vencida la resistencia, lo aceptaron sin comprenderlo (que es el modo final y resignado con que los padres ejercen el castigo).

Afortunadamente, esa autorización, con la que Juan Carlos salió de la clandestinidad, no debilitará el embeleso de Roxana, ratificado cada vez que la lleve de excursión por el pasado.

Por otra parte, él se guarda en una penumbra conveniente, desapareciendo días y noches, y ella después de todo lo quiere así, porque entiende que ese cuerpo es deudor de la muerte y que por eso se desgañita entre las piernas y etcétera, etcétera, etcétera.

Alguno tal vez habrá de suponer que, en los años siguientes, el amor de la chica por el guerrero cedería. Nada más alejado. Las historias nuevas sobre todo lo viejo serán infinitas, cada vez más heroicas y desgarradoras. Pero a ese pasado, a su vez, le corresponderá una promesa: la de una estrategia que se cumplirá inexorable en siete años. Si el número fue elegido por un pálpito bíblico o qué, no se sabe, pero él calcula la persistencia del trabajo en las villas, la formación de nuevos cuadros, las inevitables y cíclicas crisis del capital, todos datos que ella repite convencida. Si no se demuestran científicamente, la voluntad tendrá que empujar entonces a la Historia, para darle así revancha a su vergonzosa generación, relevándola a su vez de su condición anacrónica (¡es que es tan incómodo ser revolucionaria en épocas sin revolución!).

Pero como todavía no es el momento, entre sueños, su sangre nunca derramada se echa a correr en busca de imposibles cauces y, sin afluentes a la vista, fermenta en imágenes de santos degollados que penden cabeza abajo goteando como gallinas, un aleteo postrero y entre borbotones, otra vez libres o muertos jamás esclavos los cadáveres.

1988

Hoy es época de traiciones, y habiendo pasado ya los siete años de abstinencia revolucionaria empezaba a sospechar de esa inconsecuente de la Historia y a temer por Juan Carlos, cada vez más fuera del tiempo.

—La droga hizo mierda a más de un compañero y ahora los va a hacer mierda la política –decía a salvo de ambas mas no del aburrimiento.

Era entonces cuando su misión en la Tierra parecía cumplida y un haz de luz podía llevárselo al cielo sin que nadie se sorprendiera.

Si no hubiera sido que la formación de Roxana lo había entretenido todos estos años, tal vez se hubiera ido nomás.

La formación y los cuentos de Roxana, que escuchaba sin meter mano como con lo otro.

Ella tembló más el día que le contó a Juan Carlos que escribía, que cuando se desnudó por primera vez frente a él.

Por lo menos recordaba que le dijo "yo escribo" con un temblor en la voz, pero no recordaba haberle dicho "yo cojo" como disculpándose por hacerlo.

Era evidente, después de todo, que se había vuelto socarrona con Jauretche y metafísica con Marechal y que eso se lo debía a Juan Carlos.

Lo primero (y lo único hasta hoy) que se animó a escribir para él, fue aquella poesía de los "amoremas", cuando todavía unos ripios de audacia le alegraban la escritura.

"A vos que comprendés de guerras y exilios", se avergüenza recordando la dedicatoria y "nena limón que se me asusta fácil como sin dientes ni batalla, mi cielo".

Pero hoy ya no escribía más.

Invierno de Menem, julio de 1989

—Son compañeros –le dice el Narigón, manoteándole la desconfianza.

—Lindo despacho, los compañeros –y el pie de Juan Carlos se hunde en la alfombra para ilustrarlo.

—Somos gobierno, pibe, como en el 73 –tararea el Narigón.

Inútil. Juan Carlos mira para otro lado y se desboca el nudo de la corbata (para qué carajo me hizo poner traje este).

–Che –es capaz de mandarse una cagada, yo lo conozco–, somos gobierno, pero no como en el 73. Acordate.

(Después de todo, ¿qué edad tenía Juan en el 73?)

—Son muchos los compañeros que van a tener cargos –una rata en las bolas la culpa del Narigón.

Y Juan Carlos cree escuchar que el asunto no es hacia dónde va la cosa sino hacia dónde la podemos llevar.

Entonces lo mira al Narigón como diciéndole "vos sí te acordás del 73 y de aquello de la primera vez como tragedia, la segunda como pelotudez o algo así" y el Narigón con cara de nada y la secretaria que dice que adelante, que el doctor los está esperando.

Primavera de Cámpora, 1973

—Con los "pata de elefante" –dice Mabel– no vas a poder escapar si se arma quilombo. Los dobladillos se te enredan y te vas a la mierda.

—Si querés salgo a la calle con bombacha militar –le contesta un Juan Carlos de dieciocho años y con una barba mordisqueada que se niega a crecer por encima del cuello de plush.

—El pendejo sabe todo –concluye por lo bajo la novia mamá que, por llevarle doce, puede amamantarlo todos los días con una ración de guevarismo reforzado.

—Ustedes son muy hinchapelotas. ¿Por qué no sacan un comunicado diciendo que los pata de elefante son una maniobra del imperialismo contra la revolución?

—Bueno, ¿te sacás la foto o no?

—Sí, pero con esta –agarra Juan Carlos la Ballester Molina y apunta a la cámara.

—Dejá el chiche, nene –baja el arma Juan, algo turbado– esas cosas son para los grandes –dice Mabel con el dedo sobre el disparador.

Entonces, herido el pichón de macho, se agacha y bajándose diestramente los pantalones, le muestra el culo:

—¿Y estas cosas? ¿Para quiénes son?

—Ah no, el culito cagado del bebé es para mí –aprieta Mabel el disparador.

1989

El diputado habla de los "caños" que puso cuando la Resistencia, y cuesta imaginar los puños almidonados y el Rolex brillando, bajo la luna y sobre las vías.

Juan Carlos, cara de póquer, mueve el culo en el asiento como si tuviera hormigas y así se entera el Narigón que ese de enfrente es un hijo de puta, y que él mismo es un hijo de puta. Elocuente el culo de Juan Carlos.

—La Secretaría de Acción Social va a ser como un anexo de La Gloriosa –sonríe bobalicón el diputado, y flota en el aire un algo de romero, del pesto que sirven en el restaurante frente al Congreso.

Felices Pascuas de Alfonsín, abril de 1987

Cuando Alfonsín les deseó a todos "Felices Pascuas", ellos estaban por la Diagonal; Juan Carlos giró haciéndole un corte de manga al balcón y Roxana puteó a unos radicales que lo miraron cruzado.

El Narigón se le pone a la par:

—El hijo de puta este dice que son héroes de Malvinas, como si no lo supiéramos...

Juan Carlos sabe cómo sigue el resto del razonamiento: las acrobacias teóricas del Narigón hasta rescatar el nacionalismo de los mismos milicos que mataron a tantos compañeros, y la demostración de que Alfonsín representa más que nunca los intereses de los yanquis, deseosos de democracias dóciles.

Lo han hablado muchas veces y lo volverán a hablar esa noche cuando con otros sobrevivientes armen algo parecido a una peña que empezará con vigorosa nostalgia y que, tras un vino triste, se irá apagando dando golpes lastimeros sobre el parche, como una murga moribunda.

Entonces, sumergido en el sopor de la madrugada, Juan Carlos se empecinará en discutir detalles improbables del pasado.

Se rebajará a minucias y anécdotas, preferibles a las alianzas estratégicas que el Narigón empieza a proyectar por los rincones, porque al menos esas ya no le harán mal a nadie.

Ahora está en el 73 y es muy difícil que alguien lo saque de allí.

***

En *Ezeiza*, Verbitsky escribió que del lado de la JP solo había "unos pocos revólveres y una ametralladora que nunca llegó a usarse", pero Juan Carlos jura y perjura que la UZI que hasta hoy tiene en su casa la recibió de manos de un cuadro de La Plata, en cuanto los del palco dispararon los primeros tiros al aire, y que con ella cubrió a varios compañeros.

Ese "le van a creer al hijo de puta de Verbitsky o a mí", lo ha rezongado Juan Carlos, arrastrando unas vocales borrachinas, trastabillando un poco en la jota; y lo enfatiza ahora con un "¿eh?" y un hipo detrás, y se queda unos segundos buscándoles la respuesta con la mirada a los compañeros, mientras se bambolea un poco.

Un vómito se anuncia en el aliento, cuando Roxana, toda cachetes rojos, lo toma del brazo y lo sienta.

Después, cargándolo sobre el hombro, bajo la llovizna, espera bajo un refugio que termine de mear la corteza de un árbol, el chorro resplandeciente bajo la luz de neón y sus lágrimas que por suerte la lluvia oculta, cuando Juan Carlos vuelve zigzagueando para apoyarse en su hombro y que lo cargue por otras quince cuadras que ni plata para taxi tienen.

***

1989

—Hijo de puta –suena extemporáneo Juan Carlos en la oficina.

—Hijo de remilputas –detalla, y el diputado se agarra serenamente la cabeza como si escuchara una tendencia de voto desfavorable en vez de un insulto.

El Narigón se lo lleva de la oficina, mientras mira para atrás pidiendo disculpas, que a él no lo va a dejar sin trabajo el imbécil este, que igual se zafa y le tira un pisapapeles al diputado, con tan mala suerte que deja al general Perón tras un encierro de vidrios astillados, columpiándose en un solo clavo (y ni se entera de que ese gesto cierra un ciclo de malos modos dentro del Movimiento).

***

Se tumba en unas vías, a fantasear un final que, prevé, llegará con la UZI nunca usada y tal vez inexistente.

O quizás termine anónimamente, rodando hasta los rieles, jaspeado el traje de pasto, casi sin darse cuenta. (Le viene ahora una convulsión de risa y escupe hacia arriba una hebrita verde al recordar al General balanceándose detrás del diputado.)

No se le anima al tren que pasa a dos metros y lo enturbia de hollín, sacándole un poco de la mugrienta higiene del despacho.

Y se queda solo, boca arriba, sin esperanza (la campana del tren lejos) y la luz del atardecer entrándole a la cara en ángulos rojizos.

1996

Es ese día, en el que los pobres han abandonado los accesos de furia y disimulan el gargajo del patrón en la cara (ese, negro, ese que te chorrea hasta la boca), es ese y no otro día que Roxana sueña con nuevos ciclos revolucionarios para sus nenas y se pregunta por qué ya no escribe más.

Es otro atardecer, justo cuando cierra la caja chica del kiosco, que Juan Carlos ha recordado incómodo el verdor húmedo picándole en la nariz, la tierra retumbando a su lado y la aparición que lo hizo volver a casa, cuando la vio o la soñó, pelo al viento, eterna capitana (poderosa como nunca se lo confesaría).

Ninguno imagina que eso que llaman país desaparecerá bajo sus pies como una ilusión cartográfica de un momento –o de una década– a otro.

Pero de los dos, al que menos se le puede reprochar la distracción es a Juan Carlos porque al volver a casa –las solapas levantadas con cierto aire de conspirador, la mano en la cintura tanteando el revólver oxidado– sigue sin saber que es solo un cadáver memorioso, que Roxana insiste en salvar día a día, al desenterrarlo por las mañanas.

Escuela de Mecánica de la Armada, marzo de 1977

Un Cristo el Gato derrumbado en brazos de María; llora quejándose, medio escondido de vergüenza sobre el pecho de la mujer, y ella que lo acuna, mientras le habla al oído:

—Cuando salgamos de acá le vamos a llevar a Juan la foto y le vamos a contar que se murió apretándola.

1973

—Yo salgo con los pata de elefante –insiste Juan Carlos con la chiquilinada mientras Mabel ajusta el foco, tan cagada de risa como él.

—¿Y los dedos en "V"? –lo chucea; y no hay caso de quedarse quieto, gira, se levanta los pantalones, se vuelve a tentar, un poco excitado, hasta que vaya a saber por qué se le escapa una lágrima y mirándola fijo le dice:

–Qué linda que estás, Mabel.

E lucevan le stelle,

E lucevan le stelle,

por Juan P. Csipka

Aquel verano del 58, Pedrito llegó, como desde hacía dos años, a la hostería del tío Cayetano, a pasar dos semanas. Su madre, la hermana del tío, lo había mandado a la costa por primera vez dos años antes, cuando la epidemia de poliomielitis dejó postrados a cientos de chicos como él. Fue una manera de protegerlo, alejándolo de la ciudad por varias semanas, hasta que pasara el brote. Para Pedrito, fue la primera vez que vio el mar. Se le hizo costumbre y sus padres lo enviaron de vuelta en el 57. Ahora, llegaban los tres a la hostería, aquella semana final de enero.

El tío Cayetano tenía cuatro años más que la madre de Pedrito y gerenciaba la hostería que los abuelos habían heredado de unos primos lejanos. Pocas veces iba a la Capital y en la familia ya lo consideraban un provinciano, pese a haber vivido en Almagro hasta los treinta años, cuando el abuelo lo invitó a hacerse cargo del negocio. Había sido por el 53 y desde entonces llevaba las riendas. Mandaba cartas y regalos por Navidad y alguna vez, por negocios hoteleros, se aparecía de sorpresa en la casa de Berta y Romualdo; la última vez, cuando acababa de nacer Sofía, la prima de Pedrito. Eso había sido dos meses después del viaje iniciático del nene a la costa.

Para entonces, cada vez que Pedrito salía a la calle con su madre, solía ocurrir la típica escena en la que una señora bien vestida lo veía y tiraba el elogio consabido:

—¡Qué nene más lindo! ¿Cómo te llamás, precioso?

—Respondele a la señora, no seas tímido –lo apuraba Berta.

—Pedro.

—¡Ay, igual que el presidente!

Había sucedido dos o tres veces, por lo menos desde la época en que fue a la costa por primera vez. Pedrito supo así que el presidente se llamaba como él. Y también supo qué significaba esa palabra.

—¿Qué es *presidente*, mamá?

—Es el que manda.

—¿Qué manda?

—Es la autoridad principal, el que se encarga de que haya escuelas, hospitales…

—Ah… si se rompe la calesita, ¿la manda arreglar?

—Claro, hace cosas así.

Se hizo un silencio y su madre dijo otra cosa que le hizo comprender que no todos los presidentes hacen su trabajo de manera parecida.

—Ahora ya no es tan así, pero sos chiquito para entender.

El tío Cayetano le dio a Pedrito la misma habitación que los dos veranos anteriores, pero con una novedad: la iba a compartir con Sofía, que estaba por cumplir dos años. María de los Ángeles, la mujer del tío Cayetano y madre de Sofía, se encargó de acomodar la camita con barrotes y un cajón repleto de juguetes junto a la cama de Pedrito. Sofía era un torbellino que correteaba por todas partes. El tío Cayetano le encomendó a Pedrito que pasaran el tiempo juntos y la cuidara, que fuese por donde quisiera, pero siempre con su primita.

El primer día fue a la playa con sus padres y Sofía. Había mucho viento y apenas se metieron en el mar. Jugaron un rato en la arena, hasta el mediodía, y cuando regresaron a la hostería vieron que llegaba un Ford negro grandote, como los que se veían en las películas. Un señor flaco, de bigote, comenzó a bajar paquetes del auto. Pedrito se acercó a mirar.

—Es el señor del correo, sobrino —lo ilustró el tío Cayetano.

—Acá tiene, don Cayetano —le dijo el hombre del auto, mientras le entregaba dos paquetes color madera que decían "Frágil".

—Tomá, haceme un favor y dejá esto en el mostrador —le pidió el tío a Pedrito.

Tomó las dos cajas y se las llevó. Sintió que adentró bailoteaba algo. Le entró curiosidad. Cuando las apoyó, el tío ya había entrado detrás. Fue hasta la piecita de al lado y de un mueble sacó un aparato que puso sobre una mesita.

—Traé eso para acá, sobrino —le indicó.

Pedrito llevó los paquetes y se los dio al tío, que los comenzó a abrir. Eran unas cajas de cartón, con unos rollos adentro. Los sacó de un soporte de metal y comenzó a ponerlos en el aparato, que tenía unos moldes para acomodar las puntas de los rollos. Tocó una tecla y se sintió un sonido que salía del aparato. Un murmullo de gente empezó a llenar la habitación. De pronto, se escuchó una voz:

Muy buenas noches. Radio Municipal saluda a su audiencia desde el Teatro Colón, donde en minutos más escucharemos Il Trovatore, *ópera en cuatro actos, con música de Giuseppe Verdi y libreto de Salvatore Cammarano. Los intérpretes son, en el papel de Manrico…*

—¿Qué es esto, tío? –preguntó Pedrito, maravillado.

—Esto es como el cine, pero sin imagen –le graficó el tío Cayetano–. Es un grabador de cinta abierta. Tengo un amigo que trabaja en Radio Municipal, la radio que transmite los conciertos del Teatro Colón y me manda cintas con las grabaciones porque sabe que me gusta mucho la música. Esto que envió salió por radio hace como seis meses. No hay mucho para hacer acá, no voy seguido a Buenos Aires y con esto me entretengo. Mirá.

Y le indicó el mueble de donde había sacado el aparato. Había cajas repletas de rollos. Cada caja tenía una etiqueta con el nombre de la ópera, la fecha y los intérpretes. Mientras Pedrito miraba etiquetas con los nombres de *Tosca, Rigoletto, La flauta mágica* y *El caballero de la rosa*, ya sonaba la música de Verdi en la habitación.

Estaban en eso cuando sonó el timbre de la conserjería. Un señor grandote esperaba ser atendido. El tío se acercó. Era un nuevo huésped, recién llegado en auto. Tenía dos valijas y pensaba quedarse hasta el día siguiente. Cuando el tío Cayetano le dio la llave, el otro miró hacia la piecita, donde Manrico y el Conde de Luna se disputaban el amor de Leonora desde un grabador.

—Perdón, ¿eso que tiene ahí es un Geloso?

—Sí, señor.

—¿Le puedo pedir un favor? –Y antes de que el tío le dijera que sí, siguió–: Tengo que ir a buscar un encargo al pueblo mañana temprano, que incluye unas grabaciones de una orquesta típica en la que toca mi hermano. Yo estoy de paso y hasta dentro de unos días no voy a poder escuchar el material. ¿Me lo podrá prestar dos horitas?

—Pero faltaba más, señor. Avíseme cuando tenga las cintas y le acerco el aparato. ¿Sabe cómo funciona?

—Sí, claro. Muy amable de su parte. Yo le digo.

El Geloso se convirtió en un objeto de fascinación para Pedrito. El tío le explicó esa tarde cómo se colocaban las cintas, cómo se activaba el mecanismo y la manera de rebobinar los rollos y sacarlos. A Pedrito no le interesaba tanto la música como poner y sacar los rollos: los colocaba, prendía el grabador, y se quedaba mirando los rollos que giraban, no importaba lo que sonara.

—¿Querés llevarle el Geloso al señor, Pedrito? Ya me dijo que tiene las cintas —le dijo el tío al día siguiente por la tarde—. Tomá, llevalo con cuidado.

Le puso el aparato en los brazos. Pedrito lo llevaba como si fuera un perro grande, casi a upa. El tío le corrió la mano derecha, mientras él sostenía el Geloso, y le pasó una bolsa con varias rollos para que llevara al hombro, y que el huésped tuviera la posibilidad de elegir.

—Hay algunas grabaciones que tengo acá. Ya que va a escuchar algo, que pueda tener algo de variedad, ¿no?

Pedrito golpeó la puerta de la habitación. El hombre le abrió. Estaba en musculosa y con un cigarrillo entre los labios. Cuando Pedrito lo había visto el día anterior tenía el pelo todo engominado. Ahora estaba con el cabello revuelto.

—Muchas gracias, pibe —le dijo cuando le mostró el aparato—. Dejame que te ayude... ¿Y esta bolsa?

Pedrito le contó que era una idea del tío Cayetano darle grabaciones para que escuchara.

—Pero, qué tipo generoso tu tío. A ver, pongamos algo.

Tomó al azar uno de los rollos y lo colocó. Encendió el aparato, se sintió ruido de fritura y emergió el sonido de un clarinete, con algunas toses de fondo, al que siguió una voz en italiano.

E lucevan le stelle, ed olezzava la terra. Stridea l'uscio dell'orto e un passo sfiorava la rena.

—*Tosca* —miró la etiqueta—. Qué belleza. Gracias, pibe. Y a tu tío también. Termino de usarlo y les aviso.

Cuando Pedrito bajó, el tío estaba hablando con Rufino, el viejo encargado del almacén de ramos generales, que cada tanto se daba una vuelta con algún pedido. El chico se sentó sobre una mesa junto a la recepción y se puso a hojear una revista *Billiken* que se había traído de Buenos Aires.

—Le digo, don Cayetano, es de buena fuente.

—¿Pero está seguro?

—Como que River sale campeón de vuelta este año. Le pasaron el dato al novio de mi hija, que está en el destacamento de la Unidad Regional. Frondizi acordó con el que le dije.

—Pero no puede ser, Rufino, si acordaron es para que vuelva ese sinvergüenza, y los militares no lo van a permitir. Es más, no creo siquiera que lo dejen presentarse a las elecciones a Frondizi. Si es cierto lo que dice y su yerno lo sabe, ¿cómo no va a estar al tanto Aramburu?

—Créame, es de buena fuente. Acordaron. Si el gobierno los deja seguir adelante, no sé. Tampoco sé qué le dará Frondizi al otro, pero que hay acuerdo, hay acuerdo. Los seguidores del otro van a votar a la UCRI en masa. Mire, a mí Balbín mucho no me convence, pero habrá que hacer fuerza por él.

—Lo que no entiendo es cómo ese partido que está prohibido va a difundir a los seguidores del sátrapa la orden de votar a Frondizi.

—Ni idea.

Cayó la noche y el huésped que había pedido el Geloso se apareció en la recepción con sus valijas. Se iba.

—Ha sido un placer, la pasé muy bien pese a la corta estadía. En la mesa de la habitación está el Geloso con los rollos que me facilitó. Muy amable de su parte, fueron una grata compañía.

—Faltaba más, ¿pudo escuchar el rollo que tenía pendiente? –inquirió el tío Cayetano.

—Sí, señor, una maravilla sonaba. Es bueno el aparato.

El hombre terminó de pagar, saludó y se fue.

Al rato, la familia se sentó a cenar. Había un silencio enorme, se oía el ruido del mar, en una noche sin viento.

—Vino Rufino, el del almacén, y me contó algo que no me gustó nada –dijo el tío, sentado a la cabecera de la mesa.

—¿Qué pasó? ¿Algo grave? –preguntó con rostro preocupado María de los Ángeles.

—Si no entendí mal, Frondizi va a ganar, y por paliza.

—¿Cómo es eso? –se sorprendió Romualdo–. No parece mala noticia, Balbín es un carcamán.

—El problema es cómo hace para ganar.

—No te entiendo, cuñado.

El tío se acercó a Romualdo, sentado a su derecha, y le dijo, en voz baja:

—Arregló con Perón.

— ¡Cómo!

—Bajá la voz, chambón. Lo que oíste. Le pasaron el dato al viejo Rufino: Pocho le da los votos a cambio de que le levanten la proscripción, seguro.

—¡Qué sinvergüenza!

—¿Podemos hablar de otra cosa que no sea política? –interrumpió Berta.

—Lo mío era un comentario, nomás, hermana.

—Es que yo no veo tan mal que vuelvan los peronistas, pero hace dos años que no se los puede nombrar y para eso prefiero que no saquen el tema. Será lo que Dios quiera.

Los hombres se miraron. Pedrito comía como si nada, sin prestar atención a lo que decían. Sofía estaba entretenida con un puré de manzana, que había ido a parar a su cara, más que a su boca.

—Ah, Pedrito, me olvidaba –miró el tío a su sobrino–. El inquilino se dejó el aparato en su pieza. Vos sabés cuál es. ¿Por qué no lo traés y después vas y buscás también los rollos?

Pedrito fue hasta la habitación. La puerta estaba entreabierta. En la mesa vio el Geloso. A un costado, la bolsa con los rollos. Tomó el aparato y se dio cuenta de que había un rollo puesto. Agarró el aparato como lo había tomado más temprano y bajó la escalera hasta la cocina donde comía su familia.

—Gracias, querido… epa, hay una cinta puesta, se olvidó de guardarla –se sorprendió el tío. Dejalo ahí a un costado, yo después, lo acomodo bien. Andá y traete los rollos, querés.

El chico volvió a subir y bajó con la bolsa de rollos. En la mesa seguía la charla familiar. Se acercó a donde había dejado el Geloso. Sin que sus padres y su tío le prestaran atención, enchufó el aparato y rebobinó la cinta. Disfrutó viéndolas girar, cómo de un lado se acumulaba más cinta y el otro quedaba flaquito. Pulsó la tecla para que empezara a girar.

Queridos compañeros, es un placer muy grande poder saludarlos desde Santo Domingo –se escuchó la voz que surgía del aparato–. *Llevamos ya más de dos años de lucha y resistencia contra el régimen oprobioso y oligárquico que usurpó el poder...*

En eso se sintió el estrépito de un vaso. Se le había caído a su padre. Tenía el rostro lívido. Se levantó de la mesa y se acercó a donde emergía la voz.

...como es que vivimos tiempos aciagos para la patria es que no se puede ser indiferente el 23 de febrero –siguió la voz. Una voz que Berta, María de los Ángeles, Romualdo y el tío Cayetano conocían muy bien. Había sido una voz omnipresente durante diez años.

La mano del tío apagó el aparato, justo cuando la voz decía *hay coincidencias programáticas entre nuestro movimiento y la candidatura del doctor Frondizi.*

—¿Se puede saber cómo llegó eso acá? –preguntó Romualdo.

—El inquilino. Pidió el Geloso para escuchar una grabación de música... es peronista. El muy sinvergüenza contrabandea mensajes del Pocho... en mis propias narices...

El tío vio la bolsa con los rollos y empezó a sacarlos y a mirar las etiquetas.

—No, tío.

—¿Seguro?

—Seguro...

—Falta uno. El del tercer acto de *Tosca*. Me juego a que el tipo se lo llevó sin querer, en vez de esa grabación...

—¿Y ahora qué hacemos? –preguntó su mujer.

—Nada, es lo mejor.

—Yo digo que quememos el rollo –propuso Romualdo.

—Solamente a ese inquilino se me ocurrió darle mis rollos... si lo escondo no pasa nada, por ahí vuelve y lo pide.

—¡Pero vos estás loco! –atronó Romualdo.

—¿Pero quién corno se va enterar?

—¡Pero es peligroso!

—Yo digo que nos saquemos de encima esa lata –terció Berta.

De afuera comenzó a oírse el ruido de la lluvia.

—Cayetano, con estas cosas no se juega –lo miró nervioso Romualdo–. Elegí, lo podemos tirar al mar, o cortamos esto con una tijera, o lo quemamos…

—¿Vos sabés lo que estás diciendo? –se puso serio el aludido–. Destruir eso es como quemar un libro. Hay gente para la que puede ser valioso. Hay muchos que creen en Perón. Esa cinta ni siquiera debe ser la única que circula…

—¿Vos decís no hacer nada? –preguntó María de los Ángeles.

—Es que no pasó nada. Si el único que escucha música en el Geloso soy yo, nadie más tiene acceso. Y mi hermana coincide conmigo.

—¿Cómo?

—Berta, decile, si vos al gobierno de Pocho lo ves con buenos ojos.

—No es que haya sido malo, Romualdo. Estos son peores.

Se hizo un silencio. Lo rompió Romualdo:

—En eso tenés razón.

El sonido de la lluvia que llegaba desde afuera se vio alterado por el chirrido de unas ruedas de auto que frenaban. Se abrió la puerta de la hostería. Empapado, hizo su ingreso el inquilino que les había dejado como presente griego la grabación.

—Buenas noches, disculpen la hora… Me fui hace unas horas, quizás me recuerden… me dejé algo –dijo el hombre mientras se acercaba, sombrero en mano, y pálido.

—¿Qué se dejó, caballero? –inquirió el tío.

—Bueno, hubo una confusión… me puse a escuchar la grabación de mi hermano después de escuchar los rollos que usted tan gentilmente me prestó… En fin, que olvidé sacar del Geloso mi cinta. Pensé que la había guardado, pero hace un rato me di cuenta de que el rollo que me llevé tiene una etiqueta que dice *Tosca*. Mil disculpas, se lo quisiera devolver… y recuperar la cinta.

Berta, Romualdo, María de los Ángeles y el tío lo miraron. Este último sonrió y se acercó.

—Claro. Mi sobrino bajó el aparato y vimos que había un rollo puesto.

El otro lo miró con rostro casi de espanto.

—Justo hace dos minutos nos dimos cuenta. Ni lo escuchamos. Debe estar apurado, tome, ya mismo lo saco.

Fue y quitó la cinta del aparato. Se la entregó. El otro le dio el rollo de la ópera de Puccini.

—Muchas gracias, no sabe cuánto le agradezco. Disculpe la molestia.

—Faltaba más, caballero.

—Si me disculpan, me retiro.

—Lo acompaño hasta la puerta –dijo el tío.

En eso, Pedrito lanzó una pregunta.

—¿Al final a quién hay que votar?

El hombre se detuvo, quedó paralizado.

—¿Perdón? –dijo mientras se volvía.

—Pedrito, vos sabés bien que yo voto siempre al socialismo. Soy de Palacios… –salió del paso el tío.

—Es que hablábamos de las elecciones –se metió la tía.

—Ah… –atinó a musitar el otro.

—Pero quizás esta vez vote a Frondizi –completó el tío. Y le extendió la mano a su fugaz inquilino.

—Mucha suerte con eso.

Se lo dijo mirándolo fijo a los ojos.

—Muchas gracias.

Y salió. Un minuto después se oyó el ruido del auto que arrancaba.

—Bueno, aquí no ha pasado nada –dijo el tío mientras miraba a los demás–. El 23 se verá qué pasa. Ahora mejor nos vamos a dormir.

—El susto que me pegué no tiene nombre, menos mal que el fulano vino y se llevó eso –fue la reflexión de Romualdo.

—¿Por qué le dijiste que por ahí votás a Frondizi? –preguntó María de los Ángeles mientras levantaba a Sofía, que se había quedado dormida y no había visto alterada su calma por lo que había ocurrido.

—No sé. Quizás fue una manera de decirle que sabíamos qué había en la cinta y que no nos importaba…

—A vos no te importará – lo interrumpió su cuñado.

—A vos tampoco, dejate de jorobar. El tipo se va y sigue con lo suyo. Se verá qué pasa, si Frondizi gana o no gracias al innombrable.

—Ni vencedores ni vencidos –dijo entonces Pedrito.

—¿Cómo? –se asombró Berta.

El chico estaba con su ejemplar de *Billiken,* leyendo en voz alta. Berta se acercó. Pedrito leía un texto sobre la batalla de Caseros, de la que se acababan de cumplir 106 años. Su hijo había leído la consigna de Urquiza tras vencer a Rosas, la que un siglo después retomaron los militares contra lo que consideraban una segunda tiranía. Miró a su hijo y le acarició los cabellos.

—Sí, hijo, sí. Ni vencedores ni vencidos.

NOCHES 669 A 1001

LA MEMORIA

PASEO POR CIUDAD EVITA

Nell,

por Horacio González

El sol caía a plomo sobre la Plaza de Mayo; no, no era así, ahí no había sol y el plomo, quizás, estaba por aparecer, pero no estaba bien que dijera quizás, porque estaba decidido a hacerlo, y quizás, ese quizás, establece una duda, una vacilación, algo renuente y frágil que se inclina hacia un lado o hacia otro, como si no hubiera una voluntad firme, no apenas una brisa, un resoplido de un hombre dormido sino con más levedad aun, el apagado silbido de un globo aerostático que se va desinflando lentamente a la espera de estrellarse en el prado. Hay maestros del silbido, que imitan a los pájaros. Es raro que subsista en el hombre esa habilidad, pues parece que las palabras nacen de los silbidos admirativos que luego trabajosamente se vierten en frases que pueden traicionar a la belleza en nombre de la angustia. La voluntad es concreta y cuando se tiene una decisión firme, el resto del mundo se pone entre paréntesis. ¿Qué hace aquí esta tierra húmeda que me rodea, que cubre de barro mi silla de ruedas, que no se detendrá más que ante el desganado pajonal atrapado ya por las últimas ondas del río perezoso? No hay reflejos en las aguas porque entonces no había sol, y de los elementos de la naturaleza que mencionan los filósofos, yo solo percibía la tierra y el viento, aunque sabía que el río estaba ahí cerca, no en vano se llama barranca ese lugar, no llega a ser una hondonada, como sé que es mi vida, que fue mi vida, una angostura infinita, de una manera u otra, agua, viento y barro, que siempre están en nuestros horizontes. Pero era de noche, sin sol y sin luna, con la estación abandonada ahí cerca, una estación abandonada de un ferrocarril abandonado, que poco a poco se oxida, como el puente que une los dos andenes y antes era rojizo y ahora está meramente descascarado. Y los leños que mantienen fijos los rieles se van carcomiendo, como se ha carcomido mi vida de militante. Se van socavando por dentro como una conciencia. A esos leños los llaman durmientes, a los que les debe costar dormir cuando pasan los trenes, pero si ahora no pasaban, ellos podían juntarse más cerca de su nombre, paralelos al suelo, tiesos y sin respirar. Duermen como yo dormiré en un momento más, pero para siempre, dormir así, sin que nada me interrumpa y sin saber si algo me interrumpe, porque el sueño que me espera es definitivo y nadie sabrá cómo llamarlo, y yo mismo me desharé de cualquier posibilidad de nombrarlo. Seré el sin nombre, alguien que llevaría mi nombre si yo pudiera dárselo, y si a otro se lo dan, será para recordarme como un hombre en desgracia, sobre todo mis amigos que ahora empuñan mi silla de ruedas para que establezca en mi soledad íntegra, sin absolución, mi pacto con el sol que me cae en la sien como un plomo, que se inserta sin inmutarse ante el estropicio que crea. El sol con su negro brillo penetrante, inubicable en el cielo, pero sí en mi cabeza, donde cae a plomo, que viene directo a alojarse como partícula enérgica y erguido y sin tropiezos hacia donde corresponde. En esta noche quemada junto a la estación indefensa. La silla de ruedas tropieza con algunas irregularidades del terreno, deja huellas que luego se secan y adquieren formas de terrones obtusos, deformes. Los que manejan mi silla rodante, carromato fúnebre, ortopedia donde finalizan las cosas, son los conjurados con mi muerte, saben lo que hacen porque yo mismo creí que sabía lo que hacía, al obligarlos a ser el cortejo al que le prohibí la culpa, pero no el lamento. Para poder convencerlos de que estén ahí atrás, pisando charcos, enfundados en camperas oscuras, hundidas en la oscuridad ambiente, cuestión por pensar de esa prolongación nocturnal en las vestimentas, tuve que ser enérgico, rabioso y escatológico. ¿Cómo convencer a los amigos de que ya no se puede más? ¿Hay un límite o siempre es posible un paso más? No en mi caso, inválido, sin poder moverme, sin ayuda, perseguido, sin refugio, sin el hogar que me parecía que era una palabra o un concepto que le podía dar a la militancia un sentido y ella dárselo a él, en el sentido de la situación del clandestino, un hogar errante. El hogar del nómade, pero siquiera esa errancia estaba más, con el agregado de que se trataba de armas, la única forma de hacerse sentir, de equiparar el tamaño de las expectativas con la dimensión del peligro. O a la inversa. La decisión estaba tomada, el sol caía a plomo, pero era noche, yo no podía seguir, aunque se me dijo, en un color de voces múltiple, que era posible seguir porque siempre es posible hacerlo.

No es verdad. Los vínculos se fueron cerrando, la ciudad era hostil, yo era una carga para quienes más me importaban, y no digo esto por la molestia que me causa haber dicho antes la palabra plomo, de tantas significaciones, para alguno podrá ser una aleación magnífica, es noble la profesión del plomero, pero para mí ingresa de manera oscura, trenzada en muchas cuerdas confusas, en mi voz, la voz con que escucho decirme esta palabra, este concepto, esta notable alusión a una bala y al sol. No había sol, los amigos de esa noche, séquito que maldecía su misión, repudiaba el grisáceo sonido que ahí cerca ofrecía el Río de la Plata, nombre mineral del agua. Divisábamos áreas diferenciadas entre un cielo sombrío y la línea de juncos fundidos con siluetas azabaches que se mueven al compás del clima proceloso, amenazantes. Los amigos atónitos que empujaban mi viaje final resbalaban en ese limo caprichoso, hacía frío, se hundían y se manchaban sus abrigos, pero se levantaban como autómatas regidos por una fuerza inapelable, se sacudían la ropa y seguían. Me llevaban; como títeres sin cabeza. Quería ese borde, quería ese río. Supe de las cárceles, de las columnas que se engrosaban con cánticos y banderas, fui un hombre armado, no sé si algunos pudieron decir que no les tembló el dedo al apretar el disparador, pero a mí sí. A mí sí me tembló el dedo, un insignificante dedo que al temblar advertía de algo, de que un disparo no es una decisión de la historia sino que puede ser también la contingencia de una mano temblorosa, que conoce poco de sí. Todo me impide moverme, los que empujaron mi silla de inválido no hubieran querido hacerlo, ya lo dije, pero somos seres racionales, yo creo también que la revolución tiene sus vacilaciones, esperas y desvíos, pero es un acto racional. A veces la razón indica que no hay más caminos y se extingue para algunos su fervor dialéctico. Este es mi caso. Llevo a mi sien la pistola que unos años antes incautamos de un agente del Estado, eran acciones ingenuas y fáciles. Quizás sea mi homenaje luctuoso a ese hecho. Mi dedo, presumo, esta vez no va a temblar. La bala que tengo en la espina dorsal y me inmoviliza no es la misma que saldrá del oscuro caño que apoyaré en mi cabeza, pero sin que sepa explicarlo bien y sin que tenga ya el tiempo necesario para reflexionar, oprimo ya el percutor y siento que sale la bala, casi igual que aquellas

otras, que retornan a mí por mi propia mano. La noche se hace aún
más hosca, el postrero oleaje del río, que parece calmo pero es agitado,
en el último instante rompe con inesperada reciedumbre sobre la barranca, y las huellas que dejó el rodado se irán secando y se integrarán
en poco tiempo más, al barro original.

*José Luis Nell fue militante armado del peronismo; inválido por una
herida de bala recibida en Ezeiza el día del regreso de Perón, llegó un momento en que quedó sin asistencia y decidió su suicidio al borde del Río de
la Plata, a la altura de donde entonces había una estación abandonada
de ferrocarril, hoy convertida en un tren turístico.*

Las máscaras del General,

por Alejandro C. Tarruella

Cuando bebas agua, recuerda la fuente.
PROVERBIO CHINO

Ninguno de los compañeros me avisó que cuando uno se encuentra de pronto frente al General, se queda tieso como si lo hubiesen enyesado; no atina a decir palabra, la boca se le va secando y los nervios se congelan en una nebulosa terca. Yo era apenas dirigente gremial metalúrgico de la Siam, al que llamaban para ir en una pequeña delegación a Madrid a verlo, y no tenía la menor idea acerca de cómo pararse frente a él. Me convocaba Juancito, el delegado general de la fábrica, y así viajaría a Madrid a un encuentro gremial con organizaciones de España y, sin que nadie supiera nada, había un secreto, íbamos a ver al General en su residencia de Puerta de Hierro. Nadie debía saberlo. Íbamos Juancito, el compañero Salvatierra y yo.

Hubo que preparar valijas, aquí era mayo de 1967, aquí era dictadura y allá, verano. Nos pidieron que llegásemos a verlo con riguroso traje gris, camisa blanca y corbata azul, parecíamos empleados públicos. Y así fue que arribamos a Madrid, al aeropuerto de Barajas, y horas después hablábamos de nuestra experiencia a los sindicalistas españoles. A esos muchachos les interesaba conocer la experiencia de la resistencia, las huelgas, la toma del Frigorífico Lisandro de la Torre, la lucha contra el ejército, y en particular el tema de los caños. Yo había participado en esa etapa tan difícil cuando preparábamos contenidos sencillos, que estallaban con tanta facilidad que más de una vez cometimos una macana y alguna persona no prevista resultaba herida. Los gallegos nos comprendían a medias porque ellos, después de la guerra civil, no eran capaces de tirar una piedra. Juancito era el más experimentado de nosotros, pero no dijo jamás esta boca es mía, y escuchaba o hablaba únicamente de la acción gremial presente.

Nos habían instalado en un hotel pequeño ubicado en La Gran Vía, una avenida ancha que nos recordaba a la Avenida de Mayo. Allí esperábamos la orden del General para verlo en su residencia. Por fin llegó el día. Fue en la noche, cuando nos estábamos preparando para dormir, que Juancito entró en la habitación que compartía con Salvatierra, y anunció que había llegado el gran día.

—¡Compañeros! ¡Llamó el General en persona y me dijo que mañana a las ocho de la mañana nos recibe en su residencia! Así que a dormir y nos levantamos a las seis y media para prepararnos –exclamaba.

Dormí contento, ¿qué más podía pedir un compañero trabajador que ver a su General en su casa y conversar con él? Me imaginé contándoles el encuentro a los muchachos, de regreso, en la fábrica. La noche se hizo larga y desperté varias veces transpirado, era el presagio del encuentro.

Poco antes de las ocho, luego del desayuno, subimos a una combi y partimos, el tiempo corría como un viento del sur.

—Tengo una rara sensación, me parece y no me parece que estoy en este viaje –les dije un tanto inspirado.

—No se preocupen, muchachos, lo mejor es hacer como si fuésemos a un pícnic y dejemos que las cosas nos sorprendan porque esto es muy fuerte –propuso Juancito sonriéndose porque era la primera ocasión en que lo iba a ver. Había visto varias veces la entrada a Puerta de Hierro en *Crónica*, que le jugaba derecho al General, me di cuenta de que esa era la casa cuando vi las plantas, las flores y esos perros pequeños que siempre fotografiaban junto al General. La combi se detuvo en la entrada y unos tipos de riguroso traje negro, recibieron a Juancito, uno de ellos lo estrechó entre sus brazos. En el ambiente del encuentro recuerdo que había mucho papel, libros, cuadernos, agendas, biromes, banderas y banderines, lapiceras y lápices, cuadros del General con políticos de diferentes países, algunos cruzados por una firma. Alcancé a distinguir a De Gaulle en una foto firmada.

El General nos saludó con su amplia sonrisa y cuando fue mi turno quedé paralizado, la boca seca como si hubiera mordido arena y no pudiera echarla afuera, los ojos fijos en la sonrisa de ese hombre que parecía demoler humanidades. Mis oídos parecían haber quedado fijos en un sonido incomprensible y así, mientras se desplazaba entre uno y otro de los muchachos, me habló, y tuve que recuperarme abruptamente para comprender lo que me dijo.

—M'hijo, no se me asuste que soy de carne y hueso –alcancé a reconstruir entre sílabas perdidas y palabras que ardían en mi cabeza.

En un breve recorrido por ese ambiente, el General lo ocupaba todo porque las miradas del conjunto se reunían alrededor de su figura imponente. El encuentro fue breve y él habló de la necesidad de estar firmes ante el intento del gobierno de aquellos años, el presidente era el general Onganía, de quebrar el poder del movimiento obrero organizado; finalmente resaltó nuestro papel en el gremio. El mundo giraba en torno a su figura. Al concluir el encuentro, Perón le habló a Juancito.

—Juan, preciso que esta tarde, uno de sus muchachos venga con usted para ayudar a mi gente porque esta noche vamos a reunirnos con algunos políticos españoles –le dijo.

Juancito giró frente al General, me miró y me pidió que luego de almorzar nos reuniésemos para regresar a Puerta de Hierro. Así fue que horas después estaba nuevamente en la casa del General, que me pidió que lo ayudara a ordenar unos libros que tenía desordenados, uno sobre otro, otros abiertos y marcados con señaladores, porque allí iba a haber una reunión. Me encontré con un tipo increíble que se avenía al diálogo sin vueltas como si fuésemos amigos desde siempre.

—¿Qué es lo más difícil para usted que tiene como misión conducir nuestro movimiento? –le pregunté a bocajarro. Parecía que la pregunta no la hubiese hecho yo.

—Hay muchas cosas difíciles, m'hijo, para un conductor, y a todos los embates hay que llegar con una sonrisa en la cara y la voluntad –me confió–, pero lo más difícil, quiero que me crea, es algo que la gente desconoce. ¿Usted se dio cuenta de que siempre estoy dispuesto, de buen ánimo, con ganas de verme entre mucha gente?

—Sí, mi general –respondí casi automáticamente.

—Pues bien, entonces voy a su pregunta: lo más difícil para mí es poder sacarme la máscara de Perón que me acompaña desde hace muchos años. ¿Me comprende?

Me estremecí al escucharlo. No tenía la menor idea de que había una máscara. El General continuó su exposición.

—Verá que todos tenemos una marca, una disposición a representar un personaje que es lo que se crea en la acción. Ahora, hay un instante de mi vida, cuando llego a mi casa, me visto con la bata y estoy a punto de irme a dormir, cuando esa máscara debería caerse. Pues bien, no sabe lo que me cuesta sacarla, imaginar hacerlo, porque está adherida a los huesos por la fuerza de los años. Es muy poco lo que tengo, y una de las cosas que me pertenecen, con dolor y alegría, es esa máscara –el General se detuvo y me miró antes de continuar–. ¿Usted me entiende, compañero?

—Más o menos y se me viene a la cabeza otra pregunta –percibí que él tomaba nota minuciosa de quién era su interlocutor.

El General esperó que la persona que entró a traer un café lo sirviera, luego habló.

—Hágala, porque casualmente, en este preciso momento me siento como quien se está sacando la máscara –sonrió y me dijo, cómplice–: Ayúdeme a arrancarla por un rato.

—¿Cómo es que tiene pocas cosas, General? –titubeé.

El General me entregó una sonrisa a pleno que denotaba cierta confianza ganada en el camino de la conversación. Dio dos pasos hacia la biblioteca, tomó un libro y me lo alargó. Era un ejemplar de su libro, *Conducción política*.

—Después se lo firmo porque quiero concentrarme en su idea, por favor, siga.

—Gracias, General. ¿Cuáles son las cosas que le quedan si ha perdido muchas en su lucha? –insistí con otra pregunta.

—Usted sabe que he sido despojado de mis bienes por los gobiernos militares. Entonces tengo pocas cosas además del cariño de mi pueblo, y una es la más notoria, la que nadie va a reclamar de un hombre mayor, un conductor que resiste a los tiranos y los falsarios. La adversidad, m'hijo, la adversidad. Ha sido mi compañera por muchos años y hemos aprendido a comprendernos. Créame, compañero, que si no la tuviera hoy entre mis cosas, ella y yo nos extrañaríamos como un padre y un hijo separados por la distancia.

Quedé pensando ante su confesión y escuché que decía:

—Recuerde usted mañana lo que le voy a decir ahora, la adversidad es un personaje central en la vida de un conductor como yo. No se la ve de frente y cada día, porque ella y yo tenemos algo en común: la máscara. Si uno, en su pobreza de recursos tiene una, la adversidad usa muchas otras.

—¡A la mierda! –exclamé sin pensar lo que decía; el General se echó a reír.

—Eso es lo mejor, compañero, ve, usted dijo algo que no tenía previsto conscientemente, y eso es lo que preciso yo para al menos aflojar el peso de mi máscara.

—¿Usted sabe que ahora lo comprendí, General?

—¡Gracias, compañero! Ya ve, siempre es bueno salirse de uno por un rato, como si desorganizara cierto orden natural de las cosas, y entonces, la máscara es el rostro en el que nos reconocemos con el pueblo, y con él podemos reducir el peso del azar y ganar en organización para superar las trampas de la realidad.

Me resultaba extraño poder comprender todo lo que decía, pero esa impresión no estaba dentro de mí sino afuera, en un lugar indescriptible, como si yo mismo me hubiese calzado, para esa ocasión, una máscara de otra humanidad. Con la suya, pensé de pronto, el General parecía dispuesto a atravesar la adversidad. Y quise que todo mi sentimiento fuese verdad.

Me fui con ese recuerdo a Buenos Aires. Sus charlas fueron inolvidables. Dos semanas antes de ese fin de año, al llegar de la fábrica a casa, me encontré con una notificación que me informaba sobre una encomienda que me habían enviado y estaba en la sucursal del correo del barrio. Intrigado, fui de inmediato a buscarla, ya que no era habitual que me enviaran ese tipo de recados. Llegué nervioso, hice la cola y en la ventanilla el empleado tomó su tarjeta de notificación y me informó:

—¡Ah!, es de España, ya vengo –y se dirigió a una oficina. Al regresar traía un paquete no muy grande, medio redondeado, que podía ser llevado con una mano. Firmé unas planillas, le agradecí al empleado y me fui a sentar porque no aguantaba volver a casa sin conocer su contenido. Perdí la noción de que me encontraba rodeado de personas que iban y venían despachando cartas, cobrando giros o recibiendo encomiendas. Me senté y abrí con cuidado el paquete rigurosamente cerrado, sostenido por cintas engomadas que pude abrir recurriendo a una de mis llaves.

Al abrirlo, encontré el rostro severo de una máscara que me pareció africana, tallada con sumo cuidado y atravesada por recortes cuidadosamente planeados en un material oscuro que podía ser madera o alguna amalgama. A un costado había una carta rectangular. La abrí, leí el nombre Juan D. Perón en imprenta y me estremecí. Levanté la cabeza para mirar a mi alrededor como si tuviese un peligro cercano.

"Estimado compañero: Deseo que cuando lleguen estas líneas hasta Ud. se encuentre bien con su familia y sus afectos. Le deseo una buena Navidad y un mejor Año Nuevo junto a ellos."

Y seguía más abajo: "Verá que le envío un obsequio que guarda relación con una conversación que tuvimos en Puerta de Hierro. La máscara es de Beni, un país africano que lucha por su liberación, y la hicieron unos campesinos con una larga tradición en artes y vivencias. Verá que esta réplica de máscaras de historia puede colocarla en su rostro y luego la retira cuando usted lo disponga.

"No le dije en nuestra conversación algo que pude descubrir al ver esta obra de arte que le obsequio con mi estima. Para nosotros que hacemos política, toda certeza es un manojo de llaves con una particularidad: no siempre la misma llave abre la misma certeza. Por lo tanto yo, que alguna vez dije y escribí que 'la organización vence al tiempo', no alcancé a saber que en política nunca existe la última palabra. Cuando lo descubrí, lo anoté en mi libreta, le puse la fecha del hallazgo y pensé de inmediato, tengo que compartirlo con el compañero con el cual divagamos acerca de las máscaras."

Cerraba la carta con un abrazo y su firma inconfundible. Me puse de pie lentamente y eché a caminar; me sentía otro como si esa máscara me arrancara mi propia historia sencilla de hombre de trabajo, y me llevara a otra existencia. Siempre en mi mismo cuerpo.

El General Perón va en coche y vive,

por Juan Sasturain

Por esta vez, por esta única vez, el conductor ya no conduce nada.

Lo llevan –un espléndido cadáver de hombre grande–
y está tan bien muerto en su cajón final que no se entiende
por qué no agarra él mismo las o sus manijas,
se lleva y trae como siempre, como entonces o como
cualquier otro adverbio de tiempo perdido.
Pero acá no hemos venido a hacer dormir a nadie –decía León Felipe–
y el verso funebrero es cosa de hombres pelados que leen un papelito
rodeados de sobretodos y una mujer que estruja –siempre estruja–
o lagrimea mientras el resto tose, escupe, cabecea, se da vuelta.
Tampoco estamos frente a este hombre desocupado,
olvidado de todo menos de su propio peso muerto
para despertar a los ciegos, abrirles los ojos a los sordos
hacer caminar los uniformes en el sentido de la historia
o cualquier otra empresa estúpida o sentimental.
No. Hablamos para decir que está vivo.
Usamos de la palabra –así se dice– para nombrar un vivo cadáver,
el que fuera en vida y en cadena Excelentísimo Señor Presidente
de la Nación Argentina, Teniente General Juan Domingo Perón,
Juan Perón para el pueblo o mejor PERÓN a secas
como siempre dijeron sin mentir sus curtidos documentos:
la más hermosa música que se llevó de la plaza,
las elocuentes paredes con ve corta.

Este poema de cuerpo presente habla sin voz del que nosotros
llamábamos el Viejo, el General y que ahora es Nadie,
un agujero incómodo en medio del pecho o de las tetas
de una república con espinas en el campo y un cielo sin estrellas.
Eso es: un agujero en la media de la Patria
por el que no sale el sol de Tuñón ni alumbran más
las estrellas del versito.

El General es una piedra caliente entre las manos,
el innombrable, el loco, un pariente peligroso.
Es el clásico viejito de una mala película argentina,
que supo dejar todo a un único y múltiple heredero
que anda perdido por ahí o desmemoriado
por un falso Migré que le escribe los libretos.
Mientras tanto, en los pasillos, sobrinos con su apellido político
no saben qué hacer con una pilcha que les queda grande,
les va ancha de hombros, no pueden llenarla por abajo
se deforma de tanto tironeo... Y no.
No, sobrinitos. No es cuestión de tantas unidades
más o menos básicas. Hay que agarrar las banderas
y no las manijas, compañeros.

Y explico algunas cosas –dijo Neruda– o explico un poco más.
Cuando un pueblo y un hombre que se han amado se separan
–Molina habla de una mujer, un hombre y "esa cobra de oro, el
orgullo"–
nada de lo que ha quedado tirado por el alma o el piso,
flores, puteadas tristes, vasitos de un oportuno cafetero,
sirven para cerrar una herida de labios definitivos.
Las cosas que tienen labios –la boca, un sexo de mujer, esta herida–
nos llaman como un náufrago o como una isla
para la que el náufrago somos nosotros.

Una herida es una boca contra natura, una sed innecesaria,
el desencuentro que puede ser la muerte, el desamor o los milicos.
Cuando un hombre y un pueblo que se han necesitado se separan
fluye la sangre, hay un crujir de parto o
de muerte, de cordoncito arrancado.
El pueblo cae en la historia como a un estanque o mar,
colea, busca orillas, se esconde de todo bicho dientudo,
chapotea en el error o una verdad que inaugura
y no le sirven las fotos y recortes, su color nostálgico de ojos.
Cuando un pueblo y un hombre que se han amado se separan

solo lo que queda tirado por la historia
como miguitas de un festejo compartido
puede calentar a la memoria. Solo una marcha que vuelve
como una ronda antigua que habla de puentes de Avignon o Avellaneda
nos despierta la garganta.

Para arrimar los labios de una herida, la fractura de la historia,
las piernas de una dama –la patria emputecida, tal vez–
hay que juntarse primero. O sea: los pedazos personales
y después los demás que sumamos hasta ser nosotros.
Para arrimar los labios de la herida, el desgarrón,
el hueco que dejan los viejos como el Viejo dejador.

Pero volvamos: por esta vez, por esta única vez, el conductor
ya no conduce nada. Nadie maneja.
La historia –la patria– tira hacia un lado, hacia otro,
mañerea como una yegua que no entiende de buenos pastos,
de domas suaves o de comunidades organizadas.
Una yegua, eso es. Y coquetea con sus verdugos:
Le pone el anca al coronel, lame
la mano del banquero,
suele trotar por unos años mal montada y soportar
que algún inglés le haga sangrar las ingles,
que otro le diga obscenidades o la maltrate con sinceramientos,
que nadie la enlace con la firme ternura del Viejo, el Domador.

Ah, Celedonio Barral... –¿eh, Leopoldo?– el que sabía
domar un potro y hasta una patria tal vez
como quien sabe templar una guitarra.

Porque domar una patria es como templar una guitarra.
Y el que sabía apaciguar las llamas, explicarle al fuego
el agua necesaria o persuadir al verdugo con la bordona en guerra
y la prima vibrando en paz; ese no está.
Ese que leía entre líneas a la multitud y se paraba

frente al oleaje de la plaza y lo abría y lo cerraba
como al Mar Rojo, y el mar lo salpicaba, lo chamuscaban las llamas...
Digo, cuando hablaba el conductor. Pero ya no conduce nada.

El año dos mil encontrará al General desperdigado pero libre.
Repartido su nombre, como sus huesos sonoros en un cajón olvidado
por el que ruedan como sordos ruidos de cárceles y de aceros.
Libre en las paredes rodará el conductor, libre de cárceles
rodará el pueblo en general, el pueblo del General,
ese que ahora, así de muerto, va en coche y vive
sin Borges que lo cante ni estatuas con su nombre.

En la mañana de diciembre, la Argentina despierta, se apoya
lentamente en un codo, oye ruido en la calle y va a salir.
Es el coche del General que pasa.

La lluvia en el pasado,

por *Elizabet Jorge*

Bruscamente la tarde se ha aclarado
Porque ya cae la lluvia minuciosa
Cae y cayó. La lluvia es una cosa
Que sin duda sucede en el pasado.
J. L. BORGES

Escuché tu mensaje tres veces. No sé de dónde habrás sacado mi número (seguro que fue Claudia, cuando la encuentre la mato). Me preguntás si podemos vernos, si tomamos un café. Tu voz no cambió. Ni tu risa grande de después de anunciar alguna estupidez, ni la carraspera de la incertidumbre al final de una propuesta.

Tu voz no cambió nada, tampoco el tono de tus preguntas que siempre parecen pensadas para respuestas inciertas.

Si tomamos un café me preguntás una, dos, tres veces, a repetición, como la lluvia que suena cerca y se siente lejos. Tamborilea en las baldosas del patio y salpica los vidrios, como cuando te vi a través la ventana del Gran Victoria. Cruzabas desde el Cabildo hacia la Plaza de Mayo, con el redoblante y los bombos de la Juventud Universitaria Peronista, ibas erguido siguiendo el ritmo con la cabeza.

Tu imagen se proyecta en el recuerdo detrás de mí que te escribo de espaldas a la ventana. No quiero sacar la cuenta de los años que pasaron.

En el Gran Victoria, estábamos Claudia y yo escapadas del colegio, tomando chocolate caliente con medialunas.

Vuelvo a escuchar tu mensaje, voy a tomarme un café ahora.

Dejo de escribirte y de paso hacia la cocina, guardo el celular en el bolsillo, lo vuelvo a sacar y leo su pantalla como si fuera un códice secreto. Pongo un pocillo con café en el microondas y en cada giro que da, te veo. Sacudías tu cabeza y marcabas el ritmo como un director de orquesta. Todos unidos triunfaremos. La lluvia repiquetea en el patio, como si fuera el SOS de un barco perdido en altamar telegrafiando desde la bruma del pasado.

Vuelvo con el café al escritorio y me siento a tratar de escribirte una respuesta.

"Querido:"

No se me ocurre nada.

El frío se hace más intenso, cierro la ventana, tomo el café apenas tibio. Otra vez de espaldas a la lluvia, frente a la pantalla, que me da opciones: Seleccionar todo. Borrar. Cerrar.

Cierro y me voy sentar al living. Desde la habitación de Victoria se oye Nirvana. Kurt Cobain grita desesperadamente desde un video; nadie creería que murió hace años. "La pasión no sabe nada de fantasmas", pienso, mientras acerco el celular a mi oreja y escucho tu voz tantas veces como la quiera escuchar. Mi memoria la había cerrado con un candado por cada año que pasó. Ahora en cada repetición del mensaje, los candados se abren, uno por vez. Ya casi te veo a contraluz como aquel mediodía, parado frente a la ventana del Gran Victoria, cuando volvías del acto en la Plaza. Te sonreí, y entraste.

Estalla un trueno, vibra en los vidrios de la casa, y se diluye en el tintineo de las llaves de Eduardo —estoy casada con Eduardo, ¿sabías?—, acaba de entrar y me dice hola. Sus bigotes rozan mi mejilla en algo que podría ser un beso.

—El volumen de la música es una locura, ¿cómo podés revisar los mensajes así?

—Victoria, bajá la música, llegó papá. Bajá la música, ¿me oís?

Mi celular suena otra vez, suena como un redoblante, abriendo en cascada las imágenes que tanto tiempo tardé en encerrar. Vos ahora las enviás todas juntas en un archivo que bautizaste Evita Eterna.

Borro tu mensaje, y cada una de las fotos. Vuelvo a la cocina con tu número guardado en la tarjeta de memoria.

Enciendo el fuego, los vidrios se empañan. Y desde adentro, desde el lado de la tibieza se me aparece tu sonrisa, esa de cuando querías convencerme de algo.

"Venite para la Básica, el 25 de mayo hay reunión". Fui y aquella vez canté el himno, olvidando la solemnidad de las escuelas con una fuerza que no imaginaba, a voz en cuello y saltando. Con vivas y corolario: "yo te daré, te daré patria hermosa, te daré una cosa una cosa que empieza con P: Perón".

La lluvia hace una tregua, Eduardo mira el noticiero. "Otra vez, estos negros de mierda", dice. Entonces te veo, de verdad te veo, ahí estás agitando una bandera en la Plaza.

¡Qué tentación, ex vida mía, qué tentación! Cuando la vea a Claudia la mato.

por Mariano Abrevaya Dios

Paco y otros cuatro voluntarios apilan arriba de los baños las donaciones que les hacen llegar desde el piso un grupo de soldados. "Por favor cambiame de lugar que se me está rompiendo la espalda", le pide a Paco un grandote que tiene la remera bañada de transpiración. "Dale", concede él, y hace el enroque. Cuando se agacha y estira los brazos hacia el vacío para recibir el primer bulto, lo ve: espigado, de ojos claros, con la chaqueta fuera de los pantalones de lona color caqui. El cabo también lo mira.

Se trata de un instante, efímero e inquietante, ya que al escuchar el llamado de un superior, el soldado rompe fila y se pierde por un pasillo. No lo sabe, o no le importa, pero tiene desatados los gruesos cordones de sus borceguíes.

En la calle, de cara al portón de ingreso, unos veinte militantes de La Eva Perón, con pecheras rojas y negras, descargan decenas de bolsas y cajas del acoplado de un camión, y por medio de un pasamanos las hacen llegar al centro de la antes fábrica de plásticos, justo debajo de una claraboya que hay en el techo de chapa a dos aguas.

Ahí está montado el esquema de separación, clasificación y despacho de las donaciones. Y ahí es donde Carola, amiga y compañera de Facultad de Paco, puntea cifras en unas planillas, entre un enjambre de cuerpos acalorados que se amontonan dentro de un cuadrilátero conformado por tablones, mesas de plástico, estantes y hasta una larga y vieja biblioteca de machimbre.

—¿Dónde militás? –le pregunta el grandote a Paco.

—En una agrupación de la Facultad de Económicas de la UBA –contesta.

—¿Vos?

—Soy de acá, de las afueras de La Plata. Me dicen Rulo y soy el referente político de la unidad básica del barrio.

—¿Acá golpeó fuerte la inundación? –indaga Paco.

—Hubo muchos problemas pero los que la pasaron mal están en la zona sur. Para allá estamos mandando la mayor parte de los camiones. Se quedaron sin nada.

El Rulo mide un metro noventa y debajo de los ojos tiene dos bolsas de papas. El pelo negro y enrulado le tapa parte de la frente y en el cuerpo y en la remera de su espacio político acumula mugre de varios días.

—Este galpón es una de los seis sedes del comité de crisis que montamos las organizaciones populares y los organismos estatales para hacerle frente al desastre. Acá estamos a cargo nosotros. No dormimos hace tres días –cuenta, agitado.

—Terrible –devuelve Paco.

—Fue muy duro para todos, sí. En especial para los más pobres, pero estoy convencido de que van a salir adelante, como lo hicieron siempre –resume el otro.

Paco tiene mucho calor. Lo sufrió toda la vida. No tolera la ropa adherida a su cuerpo. Le molesta la transpiración. Lo está aniquilando el techo de chapa, a un metro de su cabeza. Ya le gustaría bajar de allí arriba. Tiene hambre y ganas de fumar.

Luego de unos instantes de duda, pregunta, le dan el visto bueno y baja. Vuelve a dudar, hasta que decide ir con Carola. Ella, al verlo venir, le hace un gesto para indicarle que pase por debajo de una tabla.

El esquema es sencillo y funciona a toda máquina. A medida que un grupo de militantes de un sindicato del cuero llena con alimentos las bolsas negras para residuos que irán a los barrios, otro grupo, de un sindicato gráfico, cruza los bultos con la mercadería que solicitaron las unidades básicas, clubes, parroquias, sociedades de fomento y centros culturales del sector de la ciudad que tiene asignado el galpón.

Carola es una de las que tienen a su cargo la actualización de la información.

Circulan dos mates y un cenicero de vidrio rebasa de colillas de cigarrillos. Una abuela, con la voz ronca, le da indicaciones a su nieto para que deposite más rápido las lentejas en las bolsas. El nene tiene puesta la remera de Gimnasia.

—Tiene el destino marcado –le señala la señora a Paco cuando lo pesca atento a sus indicaciones–. Yo militaba en la Jotapé y mi hijo está en los Descamisados. Ahora estamos todos juntos acá ayudando a los que más lo necesitan.

—Tradición familiar —arriesga Paco.

—Peronismo —sintetiza ella.

Un grupo de pibes de la agrupación 27 de Octubre, en una punta del galpón, replica la misma técnica de armado de bultos, clasificación y cruce de datos, pero con los artículos de limpieza, la otra gran demanda que llega desde los barrios. Visten pecheras blancas.

En el pesado aire de la antes fábrica flota una obligación moral de trabajar sin descanso ni distracciones. Por momentos, a pesar de haber unas cien personas trabajando al unísono, no se escucha más que un murmullo sordo, el sonido de las latas, los bidones y las bolsas que raspan el cemento del piso, los motores de la calle.

Pasado el mediodía, Paco y Carola por fin cortan unos minutos para almorzar. Camino a la calle, Paco se cruza con el Rulo y le tira la idea que venía rumiando en su cabeza desde hacía un rato:

—¿Me avisás cuando salga un camión para algún barrio, así me sumo?

—De una —devuelve el otro, que enseguida atiende un llamado en su celular.

—¿Un almacén por la zona? —alcanza a preguntar Paco.

—Dos cuadras para allá.

El sol es una gran esfera dorada clavada en el medio del cielo azul. Para los vecinos y vecinas del barrio probablemente signifique un milagro, ya que se trata del segundo día de sol luego de casi una semana de haber sufrido un temporal de lluvia y viento. La calle está llena de ramas, hojas y basura, aparte de árboles caídos y zonas anegadas por el agua sucia y el barro. Un olor nauseabundo gana el lugar cuando sopla una brisa.

Mientras caminan, Paco piensa en que estuvo bien en animarse a ir a los barrios más castigados. Hay que poner el cuerpo. También piensa que debería haber fumado recién, en el corte de tareas. Ahora ya está. Nunca lo hace mientras camina. Tiene que sentarse, o acomodarse. Disfrutar de la ceremonia.

Carola rompe el silencio:

—No sé vos, pero a pesar del clima de entusiasmo y compañerismo que se respira en el galpón, es todo una cagada, ¿no?

—Sí, mirá las caras de esta gente –dice él mientras le señala con la ceja la cara de fastidio de un hombre que está de pie en el ingreso de su corralón.

—Y no vimos lo más duro, que sin duda está en los barrios. ¿Vos vas a ir para allá? –dice ella.

—Sí. ¿Vos no querés sumarte?

—La verdad que no. Prefiero los paquetes de arroz, la lavandina y las planillas.

La fiambrería es un ambiente de tres por tres que en una pared tiene una góndola con una docena de artículos de primera necesidad, y en el fondo, la heladera-mostrador. Al joven que los atiende le piden salame, jamón cocido y queso. También medio kilo de pan francés y un sobre de mayonesa. Por último, una bebida fría, sin gas.

—Están acá en la fábrica de ladrillos, ¿no? –dice el joven, mientras los mira de reojo.

—Sí –confirma ella.

—Ah, porque a nosotros se nos inundó todo y no vino a vernos nadie. Paco le pregunta dónde vive.

—Estoy como a treinta cuadras, hacia el sur.

—¿Tuvieron que dejar la casa? –quiere saber Carola.

—No. Con mi señora y mis dos nenes nos subimos al techo. Pasamos toda la noche ahí. El agua nos arruinó todo. A los vecinos, igual. ¿Sabés lo que eran los gritos de desesperación en medio de la noche?

Carola se lo imagina. Paco no.

El fiambrero tiene pelo negro, rasurado en casa. Ojos achinados que ahora brillan por la impotencia. Respira de modo agitado. Carola le pregunta si están cobrando la Asignación por Hijo. Sí. Le consulta si presentaron los papeles para acceder a los beneficios que anunció el Estado nacional, hace pocas horas, por la inundación. No.

Mientras el joven envuelve los trescientos gramos de fiambre, Paco le dice que uno de los encargados del operativo se va a acercar para hablar con él. Que posiblemente le dé una mano. El otro los despide con un gesto de resignación.

Paco y Carola ahora almuerzan con voracidad frente a una mesita de plástico, bajo una sombrilla azul del Frente para la Victoria, en la parte de atrás del galpón. La gran mayoría de los militantes y voluntarios también pararon para comer, dentro y fuera del edificio. Muchos cierran los ojos aunque sea por un par de minutos. Luego, por fin, Paco fuma un cigarrillo (se lo pidió a ella). Carola aprovecha para preguntarle por su situación amorosa.

—Mal –asume él, y agrega–: Estoy caliente como una pava. Necesito estar con alguien para levantar el ánimo. Ella sigue con el pibe de siempre. Sin novedades.

Cinco minutos después, el Rulo le pega un chiflido a Paco desde la esquina:

—En un toque sale un camión y queda un lugar –le avisa–. Venite ya.

Paco se pone de pie y luego de saludar a su amiga con un beso en la frente, encara para el frente del edificio.

Junto al Rulo y otros voluntarios, Paco se pone a cargar en el acoplado del camión varias docenas de bultos con alimentos y artículos de limpieza, aparte de un par de docenas de listones de madera, chapas, colchones y bolsas con ropa. Luego suben ellos. Son unos veinte. Un compañero del Rulo se acomoda entre el chofer y un soldado: el cabo.

***

Durante el viaje hacia el barrio La Lagunita, el Rulo compartió con Paco un diagnóstico de la realidad nacional, hasta antes de la tragedia platense, y luego se animó a predecir que la enorme demostración de fuerza y organización del campo nacional y popular, por medio del operativo, favorecería la imagen pública de la política y en particular, de Cristina. Hablaba en voz alta y en el acoplado varios le prestaban atención. Paco se extravió en una parte del análisis, y cuando vio que el otro hacía un silencio para encenderse un cigarro negro, le preguntó por la relación con los militares.

—El sargento primero, a cargo de los soldados, y que ahora está conduciendo el camión –y señaló hacia la cabina– una tarde me confesó que así como nosotros somos el brazo político y social de la presidenta, ellos son el brazo armado –dijo.

Paco desconfió de semejante declaración, pero el Rulo parecía sincero. Le causaba gracia la panza que le asomaba por debajo de la remera azul de La Organización vence al Tiempo.

Paco le contó, con congoja, la historia del fiambrero. El Rulo le dijo que iría a verlo a la vuelta y le pegó una larga pitada al cigarrillo negro, hasta quemarlo. Paco tuvo el impulso de pedirle uno, pero decidió esperar para fumar con su amiga, cuando volviesen.

—Hace tres días que estamos conviviendo con los soldados —retomó el Rulo—. Son buenos pibes. No tienen nada que ver con la represión de los setenta.

Paco le prestaba atención con un ojo pero con el otro venía espiando el camino.

Estaban atravesando un barrio azotado por un río que lo había destruido todo. La marca era notable. Un trazo ancho, sucio y continuo, a más de un metro del suelo, que zanjaba por la mitad los frentes de las casas, de los comercios, las persianas metálicas, los postes de luz, las paradas de colectivos. Todos los vecinos tenían las puertas y ventanas abiertas. Sobre la vereda, o en el pequeño cantero del frente, había montañas de muebles que ya no servían más: mesas, sillas, camas, heladeras, televisores, modulares, bibliotecas, lámparas. Las prendas de todos los colores y todos los talles colgaban de rejas y persianas para que las secase el sol. En algunas terrazas todavía se podía ver carpas, colchones inflables y mediasombras atadas a los árboles o a las rejas.

Los rostros de vecinos y vecinas denotaban una desolación e impotencia que nadie se animaría a cuestionar.

—Esta debe ser la peor inundación de la historia de la ciudad —tiró el Rulo.

—Y nosotros, la militancia, tenemos que estar orgullosos de lo que estamos haciendo. Ustedes que vinieron de afuera, los de acá, todos. Pensá que el Estado provincial se montó sobre nuestro operativo, y no al revés.

—Es impresionante, sí —murmuró Paco.

—Es nuestro Operativo Dorrego —apuntó el referente. Paco asintió con la cabeza, aunque no sabía de qué le hablaba. El camión había aminorado la velocidad y ahora recorría un pantanal. A su alrededor había un pequeño barrio con algunas casas de material y otras de chapa y madera, todas con marcas de agua y barro de un metro de altura. La zona había sido devastada por el desborde de una laguna.

A Paco se le revolvió el estómago.

El Comedor Popular "La Lagunita" era una construcción de ladrillo a la vista, de una planta, levantado sobre una lomada. El agua no había llegado hasta allí. Un grupo de treinta vecinos rodeó el camión ni bien estacionó de cola al costado de una placita en la que había un subibaja oxidado. El pequeño grupo de militantes, identificados con la misma remera azul que la del Rulo, contuvo a los más ansiosos.

El Rulo coordinó con la responsable del comedor la conformación de un pasamanos doble para descargar la mercadería. Los vecinos pasaron de la ansiedad al arrebato. La mayoría estaba en ojotas y pantalón corto y tenía barro hasta la cintura. Aparecieron algunos vecinos más, impulsados por la noticia de boca en boca, por los chiflidos, por el ladrido de los perros. El sargento, con el fusil colgado del pecho, tuvo que pegar un par de gritos para pedir que dejasen trabajar a los voluntarios.

El Rulo sumó su voz gruesa para prometer que nadie se quedaría sin mercadería y pidió que por favor hiciesen una fila donde comenzaba la placita. Dos chicos, en la esquina, los miraban, de pie, desde un viejo carro tirado por caballo.

Paco pasaba los bultos hacia su derecha, uno detrás del otro, de modo mecánico. El olor nauseabundo que flotaba en el aire volvió a descomponerlo. Tres militantes del comedor, debajo de la copa de un sauce llorón, entretenían a los más chicos con el juego del Patito feo. Uno de los chiquitos tenía la remera de Estudiantes y una malformación en la cara.

En un momento, Paco distinguió al cabo a unos quince metros de distancia, en la fila de enfrente. El chango le dedicó una sonrisa. Paco enseguida se reprimió: a su alrededor solo había desolación y urgencia. No había lugar para las distracciones.

Por la esquina apareció un nuevo grupo de personas. Eran del otro lado de la ruta. Tan humildes como los de La Lagunita. Querían materiales y comida. Un hombre de pelo blanco les gritó que se fueran a hacer los vivos a otro lado, que ellos no habían sufrido la inundación. Una mujer los insultó. Los recién llegados no se quedaron callados. Tuvo que volver a intervenir el sargento, con su voz de mando y el fusil cruzado al pecho.

La tensión bajó recién cuando se repartieron todas las donaciones y los materiales. Alcanzó para todos.

El Rulo invitó a Paco a conocer el comedor. Un grupo de mujeres acomodaba la ropa y los alimentos en unos estantes de chapa. Al parecer, la clasificación de las donaciones era una tarea insoslayable. Contra la ventaba había una larga mesa con alfajores y jugo de naranja para los chicos. Al lado del baño, una biblioteca de mimbre con unos libros de enseñanza primaria y algo de literatura. Paco tuvo ganas de hacer pis, pero se distrajo con un ejemplar de tapa dura amarilla de la saga de aventuras de Sandokán. Se acordó de su casa, en Banfield. "Qué bien les debe venir a los pibes para escaparse un rato de la realidad" –pensó.

—Hora de volver –anunció el Rulo después de conversar con la responsable del comedor–. ¿Vas adelante? –le pidió a Paco. El barrio los despidió pidiendo que no se olvidaran de ellos.

En la cabina del camión, el cabo quedó a cargo del volante. El sargento primero, en la ventana del acompañante. Paco, en el medio.

Pasaron cinco minutos sin que ninguno de los tres abriese la boca.

Paco, acalorado, con la remera pegada al cuerpo, e incómodo por el silencio, mantuvo la mirada en el camino de barro y en las muecas de resignación de los vecinos que los miraban desde las puertas de sus ranchos. Por alguna razón que desconocía, se le vinieron a la cabeza imágenes de la noche en que se sancionó la ley de Matrimonio igualitario. Julio de 2010. Estaba en la casa de su pareja, solo. Siguió la votación en el Congreso recostado sobre el sillón de tres cuerpos del living. Fue una noche bisagra. Para la sociedad y también para su vida. Al poco tiempo retomó la carrera de Economía, dejó el trabajo familiar en la inmobiliaria para jugársela en el área de prensa de la Sociedad de Actores y cortó la penosa relación de pareja que no terminaba de afianzarse. Por último, comenzó a militar en la agrupación universitaria.

—Es la primera vez que venís a La Plata, ¿no? –lo codeó el sargento.

—Sí, sí –reaccionó Paco–. ¿Ustedes de dónde son? –dijo sin pensar.

—Del Séptimo Regimiento –contestó el hombre de pelo negro, engominado, con nariz puntiaguda y pómulos afilados.

—¿Como el trago? –quiso ser gracioso.

—Exacto. En Arana. No muy lejos de acá. Por suerte en un rato nos relevan en el galpón y volvemos al cuartel.

De repente, Paco sintió el roce de la pierna del cabo. En un acto reflejo, corrió su pierna. Unos segundos después, otra vez. Más nítido todavía. Entonces buscó la mirada del soldado. Tenía la vista puesta en el parabrisas. El sargento, que se había largado a contar una leyenda de su pueblo, en Corrientes, sobre el desborde de un río y la hazaña de un poblador, algo captó.

Paco se dio cuenta.

Diez minutos después llegaron al galpón.

—Voy a chamuyar con el fiambrero –le dijo el Rulo a Paco, apenas se cruzaron al pie del camión. Eran las cinco y media de la tarde. El sol comenzaba su lento declive en dirección al horizonte.

***

Desde el portón del galpón, Paco observa que el cabo enfila hacia el baño. Otra vez con los cordones desatados. Tiene muchas ganas de fumar un cigarrillo con Carola, de contarle todo lo que vivieron hace un rato en el barrio. La individualiza entre el grupo de gente que sigue clasificando ropa y artículos de limpieza, pero decide dejarse llevar y sigue los pasos del soldado.

En el trayecto lo frena un compañero de su agrupación para preguntarle si tiene idea de a qué hora será el regreso.

—No sé, pero como mucho en una hora –le dice Paco para sacárselo de encima.

Ahora empuja la puerta del baño. El piso de azulejos está embarrado. Necesita un trapo, urgente. Una de las dos piletas rebasa de agua sucia y uno de los dos habitáculos con inodoro tiene la puerta cerrada. Pone una rodilla sobre el piso, se agacha, y ve los borceguíes con los cordones flojos del soldado. Se pone de pie, se baja el pantalón y comienza a orinar en uno de los dos mingitorios. Tiene la vejiga inflamada. No se había dado cuenta. "Debe ser la angustia", piensa.

—¿Cómo te llamás? –dice en voz alta, de espaldas al habitáculo.

—Federico –contesta el otro, con una voz suave, complaciente.

—Sabés que anduviste todo el día con los cordones desatados, ¿no? —comenta.

—Seee… es que no doy más. Me van muy justos –dice el otro, justo antes de salir del baño con un portazo. Desde la ventana que da a la calle llegan las palabras inconexas de una conversación, y el grueso ladrido de un perro. Cuando Paco tuerce la cabeza para ver por detrás del hombro, ya lo tiene encima al sargento primero. Tarde. Muy tarde. El hombre le agarra la nuca con la palma de la mano, áspera, firme, y le sacude la cara contra la pared. Paco siente un dolor punzante en la nariz, quizás un hueso roto, y enseguida siente la pegajosa viscosidad de la sangre. El otro no afloja la presión que ejerce con la mano alrededor de su cuello. Es una tenaza de acero.

A un milímetro de distancia del oído, el sargento le susurra:

—Por más leyes que metan, los putos como vos nunca serán aceptados.

Paco pretende despegarse de la tenaza, sacárselo de encima, pero el milico lo castiga con una feroz trompada al hígado. Y después otra. El estudiante de Economía se queda sin aire. Siente que se asfixia, que es un pez fuera del agua. Se le nubla la vista y se desploma en el suelo de azulejos, tapado de agua y barro, con el peso muerto de una bolsa de consorcio llena de latas de conserva.

Un rato después, cuando abre los ojos, oye que las canillas de los lavatorios están abiertas. La luz que ingresa por la ventanita perdió parte de su fuerza. Se aferra al mingitorio y se levanta con dificultad. Le duelen las costillas. En el espejito ve su nariz rota, inflamada y morada como la de un payaso, y el hilo de sangre todavía húmedo que le llega hasta la barbilla. La puerta del habitáculo está cerrada. Gira el cerrojo. Sobre el inodoro no hay nadie. Solo una torta de mierda.

por Hugo Barcia

Primera estación: El duelo

A don Tenorio, el carrero de la calle Gorriti, se le habían atardecido melancólicamente los ojos desde aquel junio en el que bombas coloniales fueron arrojadas sobre la Plaza de Mayo. Ni qué decir de las erupciones de cenizas infecciosas que ensombrecieron su carácter cuando derrocaron al General, algunos meses más tarde.

Desde aquel entonces, el que había sido carrero hasta que los huesos se le destartalaron, dejó de ver reluciente a su barrio y de escuchar la alegre música que despachaban los caseríos, y aun la que brotaba desde las entrañas del conventillo de los santiagueños que él mismo comandaba.

Su cuerpo se fue doblando lentamente hacia adelante, criollamente vencido como un sauce, como si quisiera verse a sí mismo y hacia sus propios adentros, enojado como estaba con la realidad que azotaba al país. De todos modos, nunca abandonó la costumbre de arrastrar su silla de paja hasta la vereda para ver pasar la tarde, y la fanfarria de eventuales escándalos parroquiales, hasta que el último gorrión desapareciera entre el follaje de los plátanos.

Rumiaba una bronca vieja: aquel era un barrio lleno de pretenciosos de clase media que odiaban a los habitantes de los conventillos. Según todos sabían, don Tenorio comandaba un hervidero de santiagueños pero, a pocos metros de ese caserío, estaban los gritones de los griegos arracimados en una pocilga que hacía hervir en desprecios a los tilingos. También la calle Honduras había estallado en alegres y ruidosos conventillos por aquellos años. Es decir, para algunos, el barrio se había enfermado de pobrerío y ya no era lo que antes dibujaban ciertas pretenciosas ensoñaciones.

Sin ir muy lejos, cruzando apenas la calle, pero en las antípodas de los sentires de don Tenorio, vivía Prieto, el médico del barrio.

Especialista en niños, y en las madres de los niños, Prieto ejercitaba un curioso oficio: curaba de las enfermedades a los párvulos y del mal de amores a cuanta madre quisiera.

Don Tenorio y Prieto eran los íconos contrapuestos del barrio, eran ministros sin cartera de las dos cosmovisiones que flameaban: los que habitaban los conventillos le daban a don Tenorio una suerte de generalato sin charreteras, ni soles, ni medallas, pero con saberes que solo dan los años y la calle. En el otro rincón del cuadrilátero, los que se oponían al gobierno de las realizaciones, despreciaban a don Tenorio y endiosaban a Prieto, a tal punto que a las diabluras amorosas del galeno las llamaban "picardías", y sus aventuras extramatrimoniales eran festejadas en las reuniones sociales por los hombres y deseadas en secreto por las mujeres. Habrá que aclarar que ninguna raya social que se trace para separar a dos bandos es de perfección geométrica, ni de linealidad literal: en ambos bandos solían verse simpatías por el líder opositor. En algún que otro conventillo del barrio se habrán deleitado también algunos morochos con las peripecias del médico, convertido en un Eros terrenal y simpático.

Del mismo modo, don Tenorio exudaba bonhomía y eso era percibido por más de un vecino de clase media, que admiraba la picardía criolla del viejo santiagueño y sus saberes de hombre entendido en cuestiones de la vida. También admiraban la simpleza y el filo agudo de sus dichos, que nunca se basaban en refranes hechos, sino en ocurrencias propias y en una descomunal carga de sentido común.

Tal era el entrecruzamiento de simpatías y desprecios que los dos provocaban, que un solo vecino podía experimentar, al mismo tiempo, cierta admiración tanto por las calavereadas de Prieto, como por la lealtad y fidelidad inquebrantable que don Tenorio profesaba por doña Juana, su compañera de toda la vida.

Así eran los seres humanos que habitaban ese barrio y, alguien especuló, también los del resto del planeta.

Sea como fuere, aquellos eran dos líderes carismáticos y antagónicos, aunque nunca se sabrá a ciencia cierta hasta qué fronteras llegaría ese enfrentamiento. Si bien no se puede hacer extensiva aquella experiencia al resto del universo, con lo que no puede sostenerse que se trata de una teoría social, lo que sucedía en aquel paraje de Palermo en el Buenos Aires de mediados de la década del 50, indicaba que si bien Prieto y don Tenorio no se caían demasiado simpáticos el uno al otro, tampoco puede afirmarse que se odiaran. La explicación es bastante sencilla: sus respectivas ideas y cariños sobre la Argentina eran diametralmente opuestas, pero la realidad y la cercanía barrial amortiguaban los odios y los transformaban en una suerte de caricatura ese sentimiento. Es decir, si hubiera habido una guerra, aquellos dos no se hubieran disparado mutuamente.

Se trataba, en fin, de un odio casi futbolero.

Solo que ellos no lo sabían.

Solo que esas cosas se aprenden con el paso de los años.

Y a menudo el destino quiere que, cuando se termina de entender algo, suela ser tarde para disfrutarlo.

Diez años de gobierno popular lo habían tenido a don Tenorio sosegado y feliz y a Prieto hecho un nudo gordiano de nervios.

Volteado que estuvo el gobierno, los roles cambiaron abruptamente: la derrota se dibujó en la cara del viejo santiagueño y aquel nudo gordiano que antes representaba Prieto ahora se había transformado en un Alejandro Magno dispuesto a hacerse dueño de toda Asia.

Transcurría un bucólico atardecer de principios de marzo de 1956, cuando la fuerza irremediable de la costumbre lo llevó a don Tenorio a salir a contemplar el apagamiento de aquel día.

Y allá fue el viejo a sentarse en su silla de paja, encorvadamente, mirando al suelo un poco por imposición de su desmadejada columna vertebral y otro poco por el peso de la realidad que le abrumaba los sentires.

Supo que atardecía solo porque las baldosas se le iban desdibujando de a poco.

Prieto lo vio desde su consultorio casero mientras despedía a la madre de un pacientito.

La mujer se sorprendió cuando el médico no soltó al aire ningún piropo, ni ninguna insinuación amorosa, pero el galeno no estaba para esos menesteres aquella tarde. Más bien pensaba en el decreto 4161 que había sido sancionado por aquellos días, y que prohibía cualquier mención al gobierno derrocado, y se regodeaba con la idea de hacerle pasar un mal rato a don Tenorio.

Y allá fue, dispuesto a conquistar el Asia toda.

Cruzó el empedrado de la calle Gorriti, con esa rara mezcla de compás canyengue y al mismo tiempo distinguido que él mezclaba en un solo envase humano.

Don Tenorio escuchó desde su silla aquellos pasos y ladeó su cabeza para ver de perfil al médico.

—Buenos tardes, don Tenorio –dijo Prieto con una recuperada soberbia, luego de una hibernación que le había llevado una década.

—Buenas –contestó secamente don Tenorio.

Prieto empezaba a elegir las palabras como un ajedrecista elige los movimientos de las piezas y la estrategia de exterminio para el oponente.

—Época rara, esta ¿no? –disparó el pediatra.

—El clima es el mismo que el del año pasado a esta altura –fue ganando tiempo don Tenorio, que ya maliciaba que Prieto le estaba tendiendo una trampa.

—No le hablo del clima, don Tenorio.

—¿Y qué es lo raro, entonces? Los pájaros cantan igual que siempre… –dijo el encorvado santiagueño.

Prieto sonrió porque sabía que el viejo ya se había puesto en guardia.

—No crea, algunos pájaros ahora cantan diferente y otros no cantan más –disparó Prieto.

—Capaz que es su zorzal el que desafina, doctor. Usted más que nadie debería cuidarse la salud, ¿no? –sabía cómo herir don Tenorio.

—Mi zorzal es gardeliano: cada día canta mejor –aseguraba el médico–, le hablo de otros pajarracos.

—No pierdo el tiempo en pajarracos.

—Quizás debería hacerlo –tensaba la cuerda Prieto–. ¿No vio que algunos se han caído?

—No, no he visto –cortaba don Tenorio.

Prieto creyó que era el momento oportuno para clavar un puñal:

—¿No ha visto que el año pasado ha caído el gobierno? –preguntó con mala intención.

—No, no he visto –sacudió el aire don Tenorio.

Prieto sonrió, malicioso. Y disparó:

—¿Pero usted no escucha radio, no lee los diarios?

—Sí, escucho radio, sí. Y leo también.

—¿Y entonces?

—Pero el gobierno no ha caído –insistió don Tenorio.

—¡Ah, no! –canchereaba Prieto.

—No, al gobierno lo han volteado, que es muy otra cosa –disparó el viejo carrero.

El médico creyó ver una victoria parcial, un módico uno a cero antes de irse a los vestuarios para esperar el segundo tiempo del partido.

—Llámelo como quiera, pero se tuvo que escapar en la cañonera...

—¿Quién? –don Tenorio ya había descubierto a qué jugaba Prieto y en ese preciso momento lo vio al médico observar hacia la esquina. El viejo también miró hacia la esquina y vio al vigilante. La jugada de Prieto quedaba expuesta a los últimos rayos de sol de la tarde.

—¿Quién se escapó en la cañonera? –insistía el santiagueño.

—Ah, no sé... eso dígalo usted –pretendía Prieto hacer caer al viejo.

—Le aseguro que no sé ¿por qué no me anoticia usted?

Prieto se fue hasta el cordón, lo miró al viejo encorvado sobre su silla.

—¿Pero no es que usted escucha la radio y lee los diarios?

—Sí, en ese orden...

—¿Y entonces?

—¿Entonces qué?

Prieto empezaba a fastidiarse.

—¡Entonces cómo es que no sabe quién se escapó en la cañonera!

—¿Usted acaso conoce a alguien que sepa exactamente todo? –preguntó don Tenorio.

—Bueno, ya que lo dice...Usted mismo me dijo una vez que ese que se escapó en la cañonera sabía todo...

—Es que yo conozco dos personas que sabían todo, pero todo, todo, ¿eh? Pero no sé cuál de las dos se escapó en una cañonera... Si usté fuera tan amable de anoticiarme quién es el que se escapó...

—Sí, hágase el distraído, nomás, que el que te jedi se escapó con los lingotes de oro del Banco Central –Prieto se hacía eco de los decires de aquel entonces.

—¿En la cañonera?

—Sí, señor –aseguraba Prieto–, en la cañonera paraguaya.

Don Tenorio meneó la cabeza y Prieto pensó por un instante que iba a mirarlo. Pero no, el viejo siguió viendo cómo la luz se iba evaporando de las baldosas.

—Lindo pueblo el paraguayo…–evaluó el viejo.

—¡Pero ¿qué tiene que ver eso?! –se plagaba de nervios Prieto.

—¡Pero acaso usté no dijo que la cañonera era paraguaya!

Prieto se puso las manos en los bolsillos, dio un círculo alrededor de don Tenorio y luego acercó su cara a la del viejo para decirle en secreto:

—Hace rato que usted ya no sale a dar vivas a la calle como hacía antes –decía Prieto ante un impávido don Tenorio–. ¿Qué pasó con los bombos del conventillo, no le dan más al parche los muchachos?

—Claro, usté debe querer que nos bombardeen el rancho, ¿no?

—No venga con cuentos, don Tenorio… –se defendía Prieto.

—Cuentos, sí, cuentos… –sostenía el viejo–. Cuento es el de los lingotes, porque a las bombas las vio todo el mundo…

Prieto entendió, a esa altura, que no le iba a sacar al viejo ninguna palabra que lo pusiera al margen de la ley. Se debía conformar, apenas, con molestarlo un rato más.

Se acercó otra vez, arrimó su cara a la de don Tenorio, y volvió a disparar:

—Al final resultó ser un cagón.

Don Tenorio resopló su fastidio. Pero la palabra "cagón" le arrimó una idea que el santiagueño pondría en práctica si Prieto le volvía a acercar la cara.

Y Prieto lo hizo.

Y mientras el médico le arrimaba su cara al santiagueño, el carrero se despachó con una ocurrencia para espantar al médico: se desgració estruendosamente, ladeando levemente su cuerpo hacia la izquierda.

—¡Oiga, viejo de mierda, qué es eso de cagarse delante de la gente respetable!

—Está tronando –le contestó don Tenorio.

Un Prieto confundido miró equívocamente hacia el cielo y rápidamente retrucó:

—Pero ¡qué va estar tronando si no hay una sola nube!

Don Tenorio volvió a desgraciarse y Prieto pegó un salto hacia atrás, espantándose el maleficio frente a sus narices.

—¡Puta, qué olor a mierda, carajo! –gritaba el galeno, reculando hacia el cordón de la vereda.

Don Tenorio veía la escena y reía con sus más de ochenta años.

—Está tronando el escarmiento –se reía el carrero.

Al escuchar los gritos, el vigilante de la esquina se acercó a los dos oponentes.

—¡¿Qué anda pasando acá?! –preguntó el vigilante.

—¡¿Acaso no huele, usted?! –se indignaba Prieto, mientras se espantaba la inmundicia con la palma de la mano.

El vigilante olió, sin dudas: frunció el ceño y se tapó la nariz, ocasión que aprovechó don Tenorio para comprobar la potencia de su armamento. En ese preciso instante, el que había sido carrero volvió a desgraciarse.

Prieto dio otro salto hacia atrás y volvió a emprenderla con los gritos:

—¡¿Ve lo que le digo?! –gritaba Prieto–. ¡Se caga en las narices de la gente decente, este peronista de mierda!

Don Tenorio achinó los ojos, sonrió levemente arqueando la comisura de sus labios, y lanzó la estocada final:

—Yo me estaré cagando, pero el doctor está violando la ley… –gozaba don Tenorio–. ¡Llévese detenido a este hombre, agente!

Prieto se golpeó la frente con su palma derecha mientras el vigilante miraba sin entender. A todo esto, los vecinos comenzaron a salir de sus casas para ver el escándalo en primera fila: allá se arrimaban los griegos del conventillo de al lado y otro tanto hicieron los santiagueños, que parecía que brotaban de un hormiguero pateado.

—El doctor Prieto acaba de decir algo que prohíbe el decreto 4161 –se envalentonaba don Tenorio– y si usted no lo lleva detenido voy a tener que denunciarlo por no cumplir con su deber, ¿me escuchó, agente?

El vigilante vacilaba y no se atrevía a hacer nada.

—Pero es el doctor Prieto, don Tenorio… –se justificaba el policía.

—¡Acá no hay doctor que valga, somos todos iguales ante la ley! –bramaba el viejo santiagueño.

El policía no se decidía, pero ya eran muchos los ojos que lo miraban: amén de los habitantes de los dos conventillos de la cuadra, también los borrachos de la fonda de don Ubaldo Redondo habían salido a la calle, mientras se agarraban unos a otros para no caerse, en tanto que en la vereda de enfrente, doña Coca y su hija la Beba se escandalizaban y chusmeaban con otras vecinas, incentivadas, además, porque la propia esposa de Prieto, Inesita, había cruzado la calle rezando para que lo de su marido no fuera otro problema de polleras.

—¡Arréstelo, sargento, y póngale cadenas! –bramó un borracho, divertido.

—¡Se van a llevar preso al dotor, a mí me va a dar un soponcio! –gritaba la Beba, la hija del verdulero del Mercado del Plata y ferviente antiperonista.

La muchachada santiagueña se mezclaba con los griegos que empinaban botellas de cerveza helada.

—¡¿Qué hiciste ahora?! –se angustiaba Inesita y requería respuestas de su marido.

—Andá para casa que después te explico… –trataba Prieto de achicar el escándalo.

—¡Vamos, canario, llevátelo…! –arreciaban los gritos de la popular.

Y la fatalidad ocurrió por fin: el vigilante de la esquina dio un paso al frente, lo miró a Prieto con temor y respeto, pero al fin le dijo:

—Disculpe, doctor, pero me va a tener que acompañar.

Y el grito de gol estalló en la tribuna de los morochos, tanto como los gritos histéricos de la Beba, que se acercaba a Inesita, la esposa de Prieto, para decirle:

—Mi más sentido pésame…

Inesita miró con desprecio a la hija del verdulero y volvió a su casa con el peso de un nuevo escándalo que, justo es decirlo, esta vez no era de polleras.

Y todo el barrio vio entonces cómo el vigilante se llevaba a Prieto a la comisaría, mientras el último de los gorriones buscaba refugio en la copa de un plátano cuando la tarde cantaba su definitivo responso de oscuridad.

—¡A mí no me toca, carajo! –fue lo último que se le escuchó gritar a Prieto que, con su compás mezcla de canyengue y distinguido, marchaba detenido a la comisaría de aquel rincón de Palermo en Buenos Aires, en las postrimerías sombreadas de una tarde que jamás podría olvidar en su vida.

Estación final: La eternidad

Después de chamuyarlo al comisario durante un par de horas, bajándole el precio al duelo verbal que había mantenido con don Tenorio y ubicando esa contienda en un terreno casi deportivo, Prieto consiguió que lo dejaran en libertad. Por otra parte, argumentó que él no dijo lo que dijo, sino que se lo escuchó mal:

—Pedorreta, dije, no lo otro –aseguró el médico, y ponía como prueba contundente los nauseabundos gases que el vigilante de la esquina también tuvo la desgracia de oler.

—La verdad que había un olor a mierda… –juró ante una Biblia inexistente el vigilante de la esquina.

Después de relojearlo a Prieto de arriba abajo, y sabiendo lo atorrante que era, el comisario por fin sentenció:

—Vaya, vaya a su casa… –fue la escueta declaración.

Prieto volvió a su casa a la medianoche, cuando el barrio se convertía en un páramo silencioso y apenas iluminado por las tímidas luces amarillentas de los faroles colgantes. Antes de entrar, Prieto creyó ver algo en la vereda de enfrente. Agudizó la vista y lo que vio lo llenó de incertezas: allá estaba don Tenorio, doblado sobre sí mismo, sentado en la misma silla de paja de siempre, encorvado por los años y las penurias. Era inentendible que siguiera allí: ya no era verano y la brisa que corría era demasiado fresca como para dormir al sereno.

"Allá él", pensó Prieto sobre el viejo, por quien aquella noche no sentía rencor. Prieto bien sabía que él mismo había provocado todo: con el arco vacío, el médico del barrio había tirado la pelota afuera.

"Ahora, a joderse", le indicaban a Prieto los códigos barriales.

Pero si Prieto se fue a dormir con el enigma del viejo santiagueño durmiendo en la calle, no menos sainetesca le resultó la mañana: lejos de despertarse con el canto de los gallos del barrio, al médico lo devolvieron a la vigilia los gritos de angustia que llegaban desde la calle.

Lo que vio desde la ventana de su dormitorio le hizo cabalgar el corazón: doña Juana lloraba a los gritos al lado de don Tenorio, encorvado sobre su silla como siempre y como Prieto mismo lo había visto unas horas antes. La muchachada del conventillo también rodeaba al viejo y los griegos no querían perderse semejante espectáculo, siendo ellos el origen mismo de la tragedia histórica, según decían los entendidos.

Prieto se sintió llamado por el deber y, también es justo decirlo, encontraba en aquel despelote una oportunidad para lavar su imagen frente a los vecinos. De modo que se vistió con lo que había a mano y salió disparado y sin hacerles caso a las advertencias de Inesita, ni a los pedidos de su hijo Arnaldito, que siempre quería acompañarlo, quizás influenciado por su madre, que veía en ese niño de diez años una barrera protectora para las aventuras amorosas de su marido.

Prieto cruzó la calle como un rayo y cuando doña Juana lo vio, no supo si alegrarse o santiguarse.

—Quédese tranquila que no vengo con rencores –la calmó Prieto.

Doña Juana se tapó la cara y el llanto con las dos manos, mientras aseguraba que su marido estaba enfermo.

—Pa' mí que se sigue cagando, tordo –dijo uno de los santiagueños.

—Sí –dijo otro– se sigue pedando como ayer.

Prieto se acercó a don Tenorio y el olor lo hizo tambalear. Lo llamó pero el santiagueño no contestó ni al llamado de Prieto, ni a la desesperación de doña Juana.

—Mucho poroto come –diagnosticaba alguna voz femenina.

—Déjense de hablar pavadas –cortó Prieto–. Este hombre durmió en la calle, anoche lo vi cuando…

Prieto prefirió callar a tiempo y ahorrarse explicaciones sobre su vuelta de la comisaría.

—No quiso entrar en el conventillo, doctor –explicó doña Juana.

—Llévenlo adentro, hay que abrigarlo –ordenó Prieto.

—¿Pero cómo? –preguntaron–. Si ni contesta cuando le hablamos.

—Volteen la silla y llévenlo como si fuera una camilla.

Entre dos muchachones lo llevaron en andas al viejo, con silla y todo. Don Tenorio ni se mosqueó: seguía sin dar señales y estaba duro como la realidad.

Cuando entraron en la pieza del conventillo y lo sacaron de la silla para acostarlo, el viejo seguía encorvado y en esa posición quedó en la cama. Tan enroscado estaba sobre sí mismo, que a Prieto le costó auscultarlo con el estetoscopio. Ordenó que lo ayudaran a separarle la cabeza de las piernas, que así estaba, como los fetos en los vientres de las madres. Y entonces Prieto pudo escuchar el silencio del corazón de don Tenorio. También le puso un espejito sobre los orificios de la nariz: no se empañó.

Cuando le soltaron la cabeza, don Tenorio, o lo que de él quedaba, volvió a encorvarse y a acomodar su testa rozando sus rodillas.

—Carajo –dijo Prieto.

Cuando se dio vuelta, una pequeña multitud de morochos santiagueños se agolpaba en la puerta mientras que otra parte de ellos había entrado. Doña Juana estaba a la cabeza de los lamentos. Todos se tapaban la nariz por el añejo olor a cloaca que inundaba la pieza.

—No es olor a mierda –sentenció Prieto, que también se tapaba la nariz con un pañuelo de hilo empapado en colonia Atkinsons Coral.

—¿Llamamos a la ambulancia, doctor? –preguntó doña Juana.

Prieto bajó la mirada y dijo, sufriendo con dolor sincero la trifulca de la noche anterior:

—No, mejor llamen al cura.

El estruendo de los llantos conmovió los cimientos del conventillo y doña Juana tuvo el soponcio que nunca le dio a la Beba, la hija del verdulero del Mercado del Plata que, al escuchar desde la vereda de enfrente el lamento colectivo que emanaba del conventillo, presintió la muerte de don Tenorio y, lejos de desmayarse, utilizó ese tiempo precioso para ir a llevar la mala nueva a todos y aun al más recóndito de los oídos de las comadronas del barrio, las que honraban con chismes fúnebres la partida al más allá del carrero.

—Era un gran hombre –decían todas las comadres, aun aquellas que no sabían ni un pito sobre la vida del finado.

Llevado que estuvo el cuerpo encorvado de don Tenorio a la cochería de la calle Gascón, a escasos cien metros del conventillo, los empleados encargados de meterlo por toda la eternidad en el ataúd se encontraron con una frontera infranqueable: la porfía de aquel cuerpo por volver a encorvarse ni bien lo estiraban. Hasta evaluaron la posibilidad de fabricarle un cajón redondo, pero esa hipótesis se desvaneció con la primera puteada que se comieron los empleados de boca del dueño de la casa fúnebre.

—Manga de inútiles, vayan a buscar al doctor Prieto –ordenó aquel hombre que vestía un luto perpetuo.

Prieto se enteró de la rebeldía de aquel cuerpo luego de salir a las apuradas de la ducha tibia que se estaba dando, como para aplacar los nervios de la noche anterior y los de la continuidad que tuvieron los escándalos en aquella mañana, que no dejaban en paz al atormentado médico.

Cuando estuvo frente al cadáver enroscado del carrero, Prieto recordó que la medicina no alcanzaba para saber cómo cuernos se ablandaba a un muerto. Y, pensando en la ducha tibia, se le ocurrió decir:

—Pónganlo en una bañera con agua caliente a ver si se ablanda.

—¿En agua hirviendo? –preguntó un empleado de la funeraria.

—No sea bruto, hombre –se enojó Prieto–. ¿Qué se cree, que es un pollo para desplumar?

Dos horas más tarde, fueron a buscar otra vez a Prieto a su casa: el agua tibia no había ablandado al muerto.

—¿Y si probamos con agua hirviendo? –insistió con su proyecto de escaldadura el mismo empleado de antes.

—Mire –dijo Prieto–, no me gusta putear delante de un finado, pero en este caso puedo hacer una excepción.

Le hicieron las pruebas a Prieto delante de sus narices, ya acostumbrados todos al olor a muerte que despedía la curvatura tiesa de don Tenorio. Y Prieto vio cómo ese cuerpo era desplegado, cuan largo era, arriba de aquella camilla y cómo saltaba como un resorte y volvía a su posición fetal cuando los empleados lo soltaban.

"Si por las buenas no quiere, será por las malas", pensó Prieto.

—Llamen al herrero –ordenó.

Nadie entendió bien para qué pero, como para ahorrarse puteadas del galeno, allá fueron a buscar al herrero hasta Gascón y Honduras.

Lo que Prieto le encargó a aquel hombre fueron tres herraduras: una a medida del cuello y otras dos a medida de cada uno de los tobillos del finado don Tenorio. El final de las herraduras debía tener rosca, de modo tal que atravesaran la parte de abajo del ataúd para poder ser fijadas del otro lado por tuercas. Esas tuercas también se las encargó al herrero.

El herrero creyó que el médico desvariaba.

—Usted haga lo que le pido ¡Y a ver si me dejan de joder con este muerto, carajo! –sacudió Prieto.

Cada uno se fue para sus labores, corridos todos por las puteadas de Prieto. Y así fue como en un par de horas no solo que apareció el herrero con las herraduras y las tuercas, sino que don Tenorio fue atornillado al cajón que ni siquiera en el velorio dejó de crujir un lamento de madera berreta.

Más entrada la tarde, Prieto se ponía traje y corbata y se perfumaba frente al espejo. Inesita, sospechando una nueva aventura de su marido, le preguntó a qué se debía tanto acicalamiento.

—Voy a pasar un rato por el velorio de don Tenorio, che. Me da culpa haber discutido con él anoche, pobre viejo...

—Bueno, pero llevate a Arnaldito –decía la desconfianza de Inesita.

—¿Al velorio? ¡Pero el pibe tiene diez años, dejate de joder, Inés!

Prieto salió de su casa diez minutos después llevando a su hijo como si fueran a un circo con elefantes y acróbatas. De todos modos, para Arnaldito aquella iba a ser una aventura inolvidable: por primera vez en su vida iba a ver a un muerto.

Entraron en la casa de velatorios padre e hijo y, mientras al médico lo saludaban como a un ministro de la Nación, del pibe se condolían:

—¡Ay, para qué lo traen a un velorio, pobrecito! –se quejaba una comadre.

—Lo manda la madre para que controle al picaflor del padre –respondía una chismosa profesional.

Padre e hijo entraron finalmente en la sala donde ardían las velas y los cuerpos transpiraban y el cajón crujía con leves lamentos de madera.

—¡Qué barbaridá, se fue de un día pal' otro! –dijo uno de esos que nunca faltan.

Arnaldito se buscó un lugar entre las lloronas del barrio, que blandían gritos como espadas y lamentos tales como "¡Si parece vivo, pobrecito!".

Pero Arnaldito miraba abstraído la cara pétrea de don Tenorio, mientras el olor a flores, el ardor de las velas, el tufo a muerte, y el calor que hacía transpirar las frentes les impedía escuchar a los presentes el creciente crujido de la madera del cajón.

Y al tercer "¡Ay, si parece vivo, pobrecito…!" se produjo el escándalo jamás visto por ojo humano alguno: las maderas del cajón estallaron y el muerto se cayó al suelo con mortaja y todo, las velas de la cabecera rodaron desparramando cera por el piso y el supuesto cadáver de don Tenorio se encorvó nuevamente y quedó sentado de culo en el parqué de roble de Eslavonia de la sala mortuoria.

Las lloronas salieron en desbandada y a gritos batientes:

—¡Resucitó el muerto! —redundó una de las escapantes.

El único que quedó en la sala fue Arnaldito que, antes de salir huyendo, vio que el muerto de don Tenorio ladeaba la cabeza, lo miraba y le preguntaba campechanamente:

—¿Y vos qué hacés acá, pibe?

Bastó que don Tenorio dijera esto, para que a Arnaldito no le alcanzaran las piernas para disparar porque, según él tenía entendido, los muertos no hablaban. En su alocada huida, se llevó por delante a su padre que también lo estaba buscando a él, y padre e hijo se abrazaron entonces mientras el niño gritaba:

—¡Papá, me habló el muerto!

Acto seguido, vieron pasar a don Tenorio en pelotas, huyendo no se sabe a dónde, y arrastrando la mortaja como un cometa arrastra su estela y gritando un delito que, a esa altura del velorio, ya nadie iba a denunciar:

—¡Viva Perón, carajo! —gritó don Tenorio, mientras se perdía en el horizonte de la calle El Salvador.

Nunca más nadie supo de él y por más que doña Juana sacara todas las tardes la silla de paja a la vereda para ver si a su marido le daba por volver, don Tenorio jamás volvió, lo que dejó al barrio tropezando todos los días con las más variadas conjeturas: que había resucitado; que nunca se había muerto; que tenía otra mujer en otro barrio; que era un santo y aun la más osada de todas: que los peronistas no se morían así como así.

Medio siglo después, Arnaldito Prieto ya era todo un sesentón nostalgioso que una tarde de otoño decidió volver al barrio de su infancia. Si bien su casa seguía en pie, poco y nada quedaba del barrio tal cual él lo había conocido: ni el conventillo de los griegos, ni la fonda de don Ubaldo Redondo, ni el tugurio donde habitaban los santiagueños comandados por don Tenorio, el carrero que se había esfumado para siempre.

Nadie reconoció a Arnaldo Prieto por la calle, pero él insistió en buscar algo que sobreviviera de aquella época. Desandando entonces esas veredas, Arnaldo Prieto llegó hasta la esquina de Gorriti y Salguero, donde las mismas luces y sombras de aquel pasado que él había conocido sobrevivían como una bandera flameante en una fonda que había luchado contras los naufragios del tiempo.

Entró contento y buscó una mesa al lado de una ventana que daba sobre la calle Gorriti. Pidió un café y sobrevoló con la mirada aquel lugar que había resistido a los estragos de la modernidad.

Hasta que una visión lo paralizó: enfrente de él, un viejo muy entrado en años y encorvado, hacía malabares para entrarse una ginebra en el cuerpo.

El pocillo le tembló en la mano a Arnaldo Prieto. Pero no pudo reprimirse:

—¿Don Tenorio? –preguntó.

—El mismo –contestó el encorvado.

Arnaldo Prieto no podía sosegar los latidos de su corazón.

—Venga, hágame el favor –dijo el encorvado, mientras llamaba al mozo–, lo invito con una ginebra.

La fuerza del destino lo empujó a Arnaldo Prieto a sentarse a la mesa del viejo.

—Usted no debe de acordarse quién soy yo –evaluó Arnaldo Prieto.

—Usted es Arnaldo Prieto, el hijo del doctor Prieto –dijo el viejo–. La memoria es un buen regalo que me ha hecho Tata Dios.

Arnaldo Prieto decía que no con la cabeza: aquella realidad lo sobrepasaba.

—Pero no puede ser… –decía el hijo del doctor.

—¿Qué cosa? –preguntaba don Tenorio, mirando fijo su vasito de ginebra.

—Que usted sea don Tenorio.

El viejo lo miró de lado, forzando su curvatura, mientras una sonrisa pícara se le colgaba de la comisura de los labios.

—Mire, si usted fuera don Tenorio ya debería andar cerca de los ciento treinta años. ¡Déjeme de joder, hombre! –Arnaldo Prieto intentaba ponerle lógica a ese atardecer.

—Usted me hace acordar a su padre –sentenciaba el encorvado.

—Todo el mundo dice que soy parecido a mi madre –negaba Arnaldo Prieto.

—En lo testarudo es igual a su padre –aclaraba el viejo–. ¡Pucha si me habrá toreado al pedo aquel hombre!

En ese momento el mozo se acercaba con la botella de ginebra.

—Sírvale al amigo, yo pago la vuelta –decía el santiagueño–. Pero lléneme el vaso también a mí, si no el brindis va a quedar rengo…

El viejo alzó su vaso y Arnaldo Prieto lo imitó.

—¡Por los viejos tiempos y a su salú! –brindaba don Tenorio.

El viejo se mandó el vaso de un saque y luego se secó la boca con la manga raída de su camisa. Arnaldo Prieto lo miraba con una desconfianza creciente.

—¿Y cómo sé yo que usted no me está macaneando? –preguntaron los miedos del hijo del médico del barrio.

—Porque don Tenorio hay uno solo –dijo el encorvado, mientras procedía a desabrocharse el primer botón de la camisa y a mostrarle al hijo de Prieto esa suerte de herradura que aún le ornamentaba el cuello.

—¡Pero usted se murió hace cincuenta años y después resucitó! –casi gritó el hijo del médico.

—Esas son habladurías de comadres de barrio, m'hijo.

—¡A mí no me lo contó nadie, yo lo vi con mis propios ojos! –insistía Arnaldo Prieto, que reculaba como si estuviera ante la luz mala.

Don Tenorio lo miró de costado, lo midió, y luego le disparó con sabiduría criolla:

—Hágame caso –dijo el viejo santiagueño–, no crea en todo lo que ve.

Arnaldo Prieto no resistió más los embates de esa realidad y salió disparando, pero a los pocos metros se arrepintió y volvió a la fonda a preguntarle al viejo si realmente se había muerto o no aquella vez. Pero don Tenorio ya no estaba, y por más que Arnaldo volvió todos los días del resto de su vida al barrio de su infancia, jamás de los jamases lo volvió a encontrar al santiagueño, lo que alimentó la leyenda que asegura con fervor que algunos criollos de estas llanuras no se mueren así nomás.

Dicen, los vecinos de Gorriti y Gascón, que en más de una noche apacible se escuchan risas que nadie sabe de quién son, ni por qué suenan tan fuertes en medio de la oscuridad. De haber sobrevivido alguna vieja comadre del barrio, habría afirmado que aquellas risas pertenecían a don Tenorio, el carrero que se había esfumado para siempre, y quien en vida supo tener la terca y divertida costumbre de derrotar eternamente al doctor Prieto y, después de resucitado, se dio el gusto de enloquecer al hijo del médico, haciéndolo volver todos los santos días de Dios a preguntarles a los vecinos de aquel barrio por alguien a quien aquellas gentes nunca jamás conocieron. En fin, diría don Tenorio, el criollo que se negaba a morir, tampoco se puede andar creyendo en todo lo que la gente dice.

Manos,

por Claudia K. Cornejo

A Roberto siempre le fascinaron las manos. En especial las manos envejecidas. Podía quedarse horas mirando las de su abuelo, postrado desde hacía meses en una cama de hospital.

Mientras el viejo dormía, estudiaba las formas sinuosas de las venas de sus manos, que sobresalían y formaban caminos, un mapa indescifrable, mientras que los nudillos marcados y las arrugas se le antojaban montañas y desiertos.

Las manos más jóvenes no le resultaban tan atrayentes, tampoco las de mujeres; aunque aquellas con cicatrices y deformidades le intrigaban. Las manos infantiles, pequeñas y regordetas, no llamaban su atención en absoluto.

Vivía con su abuelo en una casa chorizo que nadie había pintado en años. Hosco y taciturno, no tenía amigos.

Después de una larga agonía el abuelo murió, y tras un breve velorio al que no fue nadie fue ubicado en un nicho, en el cementerio de la Chacarita.

Roberto estaba preparado para este momento: esa misma madrugada se metió a escondidas en el cementerio. Lloviznaba, así que el guardia, que estaba escuchando la radio en una garita, no se dio cuenta de nada.

Se deslizó como el ladrón nocturno que era, y ahí estaba: el nicho, el abuelo, las manos…

Se había provisto de una sierra, sabía muy bien lo que tenía que hacer, y no perdió tiempo. Primero la izquierda, comenzó con dudas, pero los tejidos se separaban con facilidad, y eso le dio confianza. La mano derecha solo le tomó un par de minutos…

Ya en su casa, desenvolvió las manos del toallón donde las había transportado, y se quedó absorto: ahí estaban, solo para él.

Luego comenzó con el proceso; primero las sumergió en salmuera por unos minutos, para quitar cualquier suciedad; luego en cloroformo, que había dispuesto en una bandeja de loza. Más tarde vendrían otros procesos: secar con acetona, cubrir con silicona, laca… quedarían perfectas, y solo para él. Pero, ¿qué hacer mientras tanto? El proceso era largo –había practicado con algunos gatos– y ya no se conformaba solo con mirar las manos del abuelo.

Las visitas al cementerio se convirtieron en rutina. Descartaba a niños y a mujeres, y se enfocaba en los nichos y bóvedas, ya que era más sencillo. Dejaba todo en las mismas condiciones en que lo encontraba, al fin y al cabo, ¿quién iba a revisar los ataúdes a ver si a los muertos les faltaban las manos?

Una noche, mientras buscaba, se encontró frente a la bóveda del que había sido presidente.

Alguien se le había adelantado y se notaban los signos de la profanación. No lo dudó. Entró, bajó las escaleras de mármol; se las arregló para abrir el ataúd, y cercenó las manos sin perder tiempo. El cuerpo embalsamado de Perón no opuso resistencia. Ya con su botín a resguardo, comenzaba a alejarse, cuando escuchó pasos. Desde atrás de unos arbustos llegó a distinguir tres siluetas que entraban a la bóveda. Luego de unos minutos, las siluetas salían cargando una bolsa alargada, para perderse en la oscuridad.

No era su asunto investigar. "A casa", se dijo, y se alejó, antes de encontrarse con más personajes inesperados.

Los años y otros achaques hicieron que Roberto tuviera que suspender sus nocturnos paseos al cementerio… pero conserva sus recuerdos: más de cuarenta cajas de vidrio con etiquetas, perfectamente acomodadas en estanterías, en una habitación solo para ellas. Cada tanto las abre, las mira, a todas, ahí quietas y en silencio. Y siente que ellas también lo miran…

por Pablo Mourier

El ventanal que da al patio devuelve su imagen senil. Él se mira con recelo, desconoce ese cuerpo que ha perdido el porte altivo de su juventud. Le sorprende descubrirse aún en pijama, es casi mediodía. La caja de cartón que aprieta contra su pecho le recuerda que tiene algo por hacer, que no es una mañana más. Ha decidido deshacerse de papeles que alguna vez guardó: recortes de diario, contratapas, primeras planas. Cada día ha mirado esos cuerpos carbonizados entre los escombros y los vehículos retorcidos, puede recordar cada detalle y repetir cada epígrafe. Por años ha ido a buscar la caja a lo alto del armario del fondo, como ahora, aunque en esta ocasión la lleva hasta el patio, donde improvisó un fuego.

Deja la caja en el piso. Toma uno de los recortes y lo mira por última vez. Sus manos han perdido la firmeza de otro tiempo. Son manos que ya no pueden ejecutar órdenes, ni siquiera la de quedarse quietas, la enfermedad no distingue entre inocentes, leales o insurrectos.

Levanta la mirada más allá de la medianera gris, le sorprende que no haya pájaros en el cielo. Vuelve entonces a su caja y a sus papeles. El primer pilón se desliza entre sus manos y cae como un solo bloque, le lleva segundos estrellarse allá abajo, tan lejos de él que no siente nada. Desde arriba, solo ve fuego que se eleva, deslumbrante. Allá abajo, es fuego que devora imágenes de lo que ya incineró alguna vez. En el papel que se quema vuelve a doblegar los hierros retorcidos medio siglo antes: faroles, vigas, trolebuses, autos. Las llamas insisten en quemar cuerpos ya carbonizados, enteros o mutilados. Es un alivio que esta vez los consuman hasta volverlos cenizas, por fin irreconocibles, definitivamente inofensivos.

El viento que llega del río se cuela entre los edificios y aviva repentinamente las brasas; un resto de papel encendido se eleva dando giros en el aire y vuela hasta alcanzar la cortina de *voile*. Queda deslumbrado, le resultan familiares esas lenguas de fuego que han surgido en un instante y trepan furiosas buscando el cielo. Las ha visto aquel día que creyó glorioso, se ha reencontrado con ellas tantas veces, en esa caja, en pesadillas, y ahora mismo. Un almohadón está en llamas. Y el mantel. Y la alfombra. Oye los primeros gritos de los vecinos, los confunde con los de aquellos pobres diablos que no escuchó desde el aire. El fuego envuelve ahora al aparador estilo Luis XVI, convertido en una bola incandescente. Lo sobresaltan los estallidos intermitentes de las municiones que almacenó allí durante décadas. Entiende que ha sido un recaudo inútil, en tanto tiempo nadie vino a matarlo.

La habitación se ha teñido de rojo. Las voces que gritan son cada vez más numerosas. Esta vez puede distinguirlas: las hay de mujeres, de hombres y de niños, súplicas y llantos. Ha sobrevolado ese infierno muchas veces, lo conoce solo desde el aire. Pero ahora es su propia piel la que se ilumina con las llamas, es su cara la que brilla, cubierta de sudor, herida por esquirlas de balas y madera. Las explosiones amenazan con no acabar nunca. Ve sangre en sus manos y en sus brazos, aunque no siente dolor. En realidad no siente nada, ni siquiera el orgullo de otro tiempo. Solo tose; el humo es denso y negro como entonces. En lo oscuro cree reconocer los motores de su avión, exigidos en toda su potencia. Los escucha rugir a sus espaldas, a derecha e izquierda, y es como si el tiempo no hubiese transcurrido. *Cristo Vence*, recuerda. El aire trae olor a carne quemada.

1 de julio,

por Ernesto Gonet

Habrá sido a fines de junio, o a principios de julio, porque hacía mucho frío, y no era raro que la lluvia fuera impiadosamente fría. Las guardias nocturnas ya se hacían insoportables, cuando se dijo que Perón había saludado personalmente al centinela del puesto que daba a la avenida Luis María Campos, enfrente de la agencia de la DGI.

Como tantas otras historias, esta no se sabe cómo empezó, aunque con seguridad debió de ser en forma de rumor de colimbas y fue creciendo hasta llegar a todos los rincones del cuartel. Al cabo de un mes, en todo Patricios se discutían los hechos, y hasta hubo peleas entre los que sostenían que era imposible que el anciano líder, en traje de general, hubiera descendido del Fairlane negro, dejando atrás a la custodia presidencial, a la que habría detenido con un gesto imperativo pero tranquilizador, solo para hablar con el soldado de guardia de noche, con ese frío, y sin que nadie más los viera. Y los que, en cambio, crédulos o no, aseguraban que Prieto, el guardia en cuestión, no mentía, y no era de los que se dormían de pie.

El cuartel es esa isla cercada por avenidas que evocaban a una provincia, al fundador de un partido político, a un general experto en represiones, y a un gallego de Pontevedra que hizo carrera entre los indianos. Una isla en ese barrio que bien podría ser un archipiélago de establecimientos y casas de militares, salpicadas en un mar de aguas civiles. Era invierno seguro, porque desde las siete de la tarde ya se empezaban a ver las luces de los autos y colectivos que trajinaban Palermo. Era de noche e invierno, seguro (entonces), porque el cabo, mientras se ajustaba los guantes de paño, nos señalaba las vías del tren diciendo: "Por ahí soldados puede venir un ataque en cualquier momento. Si los Montoneros que ahora andan sueltos deciden atacarnos, tanto pueden venir, como escapar por ahí… ¿De acuerdo? Por esas vías se pueden rajar fácilmente, sobre todo de noche". Y en los ojos algo vidriosos del cabo se adivinaba una ansiedad que bien podría ser miedo, o impaciencia ante una prolongada incertidumbre de la guerra no declarada.

Un micromundo de armas, reglas y disciplina, orden cerrado, borceguíes deformados, arbitrariedades. De barracas con olor a acaroína, a cuero, a testosterona. Un pequeño mundo de largas horas de imaginaria bajo la pálida luz de una bujía incandescente que vacila en medio de la noche, cuando una petaca con ginebra, una foto o una carta tantas veces leída son el único abrigo.

A la hora del rancho, en uno de esos escasos momentos en que se podía dejar descansar el cuerpo entumecido, Prieto comía en silencio. No había hecho amigos, y solo cruzaba algunas palabras, de vez en cuando y por obligación. Venido de Formosa, obedecía a los suboficiales ignorantes y brutales, y a los oficiales de sobradora suficiencia, y nunca se quejaba. Pero sus silencios decían mucho más que las puteadas dichas entre dientes por la mayoría de sus compañeros. Le costaba tolerar el frío, y en las noches de guardia permanecía en el puesto con los ojos fijos en el pavimento, solo recorriendo a veces con la vista las vías aceradas de los tranvías que no conoció y que habían dejado de correr hacía ya tantos años.

En una de esas guardias de invariable monotonía, vio venir por la avenida de luces amarillentas al general Perón. Grandote, tan seguro de sí mismo como un actor representando una pantomima, Perón se detuvo ante el puesto de Prieto, que se quedó helado, sin atinar a hablar. El General, sonriente, lo saludó campechano.

—¿Cómo está, soldado?

Ante su desconcierto, respondió con una frase de tono ampuloso, como alguna vez había declamado en un acto escolar.

—Bien, mi General. Aquí, guardando las armas de la patria.

—¿Y cómo van las cosas?

—Tirando, mi General. Deseando que llegue la baja, para volver a mi provincia.

Le pareció que el General era muy alto, de un gran cuerpo macizo, el pelo bajo la gorra impresionaba por lo negro, contrastando con la cara sonriente, manchada y surcada de arrugas. A Prieto se le antojó un pelo recién teñido, brilloso, irreal. Perón parecía cargar con un gran peso, pero las piernas ceñidas en altas botas de montar se afirmaron seguras frente al puesto.

—¿Usted fuma, soldado?

—No, mi General, En las guardias está prohibido y además no puedo acostumbrarme a los cigarrillos porteños.

—Claro... ¿Sabe? Yo estuve en Formosa hace mucho tiempo... –la voz era quebrada, pero estentórea por momentos, como si saliera de uno de esos discursos que tanto se oían por aquellos días en las radios–. Y ahí me acostumbré a pitar esos cigarros machos que fuman los indios.

—¿Cómo sabe que soy de Formosa?

— Pero si usted me lo dijo, Prieto...

—No me acordaba. Disculpe, General. Nadie me va a creer que hablé esta noche con usted.

—¡Y entonces no se lo diga a nadie!

El tono era jovial, como de complicidad, en particular viniendo de ese hombre viejo, que hablaba como sabiéndolo todo. Un jefe que dejaba sus obligaciones para charlar de cosas sin importancia con un centinela que tiritaba. Perón parecía divertido, como si estuviera haciendo una travesura. Por la avenida pasó un colectivo con los vidrios empañados por el aliento de los pocos pasajeros adormecidos. Tras su carrera perezosa se hizo un silencio.

—¿Y cómo les dan de comer, están bien abrigados?

—Y, mi General... se aguanta.

—Cierto... El infante se ha hecho para sufrir. Dígamelo a mí... ¿Sabe una cosa? De todos los hombres que están en el ejército, a quienes más quiero, es a los conscriptos. Hacen algo que no eligieron hacer, pero lo hacen bien y, como en su caso, soportando a los brutos que lo maltratan.

Prieto iba hinchándose de orgullo. Hablar con Perón le daba un sentido muy diferente al hecho de estar de pie a esas horas de la noche en que apoyaba el fusil en la tronera y todo su cuerpo cansado parecía reclamar el descanso provisorio sobre la correa tirante del FAL.

El General estuvo un tiempo en silencio, ensimismado, quizás reflexionando acerca de algo importante que debería decirle a Prieto y dudando de la conveniencia de hacerlo. Finalmente, se decidió:

—Bueno, Prieto..., ya me voy yendo. Y ábrame bien los ojos... ¿Eh?

No se me vaya a dormir, que a usted lo dejo en una posición bien jodida. Tanto le puede venir un tiro desde afuera, como desde adentro. No me tome en serio, ya le va a venir la baja y va a poder volver para casarse con su novia.

—Hágame caso... ¿Para cuándo me dijo que era esa baja?

—Y... capaz que para fin de año. En una de esas, llego a festejar el Año Nuevo en mi casa con los viejos.

—Que se le haga, mozo. Lo dejo, nomás. Quedó mucha gente esperándome, y seguro que ahora se habrá juntado todavía más. ¡Y encima con esta lluviecita! Dicen que ha venido gente desde todas partes. ¿A usted le parece que voy a poder atenderlos a todos? Puta, venir a morirme justo ahora.

Pensó que, como le había pasado con su abuelo, el *angir* podía manifestarse a los vivos bajo el aspecto de un *porã*.

Perón se fue por la avenida, en dirección a la parte de las cuadras, más allá del picadero. Sin apuro, como quien no quiere la cosa, la silueta se fue desvaneciendo hasta que la noche y la garúa se tragaron su figura y solamente se dejaron escuchar sus pasos firmes.

"Los pasos marciales, como de quien desfila", pensó Prieto que ahora entre mate y mate recordaba.

Habrá sido a fines de junio, o a principios de julio, porque hacía mucho frío, y no era raro que la lluvia fuera impiadosamente fría.

1962

En la casa de las Lendaro todo era fiesta. Además de los corpiños, las medias sobre las sillas y el retrato de Perón en la pared, ahora la menor había conseguido un novio que tocaba el clarinete en La Armonía. El chico tenía un "ratón alemán" amarillo con tres ruedas, una ventanilla al frente y una puerta que se abría hacia afuera. En el asiento de adelante cabían dos personas y atrás solo una. Cuando lo estacionaba frente a mi casa, las vecinas sacaban las reposeras con la excusa de tomar aire fresco. Un mediodía la pareja me invitó a dar una vuelta. Mamá estaba ocupada con la comida y no necesitaba permiso. Al volver, dos horas más tarde, me sentía repleta de amor y buenos sentimientos. Después de almorzar me ofrecí para lavar los platos. Calenté el agua en una pava y los metí en la palangana. Baldeé la cocina y escurrí el agua hacia la galería. Esa noche, antes de dormirme, pensé que el paseo en el ratón alemán fue lo mejor que me pasó en la vida. Recordé que el piso del auto tenía una alfombra repleta de volantes, que se adherían a las zapatillas. Recordé que pasamos por la Rambla, por la pista de baile que explotaba la Sociedad de Beneficencia, que bajamos hasta la costanera. Y aunque estaba encajonada y no podía estirar las piernas me entretuve con las nubes, la estela blanca de un avión, las copas de los árboles, el tapizado de los respaldos, el bamboleo de un muñeco colgado en el espejo retrovisor y las nucas de los novios, que no paraban de besarse.

Como todas las casas de la cuadra, la nuestra tenía una puerta cancel, dos balcones con rejas negras, un zaguán que daban a un vestíbulo y una galería cubierta. Al lado vivían las Lendaro. Mis padres no veían con buenos ojos a las vecinas porque eran peronistas. Además de la foto de Perón, tenían otra de Evita con la pulsera de dijes que, según me explicó la mayor, representaban la bandera, el escudo, el descamisado, la fecha de su cumpleaños y a la perra Negrita. Para mí, esa mujer era una reina, la sentía en carne propia. Una reina que repartió máquinas de coser a troche y moche y organizó colonias de vacaciones para los hijos de los pobres. Pero mis padres decían que el marido se había quedado con la colecta del terremoto de San Juan, que durante su presidencia los pasillos del Banco Central reventaban de oro, que perseguía a los opositores, que había reprimido a los dirigentes durante la huelga ferroviaria, aunque lo peor es que protegieron a los *natzis* permitiendo que entraran al país con pasaportes falsos.

Los socialistas, por el contrario, no metían la mano en la lata y solo pensaban en el bienestar de muchos antes que en el beneficio de unos pocos. Esas ideas me parecían buenas pero me hubiera gustado que el sueldo de papá en el ferrocarril le alcanzara para comprar un auto. Sospechaba que el verdadero motivo que nos condenaba a ir al cine en colectivo era que papá no sabía manejar; no entendía por qué no podíamos tener uno como los maridos de mis tías, un Kaiser Carabela, un Bergantín, un Peugeot, hasta me habría conformado con la chata que inventó Perón cuando solo fabricaban modelos nacionales. Junto a las motocicletas Puma, todavía seguían dando vueltas detrás del cementerio o en las afueras de la ciudad.

El noviazgo de la menor de las Lendaro con el chico del ratón alemán era el chismerío del barrio. Las vecinas comentaban que estacionaban en Villa Cariño y alguien los vio enfilar hacia la ruta. "En cualquier momento aparece con el bombo", decía mamá. Lo cierto es que esa relación siguió viento en popa. Todas las tardes pasaba por la puerta de las Lendaro o me quedaba sentada en el escalón esperando que la invitación se repitiera. Pero la menor dejó de saludarme. Cada vez que la cruzaba en el mostrador del almacén o en la carnicería bajaba la vista o la clavaba en el cordón de la vereda. Tenía las tetas más grandes y bolsas debajo de los ojos. Una noche, después de cenar, oímos una pelea. Las voces fueron subiendo de tono aunque mamá levantó el volumen del televisor. La menor desapareció del barrio de la noche a la mañana. La mayor dijo que se había ido al campo, a la casa de unos tíos. Dijo que el novio estaba en Europa, tocando el clarinete en la orquesta de Eddie Pequenino.

1976

La memoria construye de a retazos, escarbando capas hasta que aparece algo. Con Daniel alquilábamos un departamento de dos ambientes en un edificio cercano a una avenida. La ventana daba a un patio de luz, siempre oscuro; cuando nos asomábamos, veíamos latas y bolsas arrojadas desde los pisos altos. Teníamos dos juegos de sábanas, que lavaba los viernes; una frazada a cuadros. En junio, encimábamos las camperas. En verano, la atmósfera era irrespirable. Buenos Aires parecía derretirse. Papá, con la excusa de la enfermedad de mamá, no venía a visitarnos. Eran días con gusto a nada. Por las noches prendíamos los veladores y bajábamos las persianas. Esperábamos algo. No sabíamos qué. Creo que fue en diciembre, a eso de las nueve. Comíamos milanesas mirando televisión. Las camionetas cruzaban unas vías. De pronto frenaron, giraron ciento ochenta grados. Unos hombres saltaron y avanzaron con armas en las manos. Aplastaron torsos y talones contra la tierra rasa. En ese momento se cortó la luz. Busqué velas en el cajón de la cocina. Seguimos comiendo empapados por la transpiración. Oí que alguien gritaba mi nombre. No reconocí la voz. Soplamos las velas y nos quedamos esperando. Escuchamos pasos en la escalera. En el pasillo. Golpes en la puerta de al lado.

La voz de la vecina.

—Si quiere dejarle algo dicho.

—Dígale que estuvo la menor de las Lendaro.

Abrí.

Nos abrazamos, nos separamos y volvimos a abrazarnos. Aunque no alcanzaba a distinguir su cara, reconocí su voz. Durante un momento no hubo más que risas. Atontada por la sorpresa del reencuentro traté de calcular los años que habían pasado. No sabía por dónde empezar. Entramos. Daniel había prendido las velas. Se lo presenté y rodeamos la mesa hasta encontrar las sillas.

—¿Qué hacés acá?

Dejó la mochila en el piso.

—Necesito quedarme unos días.

El pedido me sorprendió. Desde que había desaparecido del barrio no había vuelto a tener noticias.

—¿Acá?

La llama parpadeó.

—Solo unos días –repitió.

Llevé una vela hasta la cocina. La dejé sobre la mesada. Abrí un pan y metí una milanesa. No sé por qué suponía que la menor de las Lendaro estaba hambrienta. Volví y comió en silencio. Entre las dos oscilaba la posibilidad de un diálogo que no se decidía a comenzar. Nos tanteábamos como boxeadores en el primer round. Se lo dije, ella se rio, mordió el sándwich. Le pregunté dónde vivía. Aplastó las migas con las yemas de los dedos y se las llevó a la boca. Daniel se despidió, dijo que se iba a dormir. Yo trataba de parecer cortés, pero la cabeza seguía desbocada. ¿Por qué aparecía después de tanto tiempo? ¿Por qué me buscaba? ¿Quién le había dado mi dirección? Durante un rato recordamos que mamá quemaba las pavas porque las dejaba una eternidad sobre el fuego. Recordamos el olor de los Chesterfield de papá. Al gran Mario, el director de la Biblioteca Popular, que revisaba todo el tiempo la lista de socios y se fijaba qué leían y si habían devuelto los libros. Cuando le mencioné el paseo en el ratón alemán pareció incomodarse, se quedó callada. Cambió de tema y habló de la muerte de Ringo Bonavena. El final, dijo, empezó cuando el boxeador firmó un contrato con Joe Conforte, un empresario que, supuestamente, le iba a arreglar peleas. Pero el tipo era un mafioso, regenteaba prostíbulos y no le gustó nada que Bonavena, en vez de entrenar, se entretuviera con su hermana.

Cuando volvió la luz, seguimos charlando un rato largo. Ahora era yo la que le estaba contando cosas de mi vida, como si me hubiera encontrado con una amiga del secundario. Ella me miraba pensativa, a veces me cortaba, disentía. En un momento se acercó y me apretó las manos. El contacto con la piel tibia me produjo la atracción del abismo para quienes sufrimos de vértigo.

—Tengo una hija –dijo.

Me senté en un banco de Retiro, con el bolso entre las piernas. El vestíbulo tenía un color amarillo, pesado. Busqué un banco entre las vías de las distintas líneas. El cartel decía: "Primera clase. Sala de señoras", pero habría reconocido el olor con los ojos cerrados. El mismo olor a pis y creolina. Oí el silbido. Después, el ruido metálico, un timbre de alarma como el que suena al cruzar el paso a nivel. Controlé el pasaje y me acerqué al andén. El guarda asomó la cabeza desde la locomotora, miró hacia atrás y agitó el brazo, dando una señal al maquinista. El tren arrancó, al principio lento y después empezó a tomar velocidad.

Al llegar a mi casa miré las paredes despintadas, los balcones con rejas negras. Busqué la llave. Abrí la puerta cancel. Subí los escalones. Entré en el comedor, recorrí las piezas buscando la mesa de roble, las sillas tapizadas, el libro de Doña Petrona. Solo encontré unos zapatos viejos de mamá. El cáncer se declaró de un día para el otro. Fui testigo de cómo enfrentó la muerte mientras yo me aferraba a mi matrimonio con Daniel, a mi vida de todos los días. Ahora papá había muerto y tenía que vaciar la casa. Me pregunté qué hacer con la heladera. En eso pensaba cuando oí la bocina. El rastrojero tenía un rombo en el capó y la caja pintada de azul y amarillo. El chofer lo cargó hasta el tope y dijo que volvería más tarde. Esperé sentada en el piso. Un rincón tenía colillas de Chesterfield. Guardé una foto en la cartera. Era de un recodo del río donde papá salía a remar, siguiendo la línea de las boyas. Atardecía y la imagen había fijado para siempre el claroscuro del cielo, el agua, el viento, la olita que pegaba al costado del bote, el fondo de la isla.

Al salir, me topé con la mayor de las Lendaro.

—Vi el taxiflet –dijo–. No te vas a ir sin tomar unos mates.

Detrás de los lentes de aumento, los ojos parecían querer saberlo todo. Insistió y fuimos a su casa. Nos sentamos en la cocina.

Le pregunté por la hermana.

Llenó una pava con agua.

—… Se mudó a un departamento con su hijita. Un dos ambientes que le habían conseguido los montos. Estaba contenta porque era la primera vez que tenía una casa fija. Cuando se fue, yo envié sus cosas a un guardamuebles; ahora que tenía un domicilio, mandó buscar los canastos.

Ahí estaban su ropa, sus libros, sus cuadernos y hasta un lavarropas que habían comprado con el novio. Le habían ordenado que destruyera todos los papeles, cosas que sirvieran para identificarla.

Puso yerba en la calabaza.

… El dormitorio tenía dos camitas y dos sillas, para el living consiguieron un sillón viejo. Ella hacía de enlace: tenía que pasar información de un lado a otro. Salía de la casa temprano, dejaba a la nena en la escuela para dar la impresión de que se iba a trabajar y volvía a la misma hora que todo el mundo, a las seis de la tarde. Si no, habría resultado sospechosa y un portero o un vecino podían haberla denunciado. Tenía un circuito marcado: en ese recorrido la podían encontrar los militantes que quisieran transmitir o buscar algún dato, los que necesitaran guita, o documentos o pasaportes para viajar. Había contraseñas: una revista, un pañuelo. A veces intercambiaban cajas de arroz o de maicena.

Me alcanzó un mate.

—Nunca podía saber si había alguien que supiera de la cita, si no, la habría cantado. En cada encuentro se enteraba de alguna caída. Ella iba alerta, escuchando cada ruido, mirando para todos lados, controlando lo que pasaba a su alrededor. A veces, cuando algo la preocupaba en especial tenía la pastilla en la mano, eso la tranquilizaba. Se la habían dado con algunas recomendaciones: mantenerla dentro del papelito plateado, porque la luz y la humedad podían arruinarla. Ella había escuchado historias de torturas y no sabía si podría resistirlas. La pastilla era su amuleto, su arma.

Miré la pared. Las fotos de Perón y Evita no estaban, solo los agujeros de los clavos.

—¿En qué pensás? –preguntó la mayor de las Lendaro.

Oí la bocina de un colectivo.

—En un paseo que hicimos con tu hermana, hace unos años…

–le devolví el mate.

—¿Y la nena?

Sonrió.

—Está por llegar del Conservatorio. Estudia música, como el padre.

Cuando nos despedimos di una vuelta por el barrio. Atrás había un potrero que cruzaba las vías, un andén de cemento resquebrajado y, tumbada entre los pastizales, una carroza de carnaval hundida en un charco. Caminé en dirección al puerto hasta llegar al parque. A lo lejos vi escaleras de piedra, huecos y cañadones. Glicinas azules. Musgos de muchos verdes. Los árboles se ensanchaban, imitando a los palos borrachos. Bajé hasta la costanera, descansé apoyada en la baranda de cemento. El agua arrastraba peces, botellas, troncos. La ciudad era ahora un vacío, al punto de que la estela de un avión o el vuelo de un pájaro resultaban inesperados. Subí hasta llegar a Rivadavia. En la esquina con Catamarca me paré frente a la vidriera de una concesionaria. Al fondo, mezclado entre los autos, vi el ratón alemán. Tenía la puerta delantera abollada y óxido debajo de la pintura amarilla.

Los Reyes Magos peronistas,

por Juan Diego Incardona

Yo te daré,
te daré patria hermosa,
te daré una cosa,
una cosa que empieza con P:
¡Perón!

Cinco de enero a la noche, calor y humedad, la calle Chilavert (artillero de Rosas, fusilado por Urquiza) repleta de gente, en la escalera de la Unidad Básica asomaban, al fin, los personajes que todos querían ver: Fabián Cabrera, el uruguayo y yo, que, disfrazados de Reyes Magos, comenzábamos la peregrinación y el reparto de juguetes.

Beto, concejal y puntero que tiempo después nos traicionó, mostraba su cara más sonriente. Caminamos unos metros. La multitud de pibes se abalanzaba sobre nosotros, mientras las madres contemplaban el espectáculo desde la vereda. El Chino, Miguelito y la Marta, tres de los chicos más salvajes que ha visto el barrio, empezaron a hacerme la manteada y a treparse a mi espalda. Casi me caigo. Para colmo, la barba de algodón se me despegaba a cada rato.

De algún modo logramos subir al camión de la Municipalidad, previa discusión con el puntero por motivos varios pero aún irrelevantes. Una vez arriba, saludamos; la gente nos vivaba con entusiasmo épico. Fabián y yo, jodiendo, levantamos los brazos de la misma manera en que lo hacía el General. La respuesta fue inmediata: gritos, bombos galopantes, gente enardecida. El uruguayo hizo de Baltasar y era el favorito de todos.

Arrancamos. Adelante se veían grupos en cada esquina, esperándonos. Álvarez, Blanco Encalada, Coronel Domínguez, Mariquita Thompson, Giribone, Caaguazú, Avenida Olavarría. Allí, en la vereda de la parroquia, había un montón de pibes, y hasta los curas dehonianos, entre los cuales, dicho sea de paso, hubo dos que nos saludaron haciendo la "V". Del padre Franco no nos sorprendía, ya que fue militante y compañero tercermundista de Mujica en la Villa 31 (padre Franco Festa, lamento aquella pelea que tuvimos. Me enteré de que hace poco te moriste en Córdoba. En la nota al final va mi homenaje con tus propios versos, cura obrero[1]). Quien nos dejó atónitos fue el teólogo, siempre tan conservador en su estilo y sus modales. Jamás le preguntamos nada.

Después de darles alfajores a los pibes de la parroquia, doblamos a la izquierda hasta Avenida Cruz (hoy Martín Ugarte). Allí doblamos de nuevo, esta vez en dirección al Mercado Central, más precisamente a su periferia: Las Achiras.

Lentamente, bajamos la loma entre los potreros, escoltados por dos patrulleros de la Bonaerense que se caían a pedazos. Decidimos hacer una escala en la Virgencita de Luján que estaba en la entrada del Barrio Urquiza. En otra época, este conjunto de casitas bajas y pasillos zigzagueantes se llamó Barrio Juan Manuel de Rosas, pero ese nombre lo cambiaron por Urquiza durante la dictadura. Tiempo después, volverían a cambiarle el nombre por Rosas.

Otra vez repartimos regalos. Venía mucha gente de los edificios, tanto de los bajitos de tres pisos, como de las viejas torres que construyó Perón, o de los edificios estrella (tienen forma de estrella y están habitados mayormente por familias de militares, divididos en edificios según la fuerza, el de la Armada, el de los aeronáuticos…). Por suerte, teníamos un montón de juguetes.

Cuando terminamos, mi túnica verde estaba hecha un desastre, rotas las mangas y toda estirada debido a la exaltación infantil.

Subimos de nuevo al camión para retomar el camino y viajar hasta Las Achiras, pero pasó un rato y no nos movíamos. Seguimos esperando, pero nada. "¡No arranca, loco, no arranca!" "Y no arranca y no

---

1 Changuito

Al amanecer / Con tu carrito / Vas / Con afán / Por las calles / De la ciudad / Changuito / En busca / De pan / Vas / A luchar / Contra el hambre / Y la sociedad / De la muerte / Vas / A buscar / Los trozos / En el basural.

Al atardecer / De la ciudad / Changuito / Vuelves con sudor / En tu carrito, / Llevando Una flor / De papel. (Padre Franco Festa, "Changuito", *Gritos y silencios*, Fundación Ediciones Pregón, 1995).

arranca." "¿Y ahora qué hacemos?" A Beto se le borraba la sonrisa, empezaban los nervios y para colmo no paraba de llegar gente. "Y no arranca." Probamos empujando entre varios, pero estaba muerto, no había caso. Beto empezó a putear al conductor que, evidentemente, no tenía la culpa. A alguien se le ocurrió que subiéramos todo a los patrulleros, pero los Reyes nos negamos, y la policía también. El viaje había terminado sin nuestra parada principal: Las Achiras.

Estábamos paralizados. No se nos ocurría ninguna alternativa y tampoco nos decidíamos a volver.

Pasó como media hora. Yo estaba apoyado en uno de los costados del camión, resignado y sin pensar en nada, cuando de repente vi, entre la multitud, a Rafa y los escobitas, y la verdad que no sé, habrá sido un momento de inspiración, un olor a rosas, una Santa Evita, porque la idea enseguida tomó forma en mi cabeza.

Me acerqué a Fabián y al uruguayo y les dije en secreto lo que se me había ocurrido, para que nadie escuchara, mucho menos el concejal. Gaspar y Baltasar se entusiasmaron; la Virgencita de Luján, en su ermita llena de flores, parecía de acuerdo.

Les hice señas a Rafa y los escobitas para que se acercaran. Les pregunté sin vueltas si nos prestaban sus medios de transporte. Se miraron entre ellos. Al mismo tiempo, los tres me contestaron que sí.

Se fueron corriendo al terreno de los escobitas. Beto no sabía nada todavía. A esa altura de los acontecimientos, los Reyes Magos actuábamos por nuestra cuenta. La noche estaba llena de estrellas, y los potreros (manzanas enteras frente a la Virgencita) repletos de grillos y bichitos de luz. Mucha expectativa.

La providencia fue grande, porque no traían uno, sino dos viejos carros, tirados uno por el Bambino, un caballo de crines rubias, y el otro por un "mano de perro" bastante mañoso. Los pusieron al lado del camión. La gente, Beto, los policías empezaban a entender el plan de los Reyes. Nos subimos los tres al carro que tiraba el mano de perro y en el otro pusieron los juguetes. Con Fabián nos peleábamos por las riendas. Acordamos tenerlas una cuadra cada uno. Empezamos a avanzar despacio, escoltados por la multitud que, espontáneamente, comenzó:
Loooos muuchachooooooos peeeroniiiistas toooooodos uniiidos triunfa-

*reeeeeemos yyy coomo sieempre dareeeeemos uuuun griito deee cooraazoón
¡Vivaa Peroooón!, ¡Vivaa Peroooón!...*

En Achiras ya sabían que íbamos, no había una multitud, había más. Cuando nos vieron entrar en los carros, quedaron estupefactos, fascinados, pero solo por un momento. Después, la avalancha, la barba perdida, la túnica rota.

Se hicieron las doce. Muchas estrellas, muchos grillos, en la noche peronista.

El peronismo en la nuca,
(Postales de eso que va y viene)

por Miguel Rep

En la pizzería San Lorenzo, de Boedo, año 1974, su dueño, don Luis Ianonne, no deja entrar a un militante con bombo que quiere tomarse una coca e ir al baño. Las iniciales V y P están desgastadas en el tambor, de tanto golpe. Los muchachos, respetuosos, se retiran. Tienta suerte en el bar Dante, al lado, el pelilargo.

Mismo año. Mamá cuelga sábanas en la azotea, un primer piso y arriba el cielo. A dos casas, desde la terraza de lo que equivaldría a un tercer piso, un hotel familiar, asoma una señora con pañuelo anudado y escoba que descansa. Nos grita: "¿Vio doña?, se murió el Pocho".

Con mi amigo Carballo llamamos a Caloi, que dos días más tarde nos recibe en su casa. Arriba de su tablero, a pesar de esos años oscuros, nos sorprende una foto de Eva Perón, brazos en alto, fondo negro.

Voy por primera vez a la Asociación de Dibujantes, en el Barolo. Detrás del cuadro con el logotipo de la institución, que alguien descuelga, hay un póster de Perón Presidente 1973-1977.

Papá nos lleva de paseo por Vicente López, en su taxi Valiant II. Reconozco, de tanto verlo por la tele, el balcón de Gaspar Campos. El viejo mira, no dice nada.

Última imagen, y luego la amnesia. Veinticuatro de marzo del 76, vamos caminando con mamá hacia la panadería Las Flores Porteñas, y un tipo pasa con el *Clarín* que anuncia el golpe, todo en blanco y negro.

Primer recuerdo de peronismo ochentoso: me convocan de la revista *Caras y Caretas*. Sus directores son peronistas ¿Por qué me asocian con ese partido? Nunca me afilié, nunca canté la Marcha. Soy un muchacho de izquierda. Ocurre el Paro y Movilización del 30 de marzo del 82. Nos corren, nos gasean. Me refugio en la redacción de *Humor Registrado*. Tres días después estoy en la redacción de *Caras y Caretas* de la calle Moreno al 900. Cambia la portada de lo que será el primer número de la nueva época de este vejestorio, por culpa de Malvinas. La dibuja Izquierdo Brown. Resurge el tufillo de aquel peronismo que había advertido en mi pubertad. Fin de Malvinas.

Voy a la casa de Cilencio, un dibujante gran amigo en esos años 79, 80. Me lleva unos cuantos años. Con su resuello asmático me cuenta de amigos peronistas que lloraban de emoción cuando hablaba el Pocho, aun cuando los había echado de la Plaza, y sin embargo, pese a las advertencias de mi colega, marcharon hacia el matadero. Perón padre malo, y los hijos ciegos idealistas.

Año 83. *Humor Registrado* se hace alfonsinista. No sé por qué, pero formo parte del *staff* inicial de *Feriado Nacional*, que se crea para responder peronistamente a la *Humor* gorila. Nunca me afilié, nunca canté la marchita. Será por mi amistad con Maicas, Sasturain, Sanyú...? *Feriado Nacional* recluta a Dolina, a Feinmann, a Abós, a Caloi, a Enrique Breccia. La dirige Martín García. Sobrevive un mes a la asunción de Alfonsín.

En la 9 de Julio cierra el PJ su campaña. Quema del cajón. Caminamos con Saccomanno por la avenida Corrientes, y recalamos en La Giralda. Muchas chicas peronistas. El domingo pierde Luder, y desfilo por el medio de la avenida Santa Fe. Muchos peronistas caminan como zombis, y desde los balcones, los radicales se mofan. Llego a Corrientes y Callao, pensando en la suerte de *Feriado*, donde militantes con boinas felicitan al cantante Trelles. Compro el *Clarín* y me voy al depto de Alicia. Ya no hay estado de sitio.

Me acuerdo de algo, que Saborido relata en el prólogo de mi último libro, *Evita. Nacida para molestar*: En plena dictadura, me enamoro de una compañera de trabajo, veinte años menor. Diana nunca se entera, pero desde su posición latente de izquierda, muda por los militares, me presta un gordo libro de Historia, forrado con papel madera. Ahí descubro la pasión de Evita. Y la del Che. Ambas pasiones me subyugan desde aquel día. Me vuelvo evitista, no peronista. Hasta hoy.

Me vuelven a convocar en *Humor Registrado*. Hago "Los Alfonsín", tira opositora al lector gorila de la exitosa revista. En ella hay un personaje peronista, Alba, homenaje a mi vieja, nada peruca por cierto.

A los pocos meses me convocan de la revista *Unidos*, y en una librería de Rodríguez Peña me encargan la tapa y dibujos en el interior. Me siguen asociando al peronismo, en este caso la revista libro de la Renovación cafierista. Admiro las plumas que ahí escriben. Colaboro, como todos, gratuitamente.

Una de mis compañeras, nacida durante el primer peronismo, me cuenta que a su padre, de la Resistencia, en el año 56 lo torturaron los de la Libertadora, y que en esa sesión estuvo el marino Manrique. Lo odiaba, entonces. Hace unos años me la crucé en la calle, y era una antiperonista rabiosa. ¿Con quién estuve, durante siete años?

Dibujo mi serie "Joven Argentino" en la *Sex Humor*. Su personaje principal es "La Turca", cogedora, peronista y feminista. En esos tardíos ochentas, soy la pasional Turca, no su novio Gonzalo. Pero cuando aparece Carlos Saúl en el firmamento argentino, no la dibujo más. Me quedo solamente con mi trabajo en *Página 12*. Me disuelvo en Socorro, la niña villera. En ese medio posmoderno, soy inocente, antiguo, idealista, enojado con el PJ, soy Socorro.

La editorial Puntosur, donde ya había publicado tres volúmenes de mis trabajos, nos encarga, y nos paga, a Sasturain y a mí, el poemario de Juan: *Aluvión*. Yo tengo que ilustrar esos poemas justicialistas. Pero gana Méndez, y asume, y ejerce. Me bajo del proyecto, le explico a Juan, y coincide, y el libro no se hace. No devolvemos el adelanto. Al tiempo, se disuelve Puntosur.

En *Página 12* dibujo mi sección sobre historia argentina, "La grandeza y la chiqueza", donde imagino escenas de peronismo explícito. Cada vez que hago humor sobre Evita se me arma quilombo. Este 2019, por fin, hago un libro dedicado a Evita, por los cien años de su nacimiento. No me guardo nada. Hay dibujos jodidos y dibujos de amor. Pero es un libro luminoso, como ella.

El peronismo, los peronistas, las peronistas son mi gente que me emociona. No me afilié, ni cantaré la marchita. Soy un anarco populista, ni P ni K. Los pensadores y los artistas perucas son los que más me subyugan. Pero Borges y Quino son gorilas, y son los que más me gustan en sus respectivos rubros.

En 2003, no voté a Néstor Kirchner. El 25 de mayo ya me empecé a arrepentir.

En 2010 junté mis trabajos de "La grandeza y la chiqueza" con los dibujos con los que ilustré la historia del peronismo que escribió Feinmann, aparecidos en fascículos semanales en mi diario. El libro que los reunió, editado por Planeta, se llamó *200 años de peronismo*. Lo presentamos en la Feria del Libro con Osvaldo Bayer, Jorge Lanata y Pedro Saborido. Prácticamente, ningún peronista en la mesa.

Para hacer este reciente libro sobre Evita, visité la quinta de San Vicente. Ahí está el cuerpo del General. Tanto lío, y qué solo lo dejaron a Perón...

El peronismo no mata. El antiperonismo, sí. Chocolate por la noticia.

Los libros de Luis Tedesco, los cuadros de Santoro. Ahí está lo que sobrevive del peronismo, en esos paisajes.

Qué gorila Copi, por favor. Por él hice mi libro, para que haya otro humorista que recree a la Duarte.

El *farmer* de Port Howard,

por Carlos Piñeiro Iñíguez

A Kenneth Harrison,
por aquellos tiempos felices,
cuando todo era posible.

I

Los habitantes del Norte, el hemisferio civilizado según parámetros propios —el de europeos y estadounidenses— suelen afirmar que los del Sur adolecen de mentalidades exuberantes; naturalmente, semejante exabrupto requiere generosas dosis de amnesia selectiva. Exige, también, una maleabilidad de la geografía, capaz de situar el inicio del Sur en el Río Bravo y mover a su antojo la línea del ecuador, y de trastornar la climatología, y según la cual todo el Sur sería tropical, alumbrado por un sol que raja las piedras y seca los sesos así se viva en Tierra del Fuego. Lo peor del caso es que, como se verá, no siempre andan faltos de razón los pálidos luteranos y los ascéticos calvinistas; lo templado de los argentinos no suele bajar de la temperatura ambiente, porque ya en la mirada que eyectan los próceres desde los óleos que los representan hasta las rabietas de nuestros niños malcriados, todo refleja un fuego interior que nunca parece estar escaso de combustible.

Mientras gobernaba en Buenos Aires un hombre que era la necesaria excepción a la regla arriba formulada —como que lo apelaban Tortuga, bicho tranquilo si los hay—, un grupo de jóvenes planeaba sacudir la calma chicha con un golpe de efecto. La logística, la infraestructura con la que cuentan, es escasa pero determinante: el auto de papá, el revólver de un tío. Basta con eso para dominar a un soñoliento sereno de museo y llevarse el sable corvo del general San Martín, el que lo acompañó en la campaña americana, el mismo que a su muerte, por decisión expresa, fue entregado al brigadier general Juan Manuel de

Rosas. Como arma, el pequeño sable corvo era glamoroso pero poco útil, porque cuando San Martín peleó en su primera juventud contra las tropas napoleónicas en España usó un sable de verdad, de los largos, de los anchos, de esos que todavía se templaban en Toledo. Este, en cambio, era un sable de mando del que se proveyó en Londres cuando conspiraba con los logiados para la emancipación de las colonias sudamericanas, que incluían el pueblito correntino de Yapeyú donde había nacido treinta y tantos años antes.

¿Quién pudo querer robarse un sable de tan alto valor simbólico? Unos jóvenes calenturientos que combinaban su identidad peronista con el ideario nacional –tradicionalista–, un cóctel probado veinte años atrás y que se había manifestado lo bastante explosivo como para que Perón –que no le solía hacer asco a nada– en su momento lo dejara de lado. No tuvieron éxito y la estaban pasando bastante mal a manos de una brigada de policía brava hasta que un militar peronista retirado, que había quedado en custodia del sable, lo devolvió al Museo Histórico, donde quedó nuevamente bajo su amparo. El desagravio resultó insuficiente, o ineficaz, porque dos años después el sable volvió a desaparecer. ¿Quiénes fueron esta vez los atrevidos ladrones? Los jóvenes peronistas, esos insomnes. Otros nombres; perfil más bajo, pero parecidos.

Otra vez el sable fue devuelto, aunque esta vez no se trataba del original sino de una réplica asombrosamente perfecta, debidamente envejecida; en 1950, uno de esos excepcionales orfebres argentinos había realizado por encargo del gobierno de Perón varias copias exactas. Aunque muy pocos iniciados estaban al tanto del fraude, uno de los corvos falsificados fue entregado a los Granaderos, creaturas directas del Libertador, quienes resolvieron que, en cualquier caso, el famoso sable estaba mejor en su Regimiento que en el museo. Le construyeron un altarete y simularon creer que era el verdadero para evitar el escarnio de la opinión pública, pero emprendieron una febril búsqueda del original. Sin resultados: el corvo de San Martín seguía en manos de los jóvenes peronistas revolucionarios.

II

Roberto Muñiz, criollo antiguo nacido en General Villegas, se larga a Buenos Aires para trabajar de metalúrgico, aprende el oficio de matricero y consigue trabajo nada menos que en la Siam. Pronto es delegado y hombre casado; su mujer, obrera textil, delegada nada menos que de Alpargatas. Roberto es medio leído, como muchos de los obreros calificados de entonces; lo apasiona lo de la Tercera Posición y en el 54 se entusiasma mucho con las noticias de Argelia que dan cuenta del comienzo de la rebelión del Frente de Liberación Nacional (FLN). Conoce a un representante itinerante del FLN y le da una mano con la difusión. Llega el 55 y los echan sin asco, a Roberto y también a su mujer, por peronistas. Gambeteando listas negras se van a Córdoba y vuelven a trabajar en las fábricas –no serían Siam ni Alpargatas, pero fábricas eran– y en los sindicatos. Los vuelven a echar. Pasa de nuevo por Argentina el representante itinerante y los tienta con la idea de darles una mano a los argelinos, que provistos de cuatro escopetas no la tienen fácil contra la recua de asesinos colonialistas franceses, quienes disponen del tercer ejército más fuerte del mundo. Necesitan técnicos. Necesitan metalúrgicos.

Ellos dicen que bueno y se van a París; aprenden francés y Roberto ayuda a comprar material –máquinas metalúrgicas modernas, instrumental de precisión– para la fábrica que van a montar en Marruecos, que hace la vista gorda. La patrona se queda en París haciendo la difusión, porque los magrebíes no necesitan textiles. Necesitan metalúrgicos para fabricar armas. Muchas armas. En Marruecos, al que dirige la producción le dicen Mahmoud, pero es Roberto Muñiz. Desmontaba un arma en sus mínimas partes, hacía matrices y reproducía las piezas por miles. Resultado: que en poco tiempo el FLN dispone de diez mil ametralladoras modernas y cien mil cargadores para surtirlas, todo "made in Mahmoud". Roberto rechaza cualquier rango en la organización, y cuando la liberación argelina se produce, se traslada a Argel y se hace cargo de la empresa de gas y organiza la Unión General de Trabajadores de Argelia según el modelo de la CGT argentina. Su papel decisivo en la derrota del colonialismo es un secreto consentido por la voluntad general; cuando van de compras al mercado, él o su mujer, ningún comerciante les cobra: en la Argelia revolucionaria, nadie le niega nada al famoso Mahmoud.

III

Después del desastroso resultado del Operativo Retorno de 1964, cuando los brasileños lo devolvieron a Europa después de detener su vuelo en Río de Janeiro, el general Perón saca inevitables conclusiones. La primera, algo evidente, es que los llamados "cinco grandes", y especialmente el compañero Vandor, no tenían la menor intención de que volviera. Porque, ¿dónde estuvo la movilización popular que tenía que producirse en sincronía con el vuelo? ¿Y las proclamas de militares peronistas? Jugaban al peronismo sin Perón, algo que, aunque parezca increíble, a Perón no le parecía del todo mal mientras se limitara al manejo táctico de las cosas. Pero que quisieran quedarse con todo y archivarlo a él en Puerta de Hierro, eso no, era demasiado y no lo podía permitir; si querían hacerlo, que primero se inventaran un peronismo propio, porque el efectivamente existente era su hechura.

Las cosas se le habían complicado tanto al General que no tuvo más remedio que mandarla a Isabelita a tratar de reconstruir la verticalidad; la deslealtad había llegado a tal punto que casi la matan. No los gorilas, que se contentaban con hostigarla y exigir —con razón dentro de su lógica— que la nueva Perona no se hospedara en el Alvear, un reducto que consideraban propio. No, el peligro venía del campo propio, y se evitó poniendo en su custodia a muchachos pesados como el hijo de Cabo. Quién sabe si el padre, el metalúrgico Armando Cabo, estaba feliz con el papel de su hijo Dardo, porque el bueno de Armando todavía estaba con Vandor. Dardo sí estaba feliz; como quien dice, le gustaban los bailes, y era un excelente tirador aunque, al menos en esa ocasión, no necesitó demostrarlo.

Hubo elecciones en Cuyo y Vandor se presentó con candidato propio; era toda una provocación, así que el General telegrafió a su mujer indicándole que apoyara al candidato del peronismo ortodoxo.

245

Ganaron los gansos, los eternos conservadores mendocinos, pero el candidato de Perón entró segundo y el de Vandor cuarto. Fue un buen golpe, un directo a la quijada. Pero su efecto se diluyó cuando meses después los militares corrieron a la Tortuga y pusieron en la Presidencia de la República al constitucionalista y legalista general Onganía, que resultó que no lo era tanto porque hizo conocer su intención de transformar las estructuras económicas, sociales y hasta mentales de la Argentina, para lo cual hacía falta que Juan Carlos I se quedara en el poder unos cien años. El día que asumió, sonriente y de desusado traje, en primera fila estaba el bueno de Augusto Timoteo Vandor, que venía a ofrecerles a los militares la colaboración de un peronismo que, bueno, si querían podían llamarlo vandorismo.

El General pensó que solo le quedaba regresar al frente, porque si había que negociar con sus antiguos camaradas de armas, mejor que lo hiciera él y a su manera, so pena de quedarse "anclao en París", como en el tango, teniendo que soportar las restricciones que le había impuesto el desagradecido de Franco después del fracaso del Retorno, y las peroratas esotéricas de su valet y secretario, quien desgraciadamente había comenzado a interesarse por la política. Debía regresar apostando fuerte, con algún hecho inmediato que lo avalara como el adalid de la argentinidad, que provocara una gran movilización social y llevara a sus camaradas a considerar seriamente la posibilidad de hacerle un lugar en la curiosa estructura de poder que se había conformado entre nacionalistas a la violeta, frailones e individuos que, en elecciones libres, eran incapaces de ganar la presidencia de una cooperativa escolar. O sea, una situación parecida a la de junio de 1943, a partir de la cual Perón, aliándose hoy con uno y mañana con otro para desplazar a aquel uno, pudiera ir ascendiendo hacia el poder en soledad. Por lo menos diez batallas así había librado entre el 43 y el 45; solo en la última, la decisiva, se había apoyado a fondo en el pobrerío, al que en realidad él ni siquiera había convocado para la jornada del 17 de Octubre. Bueno, esta vez, si hacía falta, lo convocaría, no fuera que los grasitas se quedaran en su casa como en septiembre del 55.

IV

Contando con la presencia cada vez más rutilante de Lopecito y el nuevo tipo de visitantes que a diario se presentaban para verlo en Madrid –oportunistas de todo pelaje, que venían a proponerle negocios infalibles como poner su nombre en una bebida cola que se vendería por toda América Latina "como pan caliente"–, Perón echó a correr la bolilla de que quería regresar a la patria, y que quería hacerlo pronto y a como diera lugar. La noticia corrió soterrada, porque cada uno de los que estaba al tanto pretendía ser el único; era el viejo método del rumor, capaz de provocar fiebres en todos los proclives a ello. El General siguió con su rutina, paseando a los caniches, sesteando religiosamente y cuidándose en las comidas: suponía, y con razón, que las ofertas que le lloverían serían tan audaces que requerirían buena condición física para realizarlas. Una, previsible, no necesitaba tanto: Villalón le hizo saber que con un millón de dólares podía conseguir un DC-9 –última palabra de la tecnología norteamericana, puesto en servicio apenas unos meses antes– como para abordarlo en París y descender descansado en Ezeiza. Financista presunto de la operación, Jorge Antonio dijo que no, que lo único que podía pasar con ese millón era que se escurriera entre los dedos del ofertante.

Como esa, hubo varias propuestas, imaginativas, audaces, todas basadas en un poquito de dinero que, se suponía, era lo que a Perón le sobraba. Un día se produjo un altercado en la puerta de Puerta de Hierro –si se permite la redundancia– porque el secretario se negaba a franquear la entrada a dos jóvenes argentinos que querían, a toda costa, hablar con el General y solo con él. "Déjelos, López", ordenó Perón, luego de constatar que fueran palpados de armas por los guardias civiles que el rencoroso de Franco le había puesto de consigna en la entrada, ahora que por su generalísima orden el General tenía los movimientos restringidos. Eran unos muchachos simpáticos, tímidos; Perón, que conocía de perros, de caballos y de hombres, les sospechó el hambre, que confesaron: siendo casi las cuatro de la tarde, estaban aún sin desayunar. Isabelita les sirvió dos platazos de cocido madrileño, que agradecieron desde el alma, la cual, de momento, tenían alojada en las vacías tripas. "Señora, se pasó con el puchero", dijo uno y todos se rieron, hasta el General, que hacía meses que andaba taciturno.

Los muchachos habían llegado a Barajas esa misma mañana; eran de un grupo de la Juventud que, al corriente del secreto, se pasaron dos meses desvelados pensando en cómo realizar un operativo retorno tan eficaz que no solo lograra ese primer objetivo sino que eyectara nuevamente al General hasta el sillón de Rivadavia. Los pasajes los habían comprado mediante una operación no estrictamente comercial de la que Perón, paternalmente y con un ligero movimiento de una mano, no quiso enterarse, lo que fue un gran alivio para los muchachos pues temían ser repudiados y expulsados de la reunión. En todo caso, se habían provisto de lo estrictamente necesario para viajar; de allí lo del ayuno. Perón los dejó hablar, y hablaron de sus sueños juveniles, que afortunadamente lo incluían; usaron gruesos epítetos para referirse a Onganía y a Vandor, sonidos de la rabia popular que agradaron al General, y de a poco fueron entrando en tema.

Resultó ser que el grupo al que pertenecían no era estrictamente juvenil; participaban de él algunos militantes viejos de la Resistencia cuyos nombres usaron como carta de presentación; a Perón no le decían nada, pero alzó las cejas como diciendo que se trataba de viejos conocidos, gente de respeto. Por esas cosas de las divisiones que entonces afectaban al peronismo en la Argentina, el grupo solo había quedado consolidado en La Boca y en Mar del Plata. Y la idea venía de los marplatenses, que proponían hacerse de un barquito pesquero —uno de esos cascarones anaranjados que abundan en el puerto—, cruzar sigilosamente el ancho mar y llegar a Madrid a buscarlo a Perón. No habían tenido en cuenta algunos pequeños detalles, como que el cascarón naufragaría al menos diez veces en las aguas del Atlántico, o el hecho de que Madrid era una ciudad irremediablemente mediterránea. Un perfecto disparate. Sin embargo, Perón les hizo un par de observaciones sensatas y los mandó a pensar más en el asunto; para que el invierno madrileño y la inanición no acabaran con ellos, les dio unos cuantos duros, cosa de que subsistieran —en alguna pensión innoble, a pan y chorizo— durante la semana que les dio para reflexionar.

V

Dos días después se apersonó –con cita previa, gestionada con entusiasmo por López Rega– uno de los nuevos zares de la publicidad argentina. Hijo de un antiguo muy peronista empleado técnico de Radio Nacional, declaró ampulosamente deberle todo al General y a la Fundación; en realidad, había multiplicado muy bien los panes o, mejor, había dado el mejor empleo a sus talentos: de un modesto chalecito en un barrio obrero de Lanús había pasado a vivir en una mansión de manzana entera en San Isidro. Venía a ponerse a las órdenes, como quien dice, pues le había llegado la versión secretísima del definitivo retorno. Quería realizar un filme publicitario, con *jingle* incluido y una coreografía en la que Perón, tomando con una mano a Isabel y con la otra a su secretario, repitiera el estribillo: "Ya vuelvo, ya vuelvo", y más de cien extras, que bien podrían ser voluntarios –siempre era bueno contar con leales y abaratar de paso un poco los costos– pasarían del llanto a la risa, de la depresión a la euforia y comenzarían a bailar desenfrenadamente. Perón le preguntó por sus orígenes profesionales; el zarévich había empezado como técnico en Canal 7 gracias a las relaciones sindicales de su padre y a los conocimientos que este le había transmitido. Perón lo acompañó hasta la puerta aconsejándole mantenerse alerta y preparado; como quien no quiere la cosa, le sugirió que actualizara su saber en lo relativo a emisiones de larga distancia, y que tuviera preparado un equipo de filmación y propalación. El zarévich pensó que era para su filme y se fue contento como perro con dos colas.

VI

Casi una semana después del encuentro con los muchachos, Jorge Antonio pasó casualmente en su automóvil y lo invitó a tomarse un cafecito en el centro, en alguno de esos sitios tranquilos de los alrededores de la Gran Vía. Perón puso cara de sorprendido, adujo que tenía una correspondencia por enviar y, como a regañadientes, ter-

minó aceptando. Estaba todo arreglado de antemano; era una forma
de no tener que discutir su agenda con el secretario o de aguantar los
reproches de Isabelita, celosa porque no era parte de la excursión al
centro. Ya dentro de la ciudad –Puerta de Hierro seguía siendo extramuros–, Antonio frenó discretamente en una esquina y de inmediato
subió un hombre y se acomodó en el asiento trasero. Mahmoud no
podía hablar de la emoción: estaba sentado detrás del General, que
se volvía para saludarlo con su mejor sonrisa. Fueron hasta un lugar
tranquilo, un departamento muy discreto que Antonio tenía vaya a
saber para qué; en cuanto entraron, lo primero que hizo Perón fue
darle un fuerte abrazo, pues estaba al tanto de las hazañas del hombre
y de la influencia que ejercía sobre el gobierno argelino.

Mahmoud tenía algo para ofrecerle: toda una estructura de relaciones y contactos gracias a los cuales podría sacarlo de Europa y hacer
que desapareciera en África, de modo que ningún servicio de infor-
maciones pudiera seguirle el rastro. Incluso estaba en condiciones de
alojarlo en una isla atlántica aislada, como por ejemplo la Brava, en el
archipiélago de Cabo Verde, y desde allí cualquier barco de mediano
porte lo llevaría hasta la Argentina. No, los portugueses no tenían ningún control sobre esa isla, que carecía de interés económico, y en la
cual toda la población estaba con los rebeldes anticolonialistas; el mismo líder de la rebelión, Amílcar Cabral, era uno de esos típicos mes-
tizos caboverdianos. Tal vez él también podría solucionar lo del barco,
pero no le parecía lo mejor porque no encontraba la forma de inventar
un buen motivo para que los argelinos anduvieran en esas gestiones.
Jorge Antonio, que había estado pensando en el asunto, acordó de
inmediato con Mahmoud, y agregó que esa parte la podía arreglar él.

Mahmoud no había llegado tan lejos por ser indiscreto; cada día
pasado en la fábrica de Marruecos supo que en cualquier momento podía presentarse un comando de la OAS para secuestrarlo. Los
franceses, tan refinados ellos, eran conocidos por ser los mejores tor-
turadores del mundo, y ante esa situación, cuanto menos se sabe,
mejor. Y así como en aquellos tiempos procuraba enterarse de lo menos posible, ahora se incorporó, saludó a la argelina y abandonó el
departamento. "De oro –comentó el General– un hombre de oro. Un

verdadero descamisado". Antonio asintió y, brevemente, sin entrar en detalles, informó a Perón acerca de que él tenía algunos negocios pesqueros en Mar del Plata, y que no le sería difícil alquilar, por interpósita persona, un barco como para ir a buscarlo a Cabo Verde. Faltaban algunos detalles como el de la tripulación, pero…

Perón lo interrumpió, casi sonriente:

—Usted sabe, Jorge, es la segunda vez en unos días que me proponen cruzar el Atlántico "en el barco de Popeye". Soy hombre de tierra, pero al final no sé si quieren que vuelva o que vaya a parar al fondo del mar.

Jorge Antonio deshizo rápidamente la confusión: él no se estaba refiriendo a esos simpáticos barquitos anaranjados que apenas si se alejan del muelle y que tanto sorprenden y regocijan a los turistas que visitan la Ciudad Feliz, sino a algún vapor de porte, esos barcos frigoríficos con poderosos motores diésel que se adentran en el océano y pasan a veces semanas sin volver a puerto. En cuanto a la tripulación…

—Tal vez de eso me pueda ocupar yo. Mientras sea un barco de verdad…

Antonio no preguntó; estaba acostumbrado a que el General manejara recursos de los que él nada sabía y, como Mahmoud, tampoco quería saber. Cuando al día siguiente aparecieron los muchachos, Perón les preguntó con ansiedad si contaban con unos treinta leales en Mar del Plata; si esos leales sabían verdaderamente de barcos y si estarían dispuestos a hacer un curso acelerado de instrucción militar con algún viejo oficial retirado, porque pudiera ser que el viaje no fuera solo un paseo como tal vez se imaginaban. A todo respondieron que sí. Juraron que cumplirían; la fórmula del juramento le produjo alguna inquietud al General, pues los dos jóvenes gritaron: "¡Lo juro por la vida de Perón!". Antes de despedirse –partirían para Buenos Aires en el siguiente vuelo de Aerolíneas Argentinas– no pudieron contenerse y confesaron:

—General, cuando nos volvamos a ver le vamos a hacer entrega de un presente muy especial. Le tenemos el sable corvo de San Martín. ¿Quién mejor que usted debería tenerlo?

A Perón le rodó una lágrima; apenas un centímetro porque la secó de un manotazo.

—¡El corvo! Estos muchachos… Está bien. Lo aceptaré en custodia transitoria. Llévenlo en el barco.

VII

Treinta y cinco días después salía el Mercedes del General del garaje. En el asiento delantero, López Rega e Isabelita; en el trasero, nadie: nada extraño, pues la custodia y la Guardia Civil sabían que, con cierta periodicidad, la señora y el secretario iban al centro de compras. Como casi tres años antes, apretujado entre almohadones, en el baúl del auto, pistola al cinto, el general Perón emprendía su segundo intento de regreso a la patria. Por las dudas, atravesaron el centro e hicieron algunas maniobras distractivas, que Perón había meticulosamente dibujado sobre un mapa de Madrid. Ya otra vez en la periferia de la ciudad, el auto estacionó tras un Alfa Romeo, del que inmediatamente descendieron un hombre y una mujer que ayudaron al General a salir de su encierro, solo que para conducirlo –con la mitad de los almohadones, pues no entraban más– a otro aún más pequeño, donde solo había un botellón con agua. Perón apenas si se despidió de su mujer y del secretario; lo único que se le oyó claramente decir fue "Mahmoud y la puta que te parió", pues todos los detalles de la fuga habían quedado en manos del metalúrgico argentino-argelino.

Y el hombre se lo había tomado a pecho, diseñando todo a base de métodos de rigurosa clandestinidad. Según él, el viaje a Algeciras tomaría unas pocas horas y sería absurdo que todo abortara porque el General prefería viajar en el asiento trasero; el franquismo mantenía todavía algún nivel de paranoia represiva, y en las rutas la Guardia Civil solía parar los automóviles y pedir documentos a los viajantes, aunque ya no solían pedir que les abrieran el –como ellos decían– maletero. La pareja que lo llevaba, españoles de origen marroquí, tenía incluso instrucciones de no cambiar palabras con su humana carga, pese a que esta, ya a la hora de viaje, comenzó a golpear de cuando en cuando contra la chapa del vehículo. En siete horas llegaron, con Perón al borde del desmayo, lleno de magulladuras, vomitando y puteando en argentino cuartelero básico –"pelotudos, palanganas, tagarnas"–, no por prudencia sino porque, en esas circunstancias, todo el mundo vuelve a su lenguaje más íntimo.

En cuanto se recompuso lo llevaron hasta un gomón, mientras le cambiaban su ropa por un atuendo árabe y unos anteojos negros, innecesarios porque ya era noche. Cuando sintió el aliento del Levante, Perón volvió a putear porque pensó que se cocinaría con la túnica, pero ya en el mar tuvo que aceptar que no solo era cómoda sino que tenía la virtud de cortar el viento caliente y dejar pasar aire casi fresco; no en vano los hombres del desierto usaban esos atuendos desde tiempos inmemoriales. Apagaron el motor fuera de borda a unos doscientos metros de Ceuta; en silencio, dejaron que el oleaje los acercara. No había controles; el faro que rotativamente iluminaba las aguas estaba de adorno, pues el legionario a cargo dormía alegremente en el piso. Todos esos detalles, y los que vendrían, los había considerado Mahmoud; podían ser parte del manual de la incomodidad, pero eran eficaces.

En un camión transportador de fruta lo llevaron hasta cerca de la frontera; allí lo esperaba una experiencia nueva: debidamente ensillados con algo muy parecido a un apero de bastos, un grupo de camellos los esperaba pacientemente. Otro hombre entrado en años se habría echado a temblar ante la perspectiva; el General se dijo que no podía ser muy distinto de andar a caballo, y tenía razón, salvo que el lomo de los dromedarios estaba a mucho mayor altura y el movimiento era bastante más balanceado. Miró hacia los costados controlando la técnica de sus cinco acompañantes de travesía, y como los vio reposar las manos —o una al menos— sobre la joroba, él también se prendió. "Parezco un gringo —se dijo—, ojalá que nadie tome fotos." Nadie las tomó. De hecho, sus compañeros no sabían quién era, como tampoco los tipos que lo habían transportado en el camión, ni siquiera los del gomón. Los del Alfa Romeo —"y la puta que los parió"—, sí, pero esa era gente de la mayor confianza.

Cruzada la frontera lo esperaba un vehículo estilo *jeep*. Por primera vez desde que salió de Madrid le daban algo que no fuera agua: fruta, una especie de tasajo, un café caliente. Al General se le habían acabado los cigarrillos, que consumió muy a gusto mientras "camelgaba", si así se puede decir. Como sus nuevos acompañantes no le hablaban, él tampoco lo hacía, pero el lenguaje gestual le alcanzó para conseguir un par de cigarrillos que le supieron a un tabaco de su primera juventud, conocido entonces en la Argentina como tabaco turco. De hecho, había empezado a fumar a los trece años con tabaco turco, y nunca dejó de hacerlo –con el tabaco que fuese–, ni un solo día de su vida. Al rato pidió otro, y esta vez le pasaron tres. Cuando terminó el último estaban entrando en una pequeña ciudad –¿tal vez las estribaciones de Argel?–, y con una maniobra algo brusca entraron en un galpón que se abrió y se cerró de inmediato.

Mahmoud en persona lo esperaba; se apretaron en un abrazo y aunque Perón tenía todavía un poco de ganas de putearlo, dejó que cedieran los rencores y el agradecimiento tomara el mando. Pasaría veinticuatro horas en ese galpón sin compañía; el ingenioso metalúrgico, su único acompañante, tendría que salir por ciertas averiguaciones y gestiones de último momento. En una mesa había buena provisión de comida árabe, a la que el General no era esquivo. Y sobre todo, higos secos y dátiles, esas delicias que había tenido oportunidad de probar ya bien entrado en años. En una esquina, un cubículo que oficiaba de baño, consistente en un pozo y una gran palangana con agua más o menos fresca, más o menos limpia; al costado del cubículo, un catre militar. Perón se dijo que no necesitaba más, que nunca lo había necesitado, y que había sido feliz durante los lejanos años en que no había tenido más comodidad que esa.

Después de comer y dormir como un bendito –recuperó dos siestas y una noche de insomnio–, se levantó y fue al cubículo para hacer aguas, pero las frutas habían obrado, por lo que se acuclilló y fue de cuerpo en el pozo como si lo hubiera hecho de ese modo durante los últimos cincuenta años. Al levantar la vista descubrió una banqueta con un jabón con perfume de jazmín, una blanca toalla, una maquinilla de afeitar y una muda completa. En los diez minutos reglamentarios para un recluta, terminó con su higiene completa y se puso la ropa limpia; al salir se encontró con un Mahmoud sonriente, que lo felicitó por la demostración de disciplina y le pasó el parte con las novedades: el barco estaba a punto de anclar en la isla Brava, por lo que se había resuelto –en realidad, el que resolvía todo era Mahmoud, las autoridades gubernamentales no le negaban nada– adelantar el viaje en avión a Cabo Verde, lo cual implicaba la cancelación del encuentro con el presidente, pero a Perón eso no le quitaba el sueño.

Subieron en el seudo *jeep* de origen francés y partieron –con la custodia de dos milicianos, disimuladamente armados hasta los dientes– hacia un aeropuerto que era casi de juguete, con una sola pista apenas asfaltada. El avión que los esperaba era un cuatro plazas de origen soviético, tosco pero muy seguro al que, a la par del tren de aterrizaje, se le habían adicionado recientemente flotadores: en la isla Brava existía una de las vegetaciones más hermosas del mundo, pero no había aeropuerto ni una superficie plana de longitud suficiente como para aterrizar. Y cuando no se puede aterrizar, se ameriza, como sostuvo con decisión el piloto, a cuyo lado se sentó Perón; el General solicitó –de ser posible, si las condiciones lo permitían– tomar el mando durante unos minutos, algo que extrañaba de sus años de joven militar. Atrás, Mahmoud, y como cuarto pasajero, un bolso enorme cargado con armas modernas, otro aporte del FLN argelino a la causa de la liberación argentina.

VIII

Las gestiones para el alquiler del pesquero las había llevado adelante uno de esos peronistas-nacionalistas de apellido rimbombante; algún Anchorena, que no precisaba más garantías que su prosapia. Como tenía campos cercanos –parte del famoso Boquerón–, declaró que se había hecho amante del mar y buscaba experimentar con el negocio de la merluza negra para hacer frente a los malos precios del vacuno en Liniers. El dueño, un conocido de Jorge Antonio, estaba dispuesto a escuchar cualquier excusa siempre que se le pagara por adelantado un mes de alquiler y el barco estuviera a cargo de alguien que supiera de qué se trataba; y el capitán Mario Rodríguez era en ese sentido una garantía. Firmados los papeles, esa noche subió a bordo la marinería, que eran los treinta muchachos peronistas más el zarévich de la publicidad con dos ayudantes. Muy embolsados traían sus pertrechos de pesca: fusiles automáticos, pistolas nueve milímetros, chaquetas de camuflaje, cámara y equipo de transmisión y, la frutilla de la torta, el sable corvo de San Martín. Habían partido de Mar del Plata con aguas calmas y no tuvieron incidentes en el trayecto.

Al llegar a Cabo Verde debieron hacer algunas gambetas para acceder a la isla Brava; Rodríguez –como casi todos– no había navegado esas aguas, pero efectivamente era un hombre de oficio. A poco de echar anclas y cuando estaban viendo cómo reaprovisionarse de agua potable y algunos alimentos frescos, vieron que un pequeño avión daba vueltas sobre su porción de cielo en círculos cada vez más cerrados y cada vez más bajos, hasta que en un momento pudieron distinguir dos figuras. ¡Y una saludaba con un característico gesto de levantar los dos brazos a un tiempo! No cabían dudas: ese irreconocible árabe de anteojos negros era el General. "¡Viva Perón, carajo!", estallaron los muchachos, y a alguno no se le ocurrió nada mejor que sacar su pistola y hacer unos tiros al aire, que pusieron medio nervioso al piloto, por lo que el amerizaje fue poco elegante: el avión no se hundió, pero estuvo a punto, y cuando el General fue recogido por una lancha enviada desde el barco –*Perla del Atlántico,* así se llamaba– estaba hecho sopa.

La lancha arrastró al avión hasta la costa, y el General pasó revista a la tropa, que había descendido del buque y, en su honor, se presentaba en formación; por cierto, algo irregular la formación, pues el militar veterano a cargo del entrenamiento se había concentrado en otros menesteres, como el cuidado y uso de las armas. Al final de la formación, el jefe de la tropa, que no era otro que el ex capitán de fragata Mario Rodríguez, esperaba al General con el sable corvo en sus manos; dado que Perón aún vestía el uniforme de fajina que le había facilitado Mahmoud, la imagen de la entrega no tenía el suficiente impacto, por lo que persuadieron al zarévich –so pretexto de cuestiones de seguridad– de no grabar la escena. En tres horas, luego de un conmovido abrazo entre Perón y Mahmoud, el *Perla del Atlántico* partía rumbo al sur. Luego de dos días de navegación, Perón convocó al capitán Rodríguez:

—Rodríguez, hay que torcer un poco el rumbo.

—Pero, ¿por qué, mi General? Vamos derechito a Mar del Plata.

—No, Rodríguez. Vamos a Malvinas. Desde ahí se va a iniciar la Reconquista. Primero recuperamos lo que está ocupado por el extranjero; después, lo ocupado por los traidores.

Cuando la muchachada peronista se enteró, ardió de fervor patriótico; después de todo, el origen político de la mayoría había sido el nacionalismo.

IX

Desde hacía un mes tenían todo preparado; el principal problema era soportar la espera sin que alguno se resfriara, por así decirlo, y dejara conocer los planes de los diez complotados. Iban a ejecutar una hazaña digna de cóndores: cazar un pájaro metálico en vuelo y llevarlo a la extremidad irredenta de la patria para, precisamente, redimirla. Era otro grupo de muchachos peronistas que, por serlo, no se llevaba demasiado bien con el del barco. Pero eso sí: sobre unos y otros estaba la voluntad del General, cuyo retorno era el objetivo final de la patriada que emprendían. Ellos iban a recuperar las Malvinas, después de copar el avión que hacía la ruta del extremo sur y obligarlo a que se desviara. Tenían un jefe, pero en realidad la idea se le había ocurrido a una muchacha que ni peronista era, que era joven y que, como corresponde, se enamoró del joven jefe, que tenía el clásico aspecto del héroe romántico —largo cabello y ojos negros, largo y cimbreante cuerpo, algunas historias de acción en su pasado— y era hijo de un dirigente metalúrgico que recientemente se había distanciado de Vandor.

De algún modo mágico, el General se había enterado de sus planes; los aprobó con entusiasmo, pero solicitó que los postergaran hasta que él les hiciera llegar la orden. ¿Quién podía discutirle? El comando estratégico siempre sabía más; tal vez tenía que ver con alguna situación de la Guerra Fría que ellos ni siquiera conocían. A los cóndores se los veía silenciosos, tratando de eludir los lugares que frecuentaban, pero terminando allí para sentarse taciturnos a tomar una ginebra, cuanto más dos: la instrucción era no pasarse de copas, porque la orden podía llegar en cualquier momento. Tenían los pasajes a Santa

Cruz con fecha abierta, lo que era una gran cosa porque de lo contrario más de uno habría consumido su importe entre necesidades y vicios chicos. Pero, cuando ya desesperaban, la orden llegó, y al día siguiente embarcaban hacia el sur del sur; ya en vuelo, dieron la orden de desviarse hacia las islas al piloto, que la acató sin sorpresa. ¿Estaba el hombre al tanto y de acuerdo? Dios lo sabrá.

X

En Port Stanley nadie se inquietó por la llegada del *Perla del Atlántico*; no era raro que, por un motivo o por otro, pesqueros de cualquier bandera –inclusive argentina– entraran en puerto. Víveres, reparaciones, algún discreto contrabando. Lo que sí desató un cierto pánico fue la casi simultánea presencia de un avión que sobrevoló la ciudad como apuntando, para finalmente bajar y hacer un aterrizaje medio forzoso en la cancha de carreras; no hubo verdaderos riesgos, pero el pesado aparato quedó enterrado en el barro de la improvisada pista. La mitad de los casi dos mil habitantes de Malvinas corrieron a ver qué sucedía, y se encontraron con la sorpresa de que por la escalerilla bajaban una docena de hombres armados –a todas luces mal pertrechados– portando la bandera argentina. Los kelpers pensaron que los invasores eran pocos y que se los podría doblegar, pues entre los policías y el destacamento militar contaban con unos veinte hombres en armas, y a eso se le podía sumar de apuro una milicia de cincuenta, tal vez de sesenta hombres con sus escopetas.

El problema fue que al volverse al pueblo a buscar sus armas, se encontraron con un pelotón de unos treinta hombres preparados para el combate, dirigidos por un señor mayor que en una mano llevaba una pistola y en la otra lucía un sable de extraño diseño. Y ese pelotón les cortaba el paso. Aunque los lugareños eran voluntariosos, la decisión y el armamento de los nuevos invasores –la ferretería de los argelinos era admirable– los apichonaron, y optaron por no presentar combate. También pesó, en la memoria de los más viejos, el recuerdo de otros argentinos, bastante extravagantes por cierto, que en el año 1939, sin que

258

nadie los invitara, se habían presentado en Stanley para defender las islas de un incierto ataque de la Alemania nazi. Estos locos lindos eran treinta y tres miembros de la comunidad inglesa, la mayoría de ellos jugadores de rugby, que vivían en Argentina y habían decidido formar un pelotón de combate al que bautizaron con el nombre de *Tabarís Highlanders*; ese nombre lo tomaron de un famoso cabaret que frecuentaban, donde las señoritas, el whisky y las apuestas corrían como agua. Por lo tanto, los veteranos malvinenses les recomendaron a los más jóvenes mucha prudencia porque con los argentinos nunca se sabe…

Resultado: que entre las más enfáticas protestas, el gobernador de las islas optó por la rendición. Los cóndores, que a falta de buenas armas evidenciaban coraje, procedieron a una rápida requisa del armamento de policías y de militares, y se incautaron hasta de las escopetas de los kelpers de aspecto más belicoso; el General podía dormir en paz, sus muchachos habían desarmado al enemigo y tenían controlada la situación.

Perón se presentó –"teniente general Juan Perón"–, lo que provocó en el gobernador inglés un verdadero shock; el General esperó a que se recuperara y le dijo, con esa habilidad tan suya para manejar a los hombres, que consideraba que su actitud no solo había sido inteligente: había sido heroica. Porque héroes son los que salvan la vida de su gente, y le propuso hacer una rendición pública en la que él, Perón en persona, le concedería todos los honores. Le propuso incluso que, de no mediar ningún incidente, la ceremonia podría hacerse el día siguiente, cosa de que los ánimos estuvieran más calmos y todos más descansados. El gobernador accedió de inmediato: era un ex militar, y a los militares de cualquier latitud los subyugan las formaciones de madrugada, aun cuando a esas horas malvinenses la oscuridad dejaría ver poco y nada. No importaba: se utilizarían unos potentes reflectores que la metrópoli había enviado recientemente sin un propósito bien definido.

Si así lo deseaba, el general Perón pernoctaría en la residencia del gobernador, que tenía una cómoda habitación de huéspedes, y la tropa argentina podría alojarse en un barracón lleno de lana, lo que ofrecía magníficas posibilidades de hacerse lechos para todos.

Se les entregarían –contra un recibo suscrito por el propio Perón– tres ovejas, cinco kilos de pan, cuatro litros de leche y una cantidad suficiente de turba como para asar los corderos, porque Perón pidió que lo fueran en lugar de las ovejas ofrecidas. El gobernador hubiera dicho que sí a mucho más con tal de posponer la ceremonia, porque ganaba tiempo para comunicar –vía su equipo de radio– las terribles novedades a Londres.

Perón necesitaba el plazo para poner un poco de orden en la casa propia. Había observado que entre los muchachos peronistas del barco y los muchachos peronistas del avión se cruzaban miradas torvas, fuera porque mediara alguna mala sangre anterior o porque mutuamente se imputaban el robo del honor de haber recuperado Malvinas. Perón saludó calurosamente a los llegados en el avión y muy en especial al jefe de los cóndores; ponderó su disciplina y paciencia para esperar que le llegara la orden, y lo llevó a un aparte con el capitán Rodríguez. Les explicó que era preciso unificar el mando y verticalizar a la tropa; por una cuestión de antigüedad, él comandaría las operaciones y, con el mismo criterio, Rodríguez lo secundaría, contando con la estrecha colaboración de Cóndor. No era una pregunta, así que no cabían respuestas, que en cualquier caso habrían sido positivas porque, ¿quién iba a discutir la jefatura del General? Y Rodríguez era un veterano, militar –marino– profesional, así que Cóndor no podía sentirse menoscabado. A partir de ese momento las dos tropas serían una, confraternizarían y se prepararían juntos, porque iban a ser la base de la fuerza que luego recuperaría el territorio continental.

Más aún: con el retraso, si todo estaba bien, esa tarde llegaría a Stanley el vapor *Darwin*, única forma de comunicación de las islas con el continente; habiendo partido de Montevideo hacía cuatro días, debería estar completando su periplo. Entre los pocos turistas que traería debían encontrarse Isabelita y López Rega, que una semana antes habían partido de Madrid hacia la capital uruguaya; la excusa para la prensa fue que se trataba de un simple viaje de descanso, aunque todos supondrían que iban a sostener encuentros con dirigentes peronistas que, a tal efecto, cruzarían el charco. Y que lo cruzaron inútilmente, pues los viajeros se atrincheraron en el Victoria Plaza y no recibieron a nadie hasta que salieron del hotel sin que los vieran, dejando pagados por anticipado varios días más, cosa de que se creyera que aún permanecían allí. ¿Llegarían? Llegaron: la última pieza del delicadísimo mecanismo de relojería ideado por Mahmoud y el General había funcionado. La señora se alojó en casa del gobernador y el secretario en el barracón; cuando lo acompañó hasta allí, en un aparte, Perón advirtió al capitán Rodríguez: "Este está fuera de la cadena de mando. No le dé bola".

Rodríguez deliberó con Cóndor y resolvieron adoptar ciertas providencias elementales que evidenciaran el cambio de gobierno en las islas; lo primero, dispusieron el cambio en el sentido de circulación de los vehículos. En cuanto a la seguridad, adoptaron un sistema de guardias fijas en lugares estratégicos, como la radio local y el sistema de comunicación interior y con las demás islas del Atlántico Sur en poder de los ingleses, y guardias móviles que recorrían la calle principal, donde se verificó el único incidente de todo el episodio. Resultó que el segundo relevo les tocó a dos muchachos no muy disciplinados, que pronto terminaron en uno de los *pubs*, so pretexto de que el nivel de ruidos molestos era excesivo; en realidad, necesitaban algo fuerte para echarse entre pecho y espalda. Cuando iban por el segundo whisky, un gigantón gritó desde la otra punta del establecimiento: "¡Argentinos putos!". Se creó un silencio de muerte; la expectativa de los parroquianos era total. Los muchachos resolvieron que no quedaba más que detenerlo; si por la buenas, por las buenas, y si por las malas, no iba a ser el primer grandote al que le partieran la cabeza. No hizo falta: el agresor oral exhibió una libreta de enrolamiento argentina, y en un español aporteñado declaró que se estaba refiriendo a Argentinos Juniors. Lo dejaron ir con el consejo práctico de "otra vez, no seas tan pelotudo".

Además de lo comprometido, el gobernador envió también un par de botellas de whisky al barracón, suficientes como para que la muchachada peronista entrara en calor y terminara de tomar conciencia de lo sucedido: nada menos que al mando de Perón, habían devuelto las Malvinas a los argentinos. La cantidad de alcohol era suficiente como para eso, pero no daba como para empezar los entreveros que suelen traer las copas. En tanto, Perón y su señora comieron el inevitable cordero en la mesa del gobernador; el General sospechó que era oveja vieja, cosa que solo comían gringos salvajes, y la salsa de menta de la señora gobernadora —muy ponderada por ella misma— había terminado de estropearle el sabor. Después de alabar la virtud de la frugalidad con citas de griegos y romanos, Perón apenas probó bocado y solicitó permiso a la señora gobernadora para retirarse, pues le estaban bajando las fatigas de un viaje sobre el que, prometió, ya les contaría. Isabelita se quedó haciendo sociales, que era lo suyo. Para variar, el General durmió como un lirón.

Al otro día, mientras se preparaban unos y otros para la ceremonia de entrega de armas —por delicadeza, Perón prefería no hablar de rendición—, el General se enfrentó con un ridículo problema de vestuario. En el barco le habían dado un uniforme de gala para el extraordinario acontecimiento: chaqueta y gorra, camisa y corbata, zapatos, banda con los colores nacionales, charreteras bordadas con hilo de oro, insignias, todo escamoteado de la Sastrería Militar por un viejo sastre peronista. Pero habían olvidado —o no habían conseguido— los pantalones. Los que Perón tenía puestos eran de fajina, incompatibles con la dignidad del evento. Haciendo de tripas corazón, sacó el tema con el gobernador; como este también estaba interesado en que la ceremonia no se ridiculizara por algún falso detalle, le ofreció uno de los suyos. Prácticamente idénticos a los del Ejército Argentino —azules con festones laterales en oro—, el problema consistía en que eran algo más estrechos que los que el General usaba habitualmente; pero servían. Se distinguían de los de la tropa propia y, sobre todo, de los grises que usaba la policía local, tal vez porque en Malvinas mandaba el color gris sobre cosas, bestias y humanos.

El zarévich de la publicidad, consciente de que era su gran momento, tenía todos sus artilugios preparados; un colaborador se haría cargo de la cámara y otro de la transmisión, para lo cual habían traído una antena portátil que, montada y puesta sobre una colina inmediata al lugar de la ceremonia, resultaba bastante imponente, sobre todo porque allí mismo se habían instalado los reflectores del gobernador. La tropa argentina casi se unificaba: por casualidad, los del barco y los del avión habían comprado rompevientos de la misma marca, y todos llevaban puestos *blue jeans* pese a su nacionalismo exaltado; eso no importaba, pues la cámara se concentraría en sus torsos y en sus fieros rostros, encerrados en las capuchas de las camperas y centrados, en casi todos los casos, por un grueso bigote. La tropa inglesa que entregaría armas –armas que, en realidad, ya había entregado– prefirió adoptar uniformes policiales, de los que había bastantes como para los diez que simbólicamente oficiarían el acto protocolar. Esto era para que el honor británico quedara intacto y los auténticos soldados no sufrieran la humillación de ser filmados con sus uniformes militares. El aspecto del gobernador era imponente, con su uniforme blanco de gala coronado por un casco con plumas; como sabía que Perón portaría el sable corvo, decidió que él rendiría su espadín.

Todo se realizó como había sido planeado. Dos policías kelpers bajaron la *Union Jack* y dos comandos argentinos –uno llegado en avión y otro en barco– izaron la bandera argentina. De fondo, la *Marcha de San Lorenzo* que a los británicos les sonaba familiar por ser una de las usadas para los cambios de guardia en el Palacio de Buckingham. Perón, con su sable corvo a la cintura, recibió el espadín del gobernador y luego la variopinta decena de rifles y escopetas de la tropa local; a cada entrega, el General hacía una corta reverencia mientras decía unas palabras que todos creyeron llenas de patriotismo y emoción; en realidad, se lamentaba porque "este pantalón bombilla me está estrujando las bolivianas". El discurso trascendente vino después; Perón sacó el manojo de páginas que tenía preparado y se encaminó directamente hacia la cámara del zarévich; daba la espalda a la concurrencia, pero el mensaje que leía no iba dirigido a ellos sino a los argentinos, a los que se suponía llegaría en simultáneo. Fue una alocución excepcional: todo un programa de unidad de los argentinos y de desarrollo nacional con justicia social que, como se daba sutilmente a entender, solo podría ser realizado con el General nuevamente en el poder.

Desgraciadamente, sus efectos en la patria fueron escuálidos. La señal televisiva –fantasmagórica, irreconocible–, al parecer solo fue captada por un vecino de Santa Cruz, que en su locura había elevado en el patio de su casa costera una antena de casi treinta metros. El sonido, en cambio, fue escuchado en cientos, tal vez miles de receptores de radio ubicados en el sur argentino. En ningún caso les llegó la versión completa sino tramos muchas veces incomprensibles. Naturalmente, estos fueron enviados por el éter a las radios de Buenos Aires, que discutieron largamente la veracidad de los dichos y la autenticidad del autor. Sobre esto último comenzó a darse fe, porque en Londres se había filtrado la noticia de que Perón estaba en las Malvinas, aunque consiguieron guardar el secreto acerca de que no estaba en tren turístico sino como ocupante, lo que los había obligado a enviar una pequeña escuadra –en realidad, apenas dos fragatas y un destructor– para poner las cosas bajo control.

Lo trágico era que la gente, los muchachos, los viejos, las señoras, los niños y la mayoría de los peronistas de todo pelaje, no creyeron en la versión. Lamentablemente, la industria de discos falsos con instrucciones de Perón –voten a este, hagan huelga tal día– venía poniendo en duda la credibilidad de la palabra del jefe, que dejaba de ser sagrada cuando no se lo veía emitirla. Eso, y que Onganía estaba por entonces en el cénit de su cesarismo y megalomanía, por lo que el vocero de su dictadura negó la versión de Perón en Malvinas, no sin agregar que en el remotísimo caso de que fuese cierta, "tanto el señor Perón como su comitiva [sic] serían detenidos y juzgados en cuanto pisaran el suelo argentino", lo que no dejaba de ser un brulote más pues Malvinas, ¿era o no era suelo argentino? Además, el vandorismo se había recuperado después de su derrota electoral, que ahora carecía de importancia porque, ¿quién se preocupaba por el resultado de las elecciones, si Onganía pensaba quedarse cien años? Bajo las precisas instrucciones del Lobo, el movimiento obrero organizado, la columna vertebral del peronismo, cayó en un estado de distracción semejante a la catatonia.

Por supuesto, los comandos que se habían apoderado de las islas no tenían idea de que esa había sido la recepción de su hazaña, y ya se preparaban –mentalmente, sobre todo– para cruzar la porción del Atlántico sur que los separaba de la Patagonia y desde allí avanzar hasta Buenos Aires, en medio de puebladas y huelgas que garantizaran la vuelta de Perón al poder. Eso pensaban los comandos. Todos, menos su comandante en jefe: el General había comenzado a sospechar que los vientos, hasta entonces tan favorables, podían virar, el diablo meter la cola y todo terminar para el carajo. Claro está que, con sus años de entrenamiento, se mantuvo más impertérrito que jugador de póquer, y comenzó a ejercer el gobierno efectivo sobre las islas que, naturalmente, desde los mismos carteles de bienvenida en el muelle, pasaron a llamarse Islas Malvinas.

El problema siguiente fue rebautizar Puerto Stanley. La idea de los muchachos del barco era seguir lo que anunciaba la cartografía patria, con lo que el nombre no era materia de discusiones: Puerto Argentino. Pero resultó que los cóndores tenían otra idea: querían homenajear con el nombre al mítico Gaucho Rivero, histórico defensor de la soberanía argentina en Malvinas. El General podía haber resuelto a su buen saber y entender sin mediar consulta previa, pero no era hombre de dejar inútilmente disgustado a nadie. Y encontró una solución salomónica y sincrética; siguiendo la fórmula del fundador de la capital argentina –aquello de "ciudad de la Trinidad y puerto de Santa María de los Buenos Aires"–, ordenó que se nombrara al caserío, pues no era mucho más que eso, como "Ciudad del Gaucho Rivero y Puerto Argentino".

Todos contentos, menos el ex gobernador, porque Perón, al asumir la gobernación, debía fijarle sede, y no había edificación con la suficiente dignidad, como no fuera la propia residencia del gobernador. Con delicadeza, el General se lo explicó a su antecesor, quien, con alguna angustia, le expresó su preocupación por su destino: él, que hasta ayer había representado la dignidad del mando, ¿tendría que irse a vivir al barracón donde pernoctaba la tropa argentina? Perón le aseguró que no, que bastaba con un simple enroque: él se mudaba a la habitación del gobernador, y este a la pieza de huéspedes. Entre militares se entendieron; la cuestión fue un poco más compleja llegada la hora de comunicárselo a las mujeres que, hasta ese momento tan amigas, se pusieron a discutir por si unos veladores se quedaban en la pieza del gobernador o iban a la de huéspedes. Para tranquilidad del General, el ex gobernador puso punto final dictaminando que se quedaran: eran un regalo de su suegra, a la que detestaba, y de haber sido por él se los habría dado a los pingüinos para que hicieran sus necesidades sobre ellos.

Desgraciadamente, el curso de los sucesos siguió la más oscura de las premoniciones de Perón. Las repercusiones en Buenos Aires habían sido mínimas, y ello fue así porque el régimen directamente había impuesto censura sobre el tema, y el embajador argentino en España salió por todas las radios jurando y perjurando que Perón estaba en Madrid. Los días pasaban y una noche, de militar a militar y con el espíritu confidente que le suscitaban las copas, el ex gobernador le informó al General que en pocos días llegaría la escuadra inglesa, y que por escuálida que fuera, tendría medios sobrantes como para acabar con los muchachos peronistas. Se produciría un inútil baño de sangre, y Perón detestaba la idea. Fue a buscar al capitán Rodríguez y lo puso al tanto del verdadero estado de las cosas.

Rodríguez no podía, no quería creerlo, pero —viejo peronista— terminó aceptando que pudiera ser que fuese así; al parecer, él también había tenido sus premoniciones. Ofreció resistir hasta el último hombre, pero Perón lo persuadió de que sería pecado quedarse sin esos jóvenes maravillosos. *Soldato che fugge serve per un'altra volta*, le dijo el General entre irónico y conmovido; demostrando también que no había olvidado lo aprendido en la Italia de los lejanos años cuarenta.

Eso sí: había que sacarlos medio engañados, porque si no alguno se iba a retobar. El Cóndor, por ejemplo. Rodríguez, que a esa altura le había tomado simpatía al muchacho, estuvo de acuerdo.

—Mañana hacemos una formación —agregó Perón—, les impongo unas condecoraciones que ya conseguiré y les ordeno que crucen a iniciar la campaña de la Reconquista. Usted enfila el barco hacia Mar del Plata —ellos ni se van a dar cuenta—, y cuando estén por llegar les dice la verdad y les aconseja que se queden guardados por un tiempo, porque si no los gorilas se van a ocupar de guardarlos pero en la cárcel, si es que no les pegan un tiro en la nuca a cada uno. Porque se estarán haciendo los boludos, pero seguro que a esta hora la gente de la inteligencia militar y naval ya tiene los nombres de casi todos. Usted, Rodríguez...

—Ya sé: yo no tengo mucha salida.

—¿Por qué? Usted devuelve el barco, con lo que desde ese punto de vista no tiene cuentas pendientes; lo llama a uno de mis abogados, Ventura Mayoral, que suele andar por Mar del Plata, y le dice que le consiga un auto para ir a la estancia de Aloé. Al Caballo le entrega esta cartita que le estoy dando –Perón le pasó un sobre abierto– y va a ver que ahí lo guardan el tiempo que sea necesario. Hace mucho que no le pido nada a Aloé, y me debe tantas… Ah, hay otra cosa muy importante: el corvo. Comprenderá que el corvo no puede quedar aquí, a riesgo de caer en manos enemigas. Dígale a Aloé que lo ponga en contacto con el general Miguel Ángel Iñíguez. ¿Usted no lo conoce? Es un hombre de probada lealtad, sanmartiniano hasta los huesos y, además, es un general. Usted perdone, Rodríguez: ya sabe que lo tengo en el más alto concepto. Pero para lo del sable hace falta un oficial superior del Ejército. Cuando aparezca Iñíguez por la estancia del Caballo, usted le entrega el sable y le transmite esta instrucción: que vaya con toda discreción hasta el Regimiento de Granaderos y le entregue el sable al jefe, así sacan de exhibición la copia y todos quedamos discretamente en paz. Que le diga, por supuesto, que yo lo he recuperado para gloria y honor del Regimiento.

—Con lo que los Granaderos lo van a poner a usted en un altar, lo que tal vez no viene mal porque, ¿quién sabe, General, las vueltas que da la vida?

Perón hizo una mueca de escepticismo y fue hacia adentro, a solucionar un importante detalle. Revisó el alhajero de Isabelita y hasta incautó el de la ex gobernadora, pero entre los dos no había más que tres o cuatro chucherías que podían pasar por condecoraciones, y él necesitaba cuarenta y dos. El ex gobernador, que había asistido a la requisa, lo tomó del brazo y lo llevó hasta la sala. Se había hecho una composición de lugar, y la alegría que le producía la perspectiva de recuperar el mando lo llevaba incluso hasta el sacrificio. Resultó ser que disponía de una cincuentena de medallas que la Corona había enviado hacía años para que los gobernadores las otorgaran a isleños que hubiesen tenido actos muy meritorios: salvar algún carnero de raza, donar alguna suma importante al hospital, conservar el hogar de estilo más británico de las islas, cosas así.

Las medallas, sin texto alguno, para las necesidades de Perón tenían un grave problema: si bien en una de sus caras se veían las Malvinas, en la otra estaba grabado el aburrido rostro de la reina Isabel. Además, las cintas de las que colgaban tenían los colores británicos, pero eso era lo de menos: las señoras fueron puestas a descoser lo inglés y coser lo argentino, cosa que se obtuvo cortando una de las banderas que habían llegado en el barco. En cuanto al otro problema, según el ex gobernador también podía tener solución, siempre que Perón se comprometiera a nunca hablar de ello. Salió de la casa, fue hasta uno de los *pubs* y volvió con un danés en avanzado estado de síntesis alcohólica; el hombre, retirado de sus actividades ovejeras, se dedicaba a la orfebrería, y era capaz de trabajar bien si tenía en sus venas mitad sangre y mitad alcohol, situación en la que en ese momento se encontraba.

—¿Tiene usted consigo alguna imagen de Eva Perón? –preguntó el depuesto y futuro gobernador de las islas.

Perón, afirmativamente, se palpó el bolsillo superior de la chaqueta: nunca andaba sin ella. Partieron todos hacia el taller de Nils. Sin decir palabra, pusieron sobre la mesa de trabajo una medalla con el rostro de la reina y al lado la foto de Evita. Nils sacudió la cabeza, y sin embargo tomó uno de sus cinceles y comenzó el trabajo. Sacó coronas reales, afinó rostros, con un toque cambió la mirada y hacia la madrugada las cuarenta y dos medallas representaban algo que, con buena voluntad e inocencia, podía pasar por Evita. Durante todo el trabajo el danés había sido provisto de grandes vasos de whisky; al terminarlo, le dieron una botella entera, con lo que se aseguraban lo más importante, el silencio: si no moría por la intoxicación –en cuyo caso, según el gobernador, nada se habría perdido–, olvidaría lo sucedido en esa larga noche. Antes de retirarse a descansar, Perón se comprometió a garantizar que ninguno de sus comandos se llevara como trofeo una bandera inglesa, ni ningún otro *souvenir* de las islas. No correspondía y, además, Perón se quedaba, y no quería ser objeto de represalias por alguna provocación sin sentido.

Gracias al trabajo de orfebrería, la ceremonia fue conmovedora; el secretario se puso también en la fila, pero como no alcanzaban las medallas para premiarlo –ni se lo merecía–, Perón lo tranquilizó diciéndole que no le convenía tener una medalla, porque le tocaba quedarse en Malvinas a aguantar lo que viniera. Lopecito se puso pálido, pero visto y considerando, le pareció que no sería muy bueno quedarse en las islas con esa medalla colgando de su pecho. La tropa se embarcó entre subidos gritos de "¡Viva Perón, carajo!, ¡Vivan las Malvinas Argentinas!". El capitán Rodríguez y el Cóndor, hombres duros, lloraban como niños. Una hora después el barco partía de Puerto Argentino, que tras su salida recobró el cartel con el nombre de Port Stanley.

La partida fue providencial; apenas cuatro horas después, la escuadra inglesa hizo su arribo; de milagro no se habían cruzado con el pesquero argentino. Para entonces, la bandera argentina ya había sido arriada, y la *Union Jack* volvía a ondear sobre las islas. El marino a cargo se tomó las cosas con calma porque esperaba encontrarse con un panorama muy distinto. Gracias al poderoso equipo de comunicaciones del destructor –que oficiaba de nave insignia– se pusieron en comunicación con Londres a la espera de instrucciones. ¿Qué hacer con Perón? Desde luego, estaba detenido o retenido, pero lo mejor era sacarlo rápidamente de las islas. El Foreign Office trabajó a destajo, pero no encontraba solución; el gobierno argentino se negaba rotundamente a recibirlo –"si viene lo fusilamos", comunicó la Cancillería argentina–, y aunque Perón afirmaba ser un viejo amigo de Inglaterra, a la que había surtido de las mejores carnes para que no pasaran hambre en la posguerra, y sostenía haber aceptado pagar un monto sideral por unos trencitos que estaban hechos pomada, el gobierno inglés le comunicó que, lamentablemente y por el momento, no estaba dispuesto a recibirlo. Quedaba volver, con la frente marchita, a España, pero el gallego desagradecido –como le decía Perón a Franco– comunicó que estaba harto de los problemas que su huésped le había ocasionado, y que no quería saber nada más de él.

¿Qué hacer con Perón? Ya estaba en Malvinas, y no podían tirarlo al mar. Así que el gobierno inglés se lavó las manos como Pilatos y dejó en manos del gobierno malvinense la decisión. El gobernador, que estaba un poco bajo su influjo, dijo que podía quedarse, pero su señora, que tal vez mandaba más, dijo que de ninguna manera iba a aceptarlo después de la historia de los veladores. Ni en su casa ni en Port Stanley. Esto último le pareció muy prudente al marino que comandaba la escuadra; entraron en averiguaciones y se enteraron de que el antiguo puesto ovejero de Port Howard, en la Gran Malvina, estaba vacante desde la muerte del último *belonger* de la zona: ni los pingüinos querían vivir allí. Le preguntaron a Perón qué le parecía la idea y a él, pese a los llantos histéricos de Isabelita, la idea le pareció buena.

Quedaba un problema por resolver: aunque fuera una tapera, no podían cederle el puesto a título gratuito, porque si no sería visto como un huésped, y esa no era su condición, aun cuando no se supiera bien cuál era. Afortunadamente, entre el abultado equipaje que había traído Isabelita en el *Darwin*, dentro de una de las valijas venía un maletín con una combinación que solo Perón conocía, y en su interior una buena dotación de libras esterlinas enviadas por Jorge Antonio. Perón alquilaría la casa, y proveería a sus propios gastos. Entrando en averiguaciones, el General se enteró de que si bien Port Howard era tan poco cultivable como el resto de las islas, además de los consabidos arbustos, brezales y musgos, en la zona había buena provisión de *tussock*, la gigantesca gramínea salvaje que se utilizaba como forraje para el ganado. ¿Podía comprar unos carneros y algún centenar de lanares? Por supuesto, le respondieron, a condición de que la lana resultante se la vendiera a la Falkland Islands Company, que tenía una suerte de monopolio legal.

Tan buena le pareció la solución al comandante de la escuadra que ordenó que una de las fragatas lo llevara hasta su nuevo destino, incluyendo los ovinos que había adquirido. El General, su secretario, Isabelita y sus diez valijas, tres peones chilenos recién contratados, cuatro carneros y ciento veinte ovejas, todos fueron subidos a bordo y, horas después, desembarcados en Howard. En un aparte, el secretario le susurró que, "en argentino", el lugar se llamaba Puerto Mitre. "Que Mitre se vaya a la puta madre que lo parió", respondió el General, que estaba con poco espíritu de rendirle culto a los héroes del panteón liberal, un panteón donde, cada día estaba más convencido, nunca lo dejarían entrar.

En los alrededores de Howard vivían unos veinte habitantes, que de a poco se fueron presentando llevados por la curiosidad. El viento y el frío eran más duros que en Stanley, o lo parecían; el secretario e Isabelita se la pasaban frente a la importante salamandra de la sala, alimentando el fuego con trozos de turba que los peones chilenos habían apilado en un cobertizo. La casa principal era un sólido chalet de estilo bien británico, con techos de chapa. Perón se pasaba horas afuera, contemplando el espectáculo de los leones y los lobos marinos, de los pingüinitos, de los rapaces caranchos, de los bellos petreles, de los cormoranes que se tiraban en picada para salir de las aguas con un pez en el pico. Y sobre todo, para ver cómo se iban acostumbrando al lugar las ovejas, cómo se daban maña para voltear el tussock y devorarlo de punta a punta. Y más que nada para hablar con los peones chilenos, que le recordaban a los de su niñez en el Chubut, cuando a su padre le había dado por hacerse rico en el fin del mundo. El frío, el viento, no le hacían nada: los había mamado de niño, así que se sentía mucho mejor que en Madrid.

Al poco tiempo se sintió aún más a gusto cuando el gobernador le hizo llegar una pareja de caniches que habían llegado en el *Darwin*, cosa que Perón le agradeció en los términos más amistosos: evidentemente, no habían quedado rencores entre los dos hombres. Sus perritos se acostumbraron a salir al patio con él, que los cuidaba de las aviesas intenciones de los grandes perros ovejeros; sin duda, estos comprendían que, en la nueva jerarquía perruna, pese a toda su habilidad en el trabajo con los lanares, los pequeñines eran los privilegiados: ciertamente, eran "los hijos del jefe".

Al jefe, apenas un mes después de instalados, Isabel y el secretario le comunicaron que iban a hacer un viaje –en el *Darwin*, naturalmente– a Montevideo, para enterarse del curso de todas las cosas de este mundo; sobre que llegaban pocas noticias a Port Howard, ninguno de ellos hablaba inglés. A los peones chilenos las noticias del mundo los tenían sin cuidado, seguramente seguiría tan ancho y ajeno como siempre. Lo notable era que a Perón tampoco parecía importarle mucho; estaba muy a gusto con su condición de pequeño ovejero, y la cercanía de la esquila lo entusiasmaba. Así que les dio su bendición, lo que le quedaba de su dinero –¿para qué lo querría en Howard, sobre todo ahora que tenía una fuente modesta pero propia de ingresos?– y partieron; se quedaron dos semanas en Montevideo y luego volaron hacia Madrid, a instalarse en Puerta de Hierro: ellos, en España, no estaban interdictos.

No se puede decir que Perón los extrañara. Con los ovejeros vecinos tenía dificultades de comunicación, aunque las relaciones eran buenas: le daban una mano de precisarlo, y él enviaba a sus chilenos si los vecinos estaban en un apuro. Cuando se cruzaban, los saludaba con su proverbial amabilidad, y los otros lo consideraban con el debido respeto; además, por lo que sabían de la Argentina, ese anciano solitario cualquier día podía volver al poder en un país tan mágico. Semejante idea ni pasaba volando por la cabeza del General, pero no había perdido del todo sus instintos: después de largas conversaciones con Perón, "sus" chilenos habían empezado a soliviantar delicadamente a los vecinos, hablando de la organización de su sindicato. Cuando Perón se enteró, en la más que pausada correspondencia que mantenía con Jorge Antonio, empezó a llamar a su rancho "mi nueva Secretaría de Trabajo". Además, se hizo construir por los chilenos un jardín de invierno, que no tendría las rosas y camelias del de Puerta de Hierro, pero cuyos plantines y florcitas fueron motivo de admiración para sus vecinos: eran un verdadero milagro, que hablaba a las claras de la voluntad excepcional de su propietario.

Como parte de las condiciones de su radicación en Howard, pesaba sobre el General la prohibición de recibir visitas; por supuesto, su señora y el secretario podían ir y venir cuanto quisieran, pero ya había pasado un buen tiempo y todavía no les había atacado la necesidad de verlo. De vez en cuando escuchaba Radio Colonia, que con su famoso "hay más noticias para este boletín" las brindaba frescas y precisas sobre lo que pasaba en esa Buenos Aires tan lejana. Al rato se aburría o se decepcionaba y prefería ocuparse de otras cosas. Recibía algunos libros de historia que le enviaba Antonio; exclusivamente, los clásicos universales y patrios, empezando por Herodoto y terminando en Mitre. No le pesaba la soledad porque le permitía entablar una suerte de diálogo con los textos y consigo mismo: al final de su vida, le había entrado la curiosidad por saber quién había sido, y se miraba en esos espejos para compararse.

Se reconcilió con Mitre y, en su soledad, con hidalguía, le pidió disculpas por el improperio que le había dedicado ante el secretario; a partir de entonces, sus pocas cartas iban fechadas en Puerto Mitre. Por supuesto, lo que más le atraía era la figura de San Martín, con quien la abusiva propaganda peronista de los años 50 se había complacido en compararlo. Sin embargo, había demasiadas circunstancias discordantes; la verdad era que San Martín había sido un buen militar, pero entendía poco de política. Estaba el largo exilio, pero si fuera por eso, también podía compararse con el Alighieri. Repentinamente, cuando vio su nombre asociado a la profesión de *farmer* en una gacetilla local –había obtenido el premio anual a la mejor lana–, le surgió la figura de Rosas. Tal vez con él era con quien más tenía que ver: en el oficio elegido para aguantar el destierro, en la infinita soledad. Rosas, el *farmer* de Swanthling en Southampton; Perón, el farmer de Port Howard en las Falkland. Rosas, el abandonado hasta por la hija; Perón, el abandonado hasta por la mujer.

A la mañana siguiente decidió dejarse de soliloquios y dar un paseo. Por orden suya –ahora llamada democráticamente "indicación"–, los peones chilenos les habían soltado los carneros a las ovejas, y estaban haciendo su tarea con el fervor característico. Los estuvo mirando con un poco de envidia; le recordaban algún pasaje de su juventud, cuando después de haber estado encerrado meses en los cuarteles tenía la oportunidad de salir a refocilarse. Sus caniches lo rodeaban otorgándole una módica felicidad. Eso era la vida; lo demás, la fama, era puro verso, como decía el tango.

En la alta noche se sorprendió diciendo: "Monto a caballo, calzo mis botas, como mi churrasco de cordero, tomo mis mates, siempre entre estos grises eternos. Estoy solo. Estoy viejo. Sospecho que mis huesos se quedarán en esta tierra, y en eso estoy mejor que Rosas, porque mal que mal voy a descansar en suelo argentino. Debería disponer que nadie ande moviendo de un lado a otro mis pobres restos pero, ¡para qué!, si a mis compatriotas los deleita repatriar muertos, y después de repatriados llevarlos a su provincia natal, al pueblito de donde salieron. Si serán…, que todavía no sé dónde está el cuerpo de Evita. Evita: sería lindo que estuviera acá. Le podría mandar una cartita, como la que le mandé en octubre del 45, antes del 17, diciéndole que iba a largar todo para irnos los dos solos al Chubut, que tanta cosa tiene parecida a esto. Los dos solos, como en San Vicente.

"Los que hoy están en Buenos Aires, me quieren de estandarte,

quieren mi voz y mi cara, desearían que estirara la pata cuanto antes
para hacer su programa que obviamente no es el mío. ¡Ma sí! Que se
arreglen como puedan. Ahora prefiero la quietud de la tierra baldía y
la soledad de los hombres que ejercimos el poder, que siempre estuvimos solos, auténticamente solos.

"¿Y Rosas? Bueno, me gustaría que me pusieran el epitafio que se
inventó Rosas, que tenía tiempo para esas cosas: 'Aquí yace un argentino que nunca dudó'. Suena bien, pero, ¿será cierto? Más que pensar
en las lápidas –cruz diablo–, mejor confiar en que voy a quedar en
la memoria de muchos. Quedar, que es lo que importa. ¡Sí, quedar!
Simplemente quedar…"

*PD: Ciertas versiones dan cuenta de que las modestas aspiraciones de
este viejo hombre, alguna vez idolatrado por su pueblo, no llegaron a
cumplirse. Con la anuencia de propios y extraños terminó sus días en la
Argentina, en una oscura celda de un penal clandestino, cuyo paradero
se desconoce.*

POSFACIO

por Pedro Saborido

Podría haber un cuento que se llamara "El hombre con ojos de peronista". Un tipo aficionado a la química elabora unas gotas que se pone en los ojos y que le permiten ver todo lo que ven los peronistas. Por supuesto, el tipo no es peronista. Pero a partir de ver como peronista, empieza a descubrir un mundo paralelo, un país paralelo, una ciudad paralela, un barrio paralelo, y todo lo que allí acontece, que no es otra cosa que el peronismo, según lo viven los peronistas.

Bocinas de auto que solo escuchan los peronistas. Perros que solo pueden acariciar los peronistas. Lluvias que solo mojan a los peronistas. Una realidad paralela no vista, o vista de otra manera, o no comprendida por aquellos que no son peronistas.

Porque está claro que donde los peronistas ven una cosa, los demás ven otra. Como en el rock o en cualquier otra religión, lo que es música para algunos es ruido para otros. Remeras, cuentos, pósters, altares, tumbas veneradas. También el comunismo las tiene. Aunque con menos decisión de aventurarse en cosas que lo contradigan y lo pongan en cuestión. Y con cierta culpa y sin tanta soltura al momento del *merchandising.*

Es decir: tumbas y monumentos, estudios y biografías, homenajes en general, tienen todos. Pero remeras, altares y termos con la cara de Margarita Stolbizer no hay. ¿Puede haber un libro de dibujitos que emula a esos de Wally, donde hay que encontrar en medio de una multitud a un Perón? Existe. No hay de Balbín. Puede haber una motoneta con control remoto en la que va Perón. Un reloj cucú desde el que Evita anuncia la hora y hasta un metegol con la abanderada de los humildes dando el puntapié inicial, porque es el metegol de los campeonatos Evita. Pero no va a haber un barrilete con la cara de Aramburu. Salvo que lo haga un peronista como broma de mal gusto.

¿Hay estéticas de izquierda? ¿Hay estéticas liberales? ¿Republicanas? El capitalismo es casi todo, no necesita andar diciendo que existe. Ponerse una remera, hacer un muñequito, escribir o leer unos cuantos cuentos. Esas cosas las hacen los que tienen que andar diciendo que existen. Los que necesitan espejos para autopercibirse de algún modo. Los que son cuestionados y viven explicando y explicándose. Los que se tienen que juntar en reuniones, actos, centros culturales, bares o donde sea, para confirmar que no están equivocados, que hay otros como ellos. Que son legítimos ante toda una realidad que se empeña en negarlos, en narrarlos como un disturbio de la normalidad.

Serán entonces estos cuentos como ponerse por un buen rato las gotas para tener ojos de peronista. Aunque no es claro si todos los que escribieron lo son, lo fueron o dejaron de serlo. Pero igual escriben. Permiten a cualquiera pasearse como quien hace turismo. El peronismo hizo alguna vez una república de juguete, un país paralelo al fin, para que los niños se sintieran adultos. Y sin querer provocar, también, que algunos adultos se sintieran gigantes. Superiores. Es lo que puede sentir cualquiera cuando se mete de turista o antropólogo en el territorio de otro. Como cualquier religión, género artístico, o, en fin, el capitalismo todo, el peronismo tiene también la capacidad de generar fascinaciones, realidades paralelas donde el que no es peronista, no ve, o ve y no entiende. Y donde cada peronista, a su vez, ve lo que quiere ver.

Así como un puesto de choripán aprovecha la convocatoria de un acto para vender lo suyo, acá un montón de escritores hacen algo parecido. El peronismo puede salir bien o mal. Pero siempre será una oportunidad. En este caso, el peronismo es una oportunidad para escribir.

Lo cierto es que nunca nadie vio un altar con velas y una foto de Balbín, una remera con la cara de Aramburu. Ni un termo con la cara de Stolbizer. Quizás porque no hacen falta.

Sobre los autores

CELESTE ABREVAYA

Es socióloga feminista y periodista. Trabaja en DD.HH. Coordinó la publicación *Ninguna quiere. Trata con fines de explotación sexual* (edición del Ministerio de Justicia y Derechos Humanos de la Nación, 2015). Entre 2017 y 2019 publicó los siguientes artículos: "Todos los colores que forman el verde", "Los pañuelos no se guardan", "Unidas triunfaremos", "Típico de machirulo", en la revista *Anfibia.* "La marca de rouge del mundial", en la revista *Kranear.* "Frente el 'gang bang' de violencia policial, feminización de las resistencias", en *Latfem y* "Una remera que dice: El aborto es machista", en *Latfem* y en *El cohete a la luna.*

GUSTAVO ABREVAYA

Es médico psiquiatra y escritor. Publicó *El criadero* (2003, Primer Premio del Concurso Nacional de Narrativas José Boris Spivacow. Edición conjunta de la Secretaría de Cultura y la Cámara Argentina del Libro, PG Ediciones, 2018 / Casa Editora Abril, Cuba, 2019). *Los infernautas* (Autores de Argentina, 2013) y *El enviado,* en colaboración con Leonardo Killian (Colección *Código Negro,* Punto de Encuentro, 2016).

MARIANO ABREVAYA DIOS

Es escritor y periodista. Dirige la revista *Kranear.* Publicó *Fogonazos* (Pánico al Pánico, 2010), *El predicador invisible* (Ciccus, 2018), *Ya viví cien años* (biografía de Alejandro Pitu Salvatierra, UNDAV/Punto de Encuentro, 2017) y *El enyesado* (Outsider, 2015).

ANA ARZOUMANIAN

Es abogada, poeta, traductora y escritora. Entre sus obras cabe mencionar *Hacer violencia. El régimen insurrecto en el arte* (Nahuel Cerrutti Carol Editor, 2014), *Del vodka hecho con moras* (Libros del Zorzal, 2015) e *Infieles* (Libros del Zorzal, 2017). En 1992 fue miembro activa del primer curso de arbitraje en la Argentina, dictado por la Dirección Nacional de Capacitación y Comunicación del Ministerio de Justicia de la Nación.

EZEQUIEL BAJADISH

Es poeta y escritor. Publicó *Papeles inciertos* (Elementos, 2018). Escritor y poeta del Oeste suburbano y profundo, colabora en revistas y publicaciones alternativas y políticas.

EZEQUIEL BAJDER

Es editor, traductor y escritor. Publicó *Inventario del robo* (Insert Coin Ediciones, 2009); *La gala* (Vestales, 2015). Tradujo *Balance(o) de la bossa nova y otras bossas*, de Augusto de Campos (Vestales, 2006); *Las memorias de Rodríguez Faszanatas*, de Helge Schneider (Vestales, 2007); *Los bruzundangas*, de Lima Barreto (Vestales, 2008) y *El filántropo*, de Rodrigo Naves (Vestales, 2009).

CARLOS BALMACEDA

Es humorista, dramaturgo y sociólogo. Autor de *Vagamente familiar*, que formó parte de Teatro x la identidad, edición 2001, y de *Ningún cielo más querido*, segundo premio "30 años de Malvinas" del INT. Fue finalista del premio *Clarín* de Novela 2005, con *Los clones de Perón*. Es actor. Valen como ejemplo el unipersonal del *stand up* "Soldado de Perón" y "La noche que Pepe Arias veló al fiscal".

HUGO BARCIA

Es escritor, ensayista y dramaturgo. En teatro, cabe mencionar *La urna, El empréstito* y *Camille, la maldita*. Son de su autoría las siguientes novelas: *El Dragón del Sur* (Ciccus, 2011), *La sombras cardinales de Porfirio* (Corregidor, 2015). Como ensayista político publicó *La carpa de Alí Babá* (Legasa, 1991) y *La traición de Alí Babá* (Baires Edita, 1991).

VICENTE BATTISTA

Es guionista y escritor. Entre 1963 y 1969 integró la redacción de la revista literaria *El escarabajo de oro*. En 1971 fundó y codirigió con Mario Goloboff la revista de ficción *Nuevos Aires*. En 1995 recibió el Premio Planeta otorgado por un jurado integrado por Abelardo Castillo, Antonio Dal Masetto, José Pablo Feinmann y Juan Forn. *Esta noche reunión en casa* (CEAL, 1973), *Como tanta gente que anda por ahí* (Planeta, 1975), *Gutiérrez a secas* (RBA, 2002), *La huella del crimen* (Cántaro, 2007) y *Ojos que no ven* (El Ateneo, 2012) son algunas de sus obras de ficción. De reciente publicación, como ensayista, es *Walsh, 1957* (Unipe, 2019).

RAFAEL BIELSA

Es abogado, político, escritor, poeta. En 2003 escribió el libro *Cien años de vida en Rojo y Negro*, junto a Eduardo van der Kooy, que recorre la historia del Club Atlético Newell's Old Boys. En relación con leyes y política, es autor de *Transformación del derecho en justicia, ideas para una reforma pendiente* (1993), *Sombras nada más* (2000) y *¿Qué son las asambleas populares?* (2002). Es autor de *Tucho. La "Operación México" o lo irrevocable de la pasión* (Edhasa, 2014). Como poeta, de *El Sol amotinado* (1980), *Un rumor descalzo* (1981), *Tendré que volver cerca de las tres* (1983), *Esplendor* (1995), entre otros. De extensa actuación política, fue Ministro de Relaciones Exteriores de la Nación desde el 25 de mayo de 2003 hasta diciembre de 2005, cuando asumió como Diputado de la Nación.

TEODORO BOOT

Es escritor y periodista. Ha publicado *Pureza étnica* (Pascuaro, 1998), *No me digas que no* (Tolemia, 2004), *Pido a los santos del cielo* (Tolemia, 2004), *Crímenes impunes* (Tolemia, 2005), *Espérenme que ya vuelvo* (Punto de Encuentro, 2007), *Genealogía de los dioses* (Terramar, 2009), *Diccionario de mitología griega y romana* (Terramar, 2011/12), entre sus obras éditas.

JAVIER CHIABRANDO

Es periodista, músico y escritor. Su novela *Todavía no cumplí cincuenta y ya estoy muerto* fue finalista de un concurso de literatura erótica en España, editada en México por la editorial Océano y luego en España, por la editorial Barataria. Es autor, además, de *La novela verdadera* (Barataria, 2013), *Los hijos de Saturno* (Aquilina, 2015), *Dos miserables besos* (La estación, 2017) y *El capitán Gamboa y la cruz de Cuzco* (Del Naranjo, 2017).

Osvaldo Omar Contreras Iriarte

Es escritor, autor, compositor, músico e intérprete vocal de folclore. Publicó *La llave de mis cuentos* (Elementos, 2018) y *Tiempo poético* (edición de autor). Colabora en revistas y en programas de radio.

Claudia K. Cornejo

Es poeta, escritora y fotógrafa.

Juan Pablo Csipka

Es periodista, docente y escritor. Entre sus obras figura *Los 49 días de Cámpora. Crónica de una primavera rota*, publicado por Sudamericana en 2013.

Carlos Dámaso Martínez

Es escritor, guionista, ensayista y docente universitario. *Hay cenizas en el viento* (Centro Editor de América Latina, 1982), *El Informante* (Losada, 1998), *El descubrimiento* (Raíz de Dos, 2013), *Emoción violenta* (Alción, 2015), *La creciente* (Beatriz Viterbo, 1997) son algunas de sus obras de ficción. Sus textos críticos han aparecido en las diversas secciones culturales de publicaciones como *Tiempo Argentino, Punto de Vista* y *Página 12*. Como ensayista, publicó, entre otros títulos, *La seducción del relato* (Alción, 2002) y *El arte de la conversación. Diálogo con escritores latinoamericanos* (Alción, 2007). Ha prologado los *Cuentos completos de Horacio Quiroga* (Planeta, 1997). Sus relatos fueron incluidos en diversas antologías, entre ellas *Cuentos policiales argentinos* y *Cuentos de historia argentina* (ambas publicadas por Alfaguara).

Virginia Feinmann

Es periodista, traductora, editora, docente y librera. Ha publicado ficción breve en el suplemento literario de *Página 12* y en las revistas *Letras Libres, La Granada, La Gaceta* y *El Coloquio de los perros*. *Toda clase de cosas posibles* (Mulita, 2016) y *Personas que quizás conozcas* (Emecé, 2018) son algunas de sus obras. Varios de sus microrrelatos han sido adaptados para radio, teatro y espectáculos de narración oral.

Miguel Gaya

Es abogado, poeta y escritor. Publicó *Contemplar ese animal sangriento* (Bruguera, Ediciones B, 2008 –finalista del Premio Biblioteca Nacional 2006),

Una pequeña conspiración (Colección Extremo Negro, Nuevo Extremo, 2012 (finalista Premio Novela Negra 2011) y *Resurrección de un comisario* (secuela de la anterior, Colección Extremo Negro, Nuevo Extremo, 2016).

Mario Goloboff

Es escritor, poeta, ensayista y docente universitario. *Caballos por el fondo de los ojos* (Planeta, 1976), *Criador de palomas* (Bruguera, 1984), *La luna que cae* (Muchnik, 1989), *El soñador de Smith* (Muchnik, 1990), *Comuna Verdad* (Anaya/Mario Muchnik, 1995) y *Recuadros de una exposición* (Al Margen, 2008) son algunas de sus obras de ficción. Como ensayista, ha publicado *Genio y figura de Roberto Arlt* (Huemul, 1978), *Julio Cortázar. La biografía* (Seix Barral, 1998); *Elogio de la mentira* (Simurg, 2011) y *Aguerridas musas* (Alción, 2016). En poesía, es dable mencionar *Entre la diáspora y octubre* (Stilcograf, 1966), *Los versos del hombre pájaro* (Libros de Tierra Firme, 1994) y *El ciervo (y otros poemas)* (El Suri Porfiado, 2010).

Ernesto Gonet

Es docente, escritor, autor y compositor. Ha publicado artículos relacionados con la historia y el cine. Co-autor y guionista de *Un siglo de cine*.

Horacio González

Es sociólogo, docente, investigador y ensayista. Es profesor de Teoría estética, de Pensamiento social latinoamericano y de Pensamiento político argentino. Dicta clases en varias universidades nacionales, entre ellas las de La Plata y la de Rosario. Entre 2005 y 2015 se desempeñó como director de la Biblioteca Nacional. En 2013 fue distinguido con el título de Doctor Honoris Causa, otorgado por la Universidad Nacional de La Plata. Autor prolífico, entre sus muchas obras se cuentan *La ética picaresca* (Altamira, 1992), *El filósofo cesante* (Atuel, 1995), *Las multitudes argentinas* (Desde la gente, 1996), *Restos pampeanos* (Colihue, 1999), *Filosofía de la conspiración* (Colihue, 2004) e *Historia de la Biblioteca Nacional* (Biblioteca Nacional, 2010).

Juan Diego Incardona

Es escritor. Publicó *Villa Celina* (Interzona, 2008), *Rock Barrial* (La otra orilla, 2010), *El campito* (Interzona, 2018), *Objetos maravillosos* (Tamarisco, 2007), entre otros títulos.

Elizabet Jorge

Es escritora y docente universitaria. Es autora de *La edad de la presbicia* (La Mora Ediciones, 2015). Entre sus muchos cuentos premiados se cuentan: "Ajedrez", "El heredero", "Palabras cruzadas" e "Ignacio siempre".

Leonardo Killian

Es poeta, escritor, músico de rock y fotógrafo. Entre sus obras se pueden mencionar *Cuentos y anticuentos* (Ediciones El Escriba, 2002), *El gato canoso* (Ediciones El Escriba, 2006), *La sombra del General* (Punto de Encuentro, 2013), *La hermandad del arco* (Elementos, 2015), *El enviado* (en coautoría con Gustavo Abrevaya) (Punto de Encuentro, 2017), *El Bicentenario en el aula* (junto a Gladys Galván, Patricia Rota y Ana Simula) (Biblos, 2010), *El camino del arco* (Biblos, 2011) y *El tiro con arco en el Río de la Plata* (ambos con Héctor Cirigliano) (Biblos, 2017).

María Inés Krimer

Es abogada y escritora. Publicó *Sangre fashion* (Aquilina 2014), *Sangre kosher* (Negro Absoluto 2010), *El cuerpo de las chicas* (Tantalia 2006), *Siliconas Express* (Aquilina, 2013), *Noxa*, Editorial Revólver, 2016).

Marcelo Luján

Es escritor. Publicó *Subsuelo* (Salto de Página, Revólver, 2015), *Pequeños pies ingleses* (Talentura, 2014), *Moravia* (El Aleph, 2012), *La mala espera* (Edaf, 2009).

Pablo Mourier

Es humorista, escritor y publicitario. Como humorista gráfico, ha publicado sus trabajos bajo el seudónimo Blopa, en los diarios *Clarín* y *La Prensa*, así como en las revistas *Humor, El Gráfico* y *Siete Días*. Es autor de *Venganzas sutiles* (Bärenhaus, 2016), *El silencio de los porteros* (Bärenhaus, 2017) y de *Un arcoiris que aspira al negro* (inédito), ganador del Premio Adolfo Bioy Casares 2018. Participó en las antologías *Crímenes de arena* (Desde la gente, 2016) y *Crímenes políticos* (Desde la gente, 2018).

Mercedes Pérez Sabbi

Es licenciada en Ciencias de la Educación, maestra, asesora pedagógica y coordinadora de Proyectos y Programas del Plan Nacional de Lectura. Escritora de literatura infantil, entre sus obras se cuentan *Florinda no tiene coronita, Sopa de estrellas, Carmela y Valentín, Mi insecto interesante, Nos vamos, nomás, nos vamos; Corazones de menta, La maga Inés, Manuela en el umbral, El puma de Luca, Mayonesa y bandoneón, Cartas amarillas de La Boca a Rosario* y *Dos asesinos, un muerto y tres obleas*.

Carlos Piñeiro Iñiguez

Es diplomático, economista, músico y escritor. Ha incursionado en el ensayo, la novela, el cuento, la biografía. Entre sus obras cabe mencionar *Los Gloster eran chacales* (Emecé, 2018), *Franz Rosenzweig y la teología judía contemporánea* (Ariel, 2017), *Bajo un cielo de estrellas peronistas* (Planeta, 2015), *Sangre en la avenida Callao* (Emecé, 2014), *Óxido y suburbio* (Emecé, 2013) y *Perón. La construcción de un ideario* (Ariel, 2013). De reciente publicación es *Hubiera preferido tablas*, tres relatos que aprovechan la energía simbólica que tiene el juego de ajedrez y giran alrededor de los tópicos que suelen obsesionar al autor: el bajofondo y sus avatares delictivos, los entresijos de la política y los destinos excepcionales (17 Grises, 2019).

BEATRIZ PUSTILNIK

Es escritora y dramaturga. Publicó *El retorno de Edilberto* (Grupo Editor Latinoamericano, 1997). Entre sus obras como novelista se cuentan *La encuestadora* (Ayuntamiento de Alcantarilla, Concejalía de Cultura, 2005), *Cuento* (Primer premio Certamen internacional de cuento de Humor Jara Carrillo) y *Un arbusto sin estrella* (Ministerio de Educación de la Nación, 2007). En teatro, ha publicado *Los tres patitos* (Ministerio de Educación de la Nación, 2012), *Hey Jude, La cocina de los dramaturgos* (Ediciones Nuevos tiempos, 2010), los monólogos "Volvé mi negra" (Ediciones Nuevos tiempos, 2010) y "Los juanetes de Teresa", en *Palabras en diálogo* (Leviatán, 2013).

MIGUEL REP

Es dibujante, escritor y humorista gráfico. Publica diariamente en *Página/12* y en los diarios *El Tiempo*, de Colombia y *El Telégrafo*, de Ecuador. También edita semanalmente en *Revista Veintitrés*. Como autor, ha publicado: *200 años de peronismo. Biografía no autorizada de la Argentina* (Planeta, 2010), *La grandeza y la chiqueza* (Ediciones de la Flor, 1995), *El sexo después de la muerte (*Ediciones de la Flor, 1991) y la geografía ilustrada de los barrios porteños *Y Rep hizo los barrios* (Ed. Página 12, 1993). Ilustró además *Don Quijote de la Mancha* (Castalia, 2009) y *La Divina Comedia* (Planeta, 2006).

MARTA SAN MARTÍN

Es escritora, correctora, docente y coordinadora de talleres literarios.

JUAN SASTURAIN

Es escritor, poeta, crítico y periodista. De su vasta obra mencionaremos *Manual de perdedores 1* (Legasa, 1985), *Manual de perdedores 2* (Legasa, 1987), *Los sentidos del agua* (Arte Gráfico Editorial Argentino, 1992), *Zenitram* (Del Sol, 1996), *La mujer ducha* (Sudamericana, 2001), *Carta al sargento Kirk y otros poemas de ocasión* (Gárgola. 2005), *Parecido S.A.* (Sudamericana, 2009), *Perramus, una pesadilla argentina* (De la Flor, 2013) y *El último Hammett* (Alfaguara, 2018). Sus cuentos fueron compilados en *Cuentos reunidos* (Alfaguara, 2018). En 1984 dirigió la revista *Fierro*, a la que subtituló *Historietas para sobrevivientes*. *Fierro* dejó de circular en 1994 pero Sasturain regresó para dirigir su relanzamiento desde noviembre de 2006, con *Página 12* como editora.

Daniel Sorín

Es escritor, editor, docente e investigador. *Error de cálculo* (Emecé, 1998 / Al Fondo a la Derecha, 2019), *El dandy argentino* (Norma, 2000), *Palabras escandalosas* (Sudamericana, 2003), *Palacios* (Sudamericana, 2004), *Velas para Gilda* (La Bohemia, 2007), *El hombre que engañó a Perón* (Sudamericana, 2008), *La última carta* (Edhasa, 2013) y *Tres segundos es una eternidad* (Vestales, 2016) son algunas de sus obras de ficción. Como ensayista, *John William Cooke. La mano izquierda de Perón* (Planeta, 2014).

Alejandro C. Tarruella

Es escritor, poeta, ensayista y periodista. Publicó *Guardia de Hierro. De Perón a Bergoglio* (Punto de Encuentro, 2016), *El largo adiós de los Montoneros* (Vergara, 2102), *Envar "Cacho" El Kadri* (Sudamericana, 2015), *Historias secretas del peronismo* (Sudamericana, 2007) son algunas de sus obras. Como periodista escribió en *La Nación*, *Clarín*, *Panorama* y *Humor*. Fue jefe de redacción de *Primera Plana* y secretario de redacción de *Diario Popular*.

Luis Tedesco

Es editor de larga trayectoria y una de las voces poéticas más personales de la Argentina. Publicó, entre otros títulos, *Reino sentimental* (Torres Agüero, 1986), *Vida privada* (1985-1995, Grupo Editor Latinoamericano), *La dama de mi mente* (1995-1998, Grupo Editor Latinoamericano), *En la maleza* (Grupo Editor Latinoamericano, 2000), *Aquel corazón descamisado* (Grupo Editor Latinoamericano, 2002), *Lomas del Mirador* (Losada, 2006) y *Poesía política* (Ediciones en Danza, 2019).

Créditos editoriales

El cuento "Cuestión de tiempo", de Miguel Gaya, fue publicado en *Autobiografía no autorizada* (Barnacle ediciones, Buenos Aires, 2019).

El cuento "Los Reyes Magos peronistas", de Juan Diego Incardona, fue publicado en *Villa Celina* (Interzona, Buenos Aires, 2008).

El poema "El general Perón va en coche y vive", de Juan Sasturain, fue publicado en la revista *Unidos* (Buenos Aires, 1986).

El cuento "La pasión según San Martín", de Mario Goloboff, fue publicado en la revista cultural *Talita*, de La Plata.

El cuento "El robot argentino", de Leonardo Killian, fue publicado en la revista digital Axxon (Buenos Aires, 2006).

El cuento "Aquella visita", de Carlos Dámaso Martínez, fue publicado en la revista *Punto de Vista* (Buenos Aires, 1978).

El cuento "El espíritu de Perón", de Virginia Feinmann, fue publicado en el suplemento Verano/12, del diario *Página/12,* de enero de 2018.

El cuento "El farmer de Port Howard", de Carlos Piñeiro Iñiguez, fue publicado en *Bajo un cielo de estrellas peronistas* (Planeta, 2015).

Los cuentos cuyos créditos no figuran en esta lista fueron escritos especialmente para esta edición.

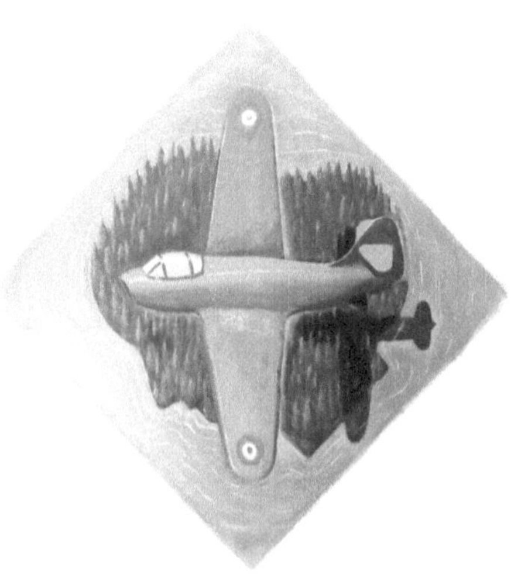

ÍNDICE

La presente edición se terminó de imprimir el 15 de septiembre de 2019,
bajo el cuidado de Primera Clase Impresores, California 1231, C1168ABE.

Ciudad Autónoma de Buenos Aires.

Fue compuesta en caracteres Garamond, Georgia y Prumo Slab,
con cuerpos variables entre 8 y12.